Anthony Bussonnais

UN SAMEDI SOIR ENTRE AMIS

ROMAN

PRÉLUDES

Ce titre est lauréat du concours d'écriture

PRÉLUDES Babelio kobo™ fnac

WRITING LIFE PUBLIEZ VOTRE LIVRE

Couverture : Studio LGF. © Nick Rawle / Millennium / Plainpicture.

Préludes est un département de la Librairie Générale Française.

ISBN : 978-2-253-04047-7

L'amour et la haine sont un voile devant les yeux :
l'un ne laisse voir que le bien, l'autre que le mal.

Proverbe arabe.

1

Samedi 18 juin 2016 – 23 heures

La nuit est épaisse, noire. Pas une étoile n'est visible dans ce ciel couvert. Seule la lune parvient à se montrer, partiellement, entre les nuages bas. La faible averse a cessé à l'instant, elle a été de courte durée. Il a plu ainsi toute la journée. Sur la route, la lumière des phares du cortège de voitures transperce la noirceur. On jurerait que l'espace entre chacun des sept véhicules est exactement le même, tous parfaitement alignés les uns avec les autres. Le clignotant gauche de la première voiture s'allume. Elle quitte la route pour s'engouffrer dans le bois. Par mimétisme, les suivantes, chacune son tour, font de même. La pluie, omniprésente depuis quelques semaines, a détrempé le chemin de terre. Le cortège a ralenti, roulant au pas. Le passage n'est pas large, la végétation effleure les rétroviseurs. Les voitures s'enfoncent dans la forêt, passant une première intersection avant de bifurquer à droite à la suivante, rejoignant alors une allée plus large, plus compactée aussi, mais parsemée de nids-de-poule que l'eau a creusés. Chacun manœuvre comme il peut pour les éviter au maximum, rompant brièvement la parfaite cohésion du cortège. Brièvement, car, après avoir quitté l'allée pour emprunter un autre chemin de terre sur la gauche, les sept véhicules s'alignent à nouveau pour s'enfouir un peu plus encore parmi les arbres de plus en plus denses. Ils débouchent sur un sentier qui lui est perpendiculaire : impossible de filer tout droit. Les voilà arrivés à destination. Toutes les voitures se garent sur les bords du chemin, à l'exception d'une Kangoo blanche qui, elle, stoppe en plein milieu du passage. Les moteurs coupés, le calme règne aux alentours. Même la faune est silencieuse. L'air est frais, la lune peine toujours à percer. Tout le monde descend de voiture. On n'y voit pas plus loin qu'à trois mètres. François et Sylvie, sa femme, sortent de leur Kangoo. Ils s'équipent de leurs lampes frontales et les allument. François tient son trousseau de clés dans une main et, dans l'autre, sa matraque télescopique, qu'il glisse dans l'étui à sa ceinture. Sylvie, elle, porte sur une petite perche sa GoPro, sa caméra qui, depuis qu'elle lui a été offerte, la suit partout.

Ils se dirigent vers le centre de l'intersection où Alfred et David les attendent avec, en main, leurs lampes frontales allumées. Les autres les rejoignent rapidement. Ceux qui ne s'étaient pas encore vus se saluent, tous échangent quelques mots. La météo, particulièrement exécrable, est le sujet de discussion favori, et ce, quel que soit l'âge, le statut social ou le sexe. Tout le monde en a « ras le bol de ce temps de merde ». Beaucoup redoutent d'avoir « un été pourri ». Les pieds dans la bouillasse, en bottes pour la plupart, tous les onze, à la lumière de leurs lampes, discutent en pleine nuit au milieu des bois comme si c'était tout à fait normal. Baptiste reproche à Hélène, sa femme, d'avoir oublié leurs torches. Celle-ci dédramatise en suggérant d'utiliser leurs smartphones. Son mari concède que ça fera l'affaire. Tous les autres, à l'exception de Marie qui tient un phare à main, ont des frontales. Aussi, quand François se dirige vers l'arrière de son utilitaire, le reste du groupe forme spontanément un arc de cercle autour de lui, et les lumières convergent vers les portes de la Kangoo blanche. Tous sont impatients. Impatients que François ouvre ces portes. Ils ont attendu ce moment toute la journée. Vingt-quatre heures, même. Personne ne voulait rater ça. Ils sont conscients qu'ils vont vivre une soirée mémorable. Sylvie filme l'arc de cercle formé par le groupe d'individus, tout en s'arrêtant quelques secondes sur chaque personne. Allant jusqu'à zoomer pour capter l'expression de leur visage. La caméra tourne depuis qu'elle est descendue de voiture. À présent, il est temps pour chacun de revêtir sa cagoule. Heureusement, ça, Hélène ne l'a pas oublié. Pas de distinction, ils ont tous la même, noire comme la nuit, ne laissant apparaître que leurs yeux et leur bouche. Ils placent alors leur lampe frontale par-dessus. François, fin prêt, fait tourner son trousseau dans sa main gauche, jusqu'à saisir la clé qu'il lui faut pour ouvrir l'arrière de sa voiture. Il se tient à présent devant les portes. Après avoir réglé l'inclinaison de sa frontale, de sa main droite il sort sa matraque télescopique de son étui et, d'un vif coup de poignet, la déplie. François approche la clé de la serrure. Avec son avant-bras, il essuie son nez qui goutte. Il enfonce la clé, lève sa matraque en l'air, prêt à l'abattre si cela s'avère nécessaire. Il n'a pas peur, mais il préfère se méfier. Il tourne la clé : ça remue à l'intérieur. François pose la main sur la poignée de la porte, appuie, et ouvre rapidement tout en faisant un pas en arrière pour prévenir un éventuel bondissement. Rien de tel ne se produit. Un bruit de fers qui s'entrechoquent émane de l'antre de la Kangoo. François, la matraque toujours en position, s'avance un peu, glisse la main à l'intérieur du véhicule, et ouvre la deuxième porte. L'arrière de l'utilitaire est béant. La lumière des lampes des onze comparses du soir s'infiltre à l'intérieur, triomphant de la pénombre qui y régnait. François s'est légèrement décalé pour que tous puissent voir. Le groupe se rapproche un peu, leur curiosité attisée. L'attente prend fin. L'impatience, l'excitation et la nervosité engendrées par ces dernières vingt-quatre heures vont enfin pouvoir être exorcisées.

2

Vendredi 17 juin 2016 – 18 h 30

Le chien est conscient mais calme, il ne bouge pas sur la table. Un magnifique doberman, tout en muscles, le poil luisant. L'homme qui le manipule lui est totalement inconnu et pourtant il le laisse faire. Il le laisse palper cette grosseur qu'il a sur sa patte arrière. François informe le maître du chien des différentes possibilités.

— Ce n'est peut-être qu'un hématome qui va se résorber, mais ce peut aussi être une tumeur.

Pour savoir ce qu'il en est, il va effectuer un prélèvement de l'intérieur de la grosseur. François s'empare d'une seringue qu'il enfonce doucement, sans trembler, dans la chair de l'animal qui gémit légèrement. Il aspire du liquide, un peu jaunâtre, qu'il réinjecte dans un petit tube qui partira en laboratoire pour expertise. François caresse le doberman, c'est une race qu'il affectionne. Il le félicite pour sa bonne attitude, et lui donne un biscuit. Le maître, inquiet, règle son dû et s'en va avec son chien.

Cela fait quinze ans que François possède ce cabinet. Son propre cabinet. Au sortir de l'école de Nantes, diplôme en main, il avait commencé par « faire ses armes », comme il dit, dans une clinique vétérinaire ici, à Saumur, avant de se lancer « dans le grand bain », et de prendre la succession de ce cabinet. François est, et a toujours été, « l'ami des bêtes ». Il ne s'est pas trompé de vocation. Le métier a évolué avec l'avènement des NAC, les nouveaux animaux de compagnie. Il faut désormais faire avec les rongeurs, les furets, les reptiles, les araignées, les scorpions, etc. Plus rien ne surprend François aujourd'hui. Il a appris à faire face à toutes sortes de situations, parfois délicates, tout en gardant son sang-froid. C'est sa force de caractère. Ses clients comme ses amis la lui reconnaissent. C'est ce qu'ils apprécient chez lui, entre autres. Ça et sa capacité à prendre la bonne décision au bon moment. Pour l'heure, ce docile doberman était son dernier rendez-vous de la journée. François remet un peu d'ordre, parce qu'il aime que les choses se tiennent bien à leur place, mais aussi pour faciliter la tâche de la femme de ménage qui passera tout à l'heure. Il récupère son ordinateur portable sur son bureau pour le glisser dans son sac. Il enfile sa veste qu'il ferme jusqu'au col, passe la bandoulière du sac à son cou et saisit son parapluie. Il pleut encore à torrents dehors. François quitte son cabinet pour rentrer chez lui. Il lui faut une vingtaine de minutes pour atteindre son domicile, à Beaupin. Avant de monter en voiture, sans se donner la peine d'ouvrir son parapluie, il file à pied à son bureau de tabac habituel, situé à quelques dizaines de mètres dans la rue d'Orléans. Il s'achète un paquet de cigarettes, échange quelques mots avec le gérant puis rejoint sa Renault Kangoo, et part. La circulation est relativement fluide, ça roule mieux depuis que la rocade à deux fois deux voies est ouverte. François franchit le rond-point de la Ronde, celui de l'autoroute et file vers Beaupin. Il passe devant la discothèque Le Cancun, tourne à gauche et arrive enfin chez lui, quelques centaines de mètres plus loin. Le portail est ouvert, il entre dans la cour. Il se gare à côté du monospace, leur deuxième véhicule dont se sert surtout Sylvie, sa femme. François descend, son sac et son parapluie sous le bras, et trottine jusqu'à la porte d'entrée qu'il s'empresse de refermer derrière lui pour ne pas – ou le moins possible – laisser l'air frais pénétrer. Cela fait des semaines que la pluie tombe. La campagne est à blanc d'eau et l'humidité s'invite dans les maisons. François retire sa veste en cuir brun qu'il suspend, avec son parapluie, au portemanteau, puis quitte ses chaussures et les place près des autres paires alignées. Brièvement, en s'apercevant dans le miroir au mur, il passe la main dans ses cheveux ébouriffés. Il se dit qu'il va vraiment falloir qu'il pense à aller chez le coiffeur.

De la cuisine, sur la gauche, jaillit de la lumière. Il est à peine 19 heures, en plein mois de juin, et il faut allumer pour y voir clair. Sylvie est en train de préparer le dîner. Il l'embrasse. La chaleur du four procure à François un réconfort attendu dont il profite un instant, immobile devant sa porte. Ils échangent les banalités quotidiennes, chacun s'enquérant de la journée de son conjoint. Leurs résumés s'entrecroisent. Peu importe que leur journée ait été ou non bien remplie, ils savent l'un comme l'autre combler les vides. D'ailleurs, rares sont les moments où ils ne trouvent rien à se dire. Même en plein ébat, parfois, ils tiennent une conversation. Vingt-sept ans qu'ils sont ensemble, vingt-six ans de mariage et de vie commune, mais jamais en manque de sujets de discussion. Ils partagent pratiquement tout leur temps libre, ne sortent que rarement l'un sans l'autre : un couple très fusionnel. À ceux qui s'en étonnent encore, ils rétorquent qu'il en a toujours été ainsi, que ce n'est pas maintenant qu'ils vont changer. Pas à quarante-sept ans. Oui, ils partagent aussi la même année de naissance, 1969. Sylvie est du mois de mars, le 7. François, lui, vient tout juste de souffler ses bougies, le 11 juin, il y a six jours. De temps en temps, ils se chamaillent, bien sûr, mais sans jamais réellement se disputer. Pas plus qu'ils ne disputent leurs enfants d'ailleurs. Leurs deux enfants qui sont leur plus grande fierté, évidemment. François est aujourd'hui plus proche de son fils, pourtant sa fille reste sa chouchoute. Il lui offrirait le monde sur un plateau d'argent. Il regrette le temps où elle venait se réfugier dans ses bras quand elle était triste. Le temps où elle le trouvait le plus drôle, le plus fort, le plus beau. Le temps où elle était son « bébé ». Maintenant, elle a vingt-trois ans, leur relation n'est forcément plus la même, mais il aime à penser qu'ils sont si soudés qu'elle viendrait sans hésiter le voir si elle avait besoin d'aide. Pour le réconfort, il sait bien que c'est désormais sa mère qui est privilégiée. Il le comprend. Après tout, qu'est-ce qu'il y connaît, lui, aux « problèmes de femmes » ? C'est de les voir grandir, elle et son frère, qui le fait se sentir vieux. Trop souvent, il croit encore que ses vingt ans ne sont pas si loin, mais son corps le rappelle à la réalité. Comme quand il y a quelques mois il a voulu aller courir un matin, sur un coup de tête, avec son fils. Qui pratique régulièrement, lui, et qui surtout a vingt-deux ans de moins. François lui avait dit de faire comme s'il n'était pas là, qu'il allait le suivre. Il l'avait fait, il avait tenu… deux kilomètres, à peine. Il avait senti son cœur s'emballer puis une forte douleur avait irradié sa poitrine. Sur le moment, il avait bien cru faire une attaque. Après, il ironisait en disant que c'était très probablement ses poumons qui avaient réclamé leur dose de nicotine. Ses vingt ans sont loin. Loin comme ses cheveux noir ébène. François arbore désormais une toison grise, négligée. Des pattes-d'oie au coin des yeux, les rides du sourire et la ride du lion marquées, de légers plis d'amertume. Chaque fois qu'il se regarde dans une glace, son visage lui rappelle son âge. Le stress favoriserait l'apparition des rides. S'il s'en cache bien, François est, en effet, très sujet au stress. Heureusement qu'il a appris à le contenir, d'ailleurs, car dans son boulot cela lui serait préjudiciable. Les animaux sont sensibles à l'état dans lequel sont les personnes qui les manipulent. L'anxiété se transmet de l'homme à l'animal comme un virus. Étant de nature très réfléchie, François s'en préserve en anticipant toutes les éventualités, tous les risques, tous les problèmes. Tous ou presque, il n'a pas de don de voyance.

— J'ai le temps de prendre ma douche ? demande-t-il à Sylvie qui essore une salade.

— Oui, oui, vas-y. Je viens à peine de mettre la quiche au four.

— OK. Les enfants sont là ?

— Seulement David. Ta Choupette est partie chez sa copine Marine.

— Encore ? J'espère que ce n'est pas plus qu'une copine ! pouffe-t-il.

Ce qui fait sourire Sylvie.

François quitte la cuisine ouverte sur la pièce de vie où la télé, au mur, est allumée. Le canapé est désert, *David doit être dans sa chambre*. Avant de toquer à la porte, il y colle son oreille pour tenter de deviner ce à quoi son fils est occupé. En réalité, il en a une idée. De l'intérieur, il perçoit le son de coups de feu, d'explosions et la voix de David qui semble tenir une conversation. Il avait deviné juste, il joue à la console. François frappe, David l'invite à entrer d'un « ouais ! » usuel. Il est assis au pied de son lit, à un mètre tout au plus de sa télé, où défilent les images d'une ville dévastée par la guerre. Un flot de sang envahit l'écran, David, un casque-micro sur la tête, râle :

— Ah, merde ! Putain !

— Salut, lance François à son fils, t'es mort ?

— Salut. Ouais, un campeur qui m'a niqué. Le fils de p…

— Ça va, ce n'est qu'un jeu.

Cette phrase, il l'a probablement prononcée près d'un millier de fois depuis le jour où David a eu sa première console de jeux vidéo, une PlayStation 2. Il devait avoir treize ou quatorze ans. Aujourd'hui, il en a vingt-cinq, mais, quand il joue, il se comporte comme à l'époque où il était ado. Cependant, François le comprend. Lui-même joue, un peu, de temps en temps. Il a fait ses premières armes sur la NES de Nintendo avec Super Mario Bros et Duck Hunt. Il avait dix-huit ans.

— Tu manges avec nous ?

— Ouais, je ne bouge pas ce soir, répond David, en couvrant de sa main le micro du casque.

— OK. Je te laisse. Fais-lui sa fête à ce campeur.

Ils sont très complices. Ils passent beaucoup de temps ensemble. David prend son père pour exemple et ça ne le rend pas peu fier. François est passionné de moto, David aussi. Ils roulent souvent tous les deux. Ils vont également à la chasse. Beaupin, avec près de deux mille hectares de forêt peuplés de chevreuils, de sangliers et autre petit gibier, est un formidable « terrain de jeu » pour les chasseurs.

François passe brièvement par son bureau pour y déposer son sac avec son ordinateur. Il se rend ensuite dans sa chambre, quelques mètres plus loin dans le couloir, et prépare sa tenue de rechange avant de se déshabiller pour aller dans la douche à l'italienne installée dans le coin de la pièce. Sans faire de sport, mis à part la chasse qu'il considère comme tel, il n'a que peu de ventre, pas de peau flasque, sa silhouette reste svelte et musclée. Un beau paquet de nerfs, en fait, c'est ainsi que les autres le voient. Probablement son stress latent, encore, qui influe sur son physique. Cette douche bien chaude, presque brûlante, est un de ses petits réconforts par ce temps automnal. Il y traîne quelques minutes. Quand il sort, François s'essuie puis se rhabille, à la coule : pantalon de survêtement et tee-shirt. Plus un gilet. Ensuite, il va dans son bureau pour bosser un peu. Toute la partie administrative de son cabinet vétérinaire, il s'en débrouille. « La paperasse », comme il dit. « Leur foutue paperasse », plus exactement.

Une demi-heure plus tard, Sylvie vient les chercher, lui et David, pour les convier à dîner. Ils la suivent sans se faire attendre. C'est une chose à laquelle ils sont très attachés, tous les trois : être réunis pour manger, conserver ce moment de partage. Ils s'en font presque une religion, mais n'allez pas parler de Dieu à François. Leur fille, elle, est beaucoup plus détachée. De plus en plus, même. Une fois le dîner terminé, son époux et son fils laissent le soin à Sylvie de débarrasser la table. « Elle n'est pas à plaindre, elle a un lave-vaisselle », se défend souvent François. D'ailleurs, elle ne revendique rien. David retourne dans sa chambre, François s'installe sur le canapé, devant la télé restée allumée sur le journal de 20 heures de TF1, pour enfin se détendre. Malheureusement pour lui, la détente n'est que de courte durée. Une sonnerie retentit. C'est celle de son portable, qu'il sort de la poche de son survêtement.

— Allô ?

— Allô, François ? Putain, on est dans la merde ! Fait chier…

— Calme-toi, le coupe celui-ci sur un ton posé. Qu'est-ce qui se passe ?

— Je crois qu'il est mort, putain ! Je ne voulais pas le tuer.

— Quoi ? Qui est mort ?

— Un bougnoule.

François perd patience.

— Quel bougnoule ? Explique-moi tout, mais calme-toi, nom de Dieu !

— Je me calme, je me calme. (Frédéric inspire puis expire profondément plusieurs fois avant de reprendre.) On revenait d'une virée chez la Lorelei, et en passant devant le cimetière on a vu qu'il y avait une bagnole garée dans le chemin. On s'est arrêtés pour voir qui c'était, et c'était l'Arabe.

— Quel Arabe ? Vous le connaissez ?

— Non, non, on ne le connaît pas.

— D'accord, continue. Qu'est-ce qui s'est passé après ?

— On est descendus de bagnole, et euh... Cédric lui a demandé ce qu'il foutait là. S'il venait pour faire des conneries au cimetière.

— Et après ?

— Après le bougnoule a répondu, il a commencé à s'énerver, à dire qu'on était des racistes. Cédric, il lui a dit qu'on n'était pas racistes, que c'est juste qu'on ne veut pas de bougnoules chez nous. Là, il a poussé Cédric, moi, j'avais ma bouteille de Label 5 dans la main, je lui ai tapé un grand coup sur la tête avec. Ça l'a couché net, mais le bâtard, en tombant, il s'est cogné sur le coin de sa portière, et il s'est mis à pisser le sang du front.

François souffle. Lui qui pensait être parti pour une soirée peinarde. Pourquoi est-ce que c'est toujours lui que les gens appellent quand ils ont des emmerdes ? La réponse à cette question, il ne la connaît que trop bien. Ils se tournent vers lui parce qu'ils savent qu'il a cette capacité à réfléchir vite. Vite et bien.

— Est-ce que quelqu'un a pu vous voir ? Est-ce que des voitures sont passées ?

— Non, personne. On n'a vu personne.

— Il respire, crie si fort Cédric à son frère que François l'a entendu à l'autre bout du fil.

— Dis à ton frangin de se la fermer, merde !

— Oh ! Ne gueule pas comme un putois ! lance Frédéric à son cadet. Qu'est-ce qu'on fait ? demande-t-il ensuite à François.

— Bon... (François réfléchit rapidement.) Il a quoi comme voiture ?

— Une Clio noire.

— Je m'en fous de la couleur. Il peut rentrer dans le coffre ?

— Ouais, je pense. Attends, on va essayer.

— OK. Si vous ne pouvez pas, installez-le sur la banquette arrière.

— Bah, sinon on peut le mettre dans mon coffre.

— Non. Surtout pas. Comme ça, pas de traces ! Rappelle-moi quand vous l'avez chargé.

Après avoir raccroché, Frédéric ouvre le coffre de la Clio. De la place, il y en a, c'est un véhicule société. Il demande à son frère de l'aider à mettre le corps dedans. L'un prend les bras, l'autre se charge des jambes. Ils hissent à l'intérieur le haut du corps du jeune homme en premier puis, non sans difficulté, le bassin, et enfin les jambes. Recroquevillé, il tient dans le coffre que Frédéric referme. Celui-ci rappelle

François qui décroche dès la première sonnerie :

— Ça y est, c'est bon !

— Bien. J'ai eu Alfred, vous allez emmener la Clio à son chalet, dans le bois en bas de chez moi.

— C'est sur quelle parcelle déjà ?

— Je vais vous y conduire. Il y en a un de vous deux qui prend la voiture du gars et l'autre qui prend la vôtre. Vous suivez le chemin en face du cimetière, de l'autre côté de la route, en restant bien sur la droite tout le long, pour arriver à côté de chez moi. Je vous attends dans ma Kangoo.

— OK. Merci Fanfan.

— Vérifiez bien de ne rien laisser par terre avant de partir. À tout de suite.

— Ouais, OK. À tout de suite.

3

Samedi 18 juin 2016 – 23 h 20

Tous se sont approchés de l'arrière de la Kangoo pour mieux voir « la bête », pour reprendre le propos d'Alfred. François fait signe de la tête à son fils, David, de venir près de lui. Celui-ci le rejoint et tous deux se penchent vers la voiture, côte à côte, prudemment. Un crochet métallique est vissé au sol de l'utilitaire. À ce crochet, une chaîne est attachée par un cadenas. François confie sa matraque télescopique à David pour être plus à l'aise, et s'empare de la chaîne qu'il enroule autour de sa main gauche. Aucun mouvement à l'intérieur. Une fois le cadenas ouvert, François fourre son trousseau de clés dans une poche, puis récupère sa matraque. Il commence à tirer sur la chaîne pour tenter de faire sortir ce qui y est accroché, mais une certaine résistance lui est opposée. Alors David l'aide de ses deux mains.

Dans un cri de douleur, tirée par le pied attaché à cette chaîne, « la bête » arrive au cul de la voiture et se laisse finalement traîner dehors sans broncher. Le jeune homme qui se tient debout entre David et François, complètement nu, n'a rien d'une bête. Il n'est pas gros, pas maigre non plus. Les jambes fines, les bras musclés. Il a le teint mat, les cheveux noirs. Ses yeux marron aux cils fins se plissent sous l'afflux de lumière auquel il fait face. Sa bouche est bâillonnée. Il tremble de tout son corps. Entravée par un fer rouillé auquel est soudée la chaîne, sa cheville est marquée, entaillée, à vif. Il met le bras devant ses yeux pour atténuer l'éblouissement et tenter de percevoir ce qu'il y a derrière la lumière. Il ne distingue que des silhouettes, sombres et inégales. C'est tout ce qu'il a le temps de voir avant que François n'abatte violemment sa matraque sur son avant-bras pour le contraindre à le baisser. La douleur irradie dans son membre telle une forte décharge électrique. Les dents serrées, il essaie de contenir la larme qui pointe au coin de son œil. *Qui sont ces gens ? Pourquoi moi ? Qu'est-ce que j'ai fait ?* Quelques questions, parmi tant d'autres, qu'il se pose à ce moment précis et auxquelles il ne trouve pas de réponses. Ce qu'il sait, c'est que ces personnes lui veulent du mal. Il l'a compris depuis hier, depuis qu'ils l'ont capturé et séquestré.

4

Vendredi 17 juin 2016 – 16 heures

Plus qu'une heure et c'est le week-end, pense Mehdi en appliquant le lé de papier peint, chassant les bulles d'air avec le balai. La semaine a été particulièrement longue. Ce chantier de logements HLM flambant neufs est une plaie. Les contraintes de temps obligent à bâcler le travail, et Mehdi a horreur de ça. Il aime faire les choses bien, alors il donne le maximum de lui-même, mais son maximum est un peu limité en ce moment. Il n'est pas au mieux de sa forme, pourtant cela pourrait être pire. Il pourrait faire chaud, comme l'année dernière par exemple. Là, le temps pluvieux, les températures fraîches lui sont favorables. Son ventre gargouille, plus de douze heures qu'il n'a rien mangé, rien bu. Il sait bien qu'il faut qu'il se sorte de la tête l'*iftar*, la rupture quotidienne du jeûne, au coucher du soleil, pendant le mois de ramadan. Ne pas penser au festin que sa mère, Samia, est certainement déjà en train de préparer. La *maakouda* pour accompagner la *chorba*, les *bourek*, la *baklava*, le *kalb el louz*, le *balah el sham*… Tout ça le fait saliver d'avance, mais il faut encore tenir six heures.

Mehdi est jeune, il n'a que vingt-cinq ans, et il est en bonne santé. Le jeûne est plus une affaire de mental pour lui. Comme pour tout sevrage d'ailleurs. Le plus dur, en ce qui le concerne, est de ne pas fumer de la journée. Autant vous dire que le soir il se rattrape. Son collègue, Teddy, avec lequel il travaille constamment en binôme, ne fume pas non plus sur les chantiers pendant le ramadan, par solidarité. Mehdi est croyant, mais pas ou peu pratiquant. Il ne va jamais à la mosquée, il ne prie pas non plus. Il fait le ramadan par tradition surtout, par défi aussi. Il aime cette idée de dépassement de soi. Et se retrouver le soir, en famille, avec des amis, des voisins, pour partager le repas dans une ambiance chaleureuse, bienveillante et conviviale est particulièrement appréciable. S'il a été élevé dans la religion musulmane, ses parents ne l'ont jamais forcé à rien par la suite, tant il est important d'avoir sa propre relation à sa foi. Il en a été de même pour ses sœurs qui, par exemple, ne portent pas le voile. Chacun est libre. La religion est d'abord de l'ordre de l'intime. C'est ainsi dans sa famille comme dans presque toutes les familles musulmanes que Mehdi connaît. C'est notamment la raison pour laquelle il est particulièrement remonté contre ceux qui les stigmatisent. Ceux-là mêmes qui, à coups d'amalgames et de fantasmes, usent de la peur pour diviser. Décidant qu'il est des Français plus français que d'autres. Selon des critères qu'ils prétendent justes et naturels puisqu'ils les ont choisis. Mehdi les exècre. Les musulmans tels qu'ils les décrivent, ceux dont ils parlent, il n'en connaît pas. D'ailleurs, eux-mêmes n'en connaissent pas. La majorité ne connaît probablement pas de musulmans du tout. C'est de l'islamophobie. La peur de l'inconnu, l'islam en l'occurrence. Mehdi en est convaincu, et y a déjà été confronté. Il lui est arrivé de s'immiscer dans une conversation où les personnes exprimaient leur crainte de l'islamisation de la France, en se revendiquant musulman, et celles-ci de répondre : « Non, mais toi, ce n'est pas pareil. » Cela illustre bien comme leur raisonnement est ridicule. Pourtant ils ne s'en rendent pas compte. Pas plus qu'ils ne se donnent la peine d'y réfléchir. C'est tellement plus facile de pointer du doigt celui qui est différent. Mais chacun est différent. Et ce n'est pas parce qu'on est plus nombreux à penser la même chose qu'on a raison.

Mehdi, qui était un élève studieux à l'école, au moins jusqu'à la fin du collège en tout cas, appréciait tout particulièrement l'histoire. Il lui est difficile, aujourd'hui, de concevoir que ces gens, ces Français, n'aient pas tiré de leçons de leur histoire justement. Ont-ils déjà oublié où cela mène de stigmatiser une partie de la population ? Ont-ils oublié à quoi conduit de se revendiquer supérieur ou plus pur ? Ces questions, quand Mehdi les pose à des personnes qui pensent que l'islam n'est « pas compatible avec la France », ou qui affirment qu'il y a les Français de souche et les autres, sont éludées, balayées d'un « ça n'a rien à voir ». Mais il persiste, chaque fois qu'il le peut, il tente d'amener les autres à réfléchir. S'ils campent toujours sur leurs positions, il espère souvent avoir inséré un doute, même petit, dans leur esprit. L'espoir est un moteur pour Mehdi qui est de nature optimiste. Toujours. Quand son père est tombé malade, il y a quatre ans, beaucoup de gens, les médecins les premiers, étaient d'avis qu'il ne finirait pas l'année. Mehdi, lui, était convaincu du contraire. Si convaincu qu'il en a peut-être bien persuadé son père, Ahmed, qui s'est sans doute plus battu qu'il ne l'aurait fait sans cela. Mehdi l'a porté à la rémission. Samia, sa mère, en est sûre. Elle l'en a remercié d'ailleurs, le jour où la bonne nouvelle a été annoncée.

Et, même si son oncologue reste encore prudent, sa guérison devrait bientôt être reconnue. Cette épreuve n'a fait que renforcer le lien, déjà fort, qui les unissait tous les cinq : Mehdi, ses sœurs Naïma et Aïda, Samia et Ahmed. Mehdi apprécie chaque instant qu'il passe avec eux. Il ne vit plus chez ses parents depuis deux ans, mais il leur rend visite plusieurs fois par semaine. Souvent pour se faire inviter à manger, aussi. Comme le dit Samia : « Quand il y en a pour deux, il y en a pour trois. » Voire pour quatre. Voire « pour huit, souvent », s'en amuse Mehdi. Il ne fait aucun doute que ce soir elle aura encore préparé un festin gargantuesque. Le voilà de nouveau à penser à manger alors qu'avec Teddy ils s'affairent à ranger leur matériel. L'heure de rentrer approche. Ils chargent leur véhicule de fonction, un utilitaire bleu. La société qui les emploie est basée à Saumur, et compte une cinquantaine de salariés. Cela fait presque dix ans que Mehdi bosse dans cette boîte. Il y a fait son apprentissage, obtenant son CAP puis son BP, avant d'être embauché en CDI. Au sortir du collège, il ne savait vers quoi s'orienter. Ahmed, qui bossait lui-même dans cette entreprise, lui avait proposé cette opportunité, en insistant sur l'importance d'apprendre un métier pour trouver du travail. Et si à l'avenir ça ne le satisfaisait plus, cela resterait toujours « une roue de secours », lui avait-il dit. Le fait est que ça lui a plu, et que ça lui plaît encore. De plus, son père étant globalement bien apprécié de ses collègues, il avait été facile de s'intégrer en étant son fils. Mehdi sait lui en être reconnaissant.

— Tu fais quoi ce soir ? lui demande Teddy.

— Je vais chez mes parents, répond Mehdi. Comme tous les soirs en ce moment, ajoute-t-il avec un sourire, pensant que Teddy est tête en l'air.

— Ah oui ! Je suis con !

— Ce n'est pas moi qui vais te contredire.

— Ah ! Ah ! Enfoiré !

Teddy le pousse légèrement.

— Et toi ? T'as quelque chose de prévu ?

— Non, pas vraiment…

— Viens chez mes parents si tu veux, tu mangeras avec nous.

— T'es fou ! Je ne vais pas débarquer comme ça.

— Tu ne débarques pas, je t'invite. C'est aussi ça le ramadan.

— Ouais ? Non, je ne sais pas.

— C'est comme tu veux. Si tu as envie de venir, tu es le bienvenu.

— Je t'enverrai un SMS pour te dire, mais je ne pense pas.

— C'est toi qui vois.

Le véhicule est chargé, les deux jeunes hommes montent à bord et partent. C'est Teddy qui conduit. Après un petit quart d'heure de route pour rejoindre Saumur, sous la pluie, il dépose Mehdi en bas de chez lui, rue Bouju ; celui-ci réitère son invitation, à laquelle Teddy promet de réfléchir avant de redémarrer pour ramener le véhicule au dépôt. Mehdi consulte son smartphone, qu'il a senti vibrer dans sa poche, en se penchant bien au-dessus pour le protéger de la pluie. C'est un message de Claire, sa petite amie : « *Tjrs pas de voiture. Passe me prendre pr 20h 20h15 Bisous* ». Il avait le pressentiment que la bagnole ne serait pas prête. Une semaine qu'ils la font mariner. Il lui faudra donc aller chercher Claire avant de se rendre chez ses parents. *Quand on aime, on ne compte pas… les kilomètres.* Mehdi et Claire se sont rencontrés au réveillon du 31 décembre dernier. Ils avaient été invités par un ami commun, Alexis, dit Al. Claire et Al ont fait tout leur primaire dans la même classe. Mehdi, quant à lui, a fait la connaissance d'Al au centre de formation des apprentis de Belle Beille, à Angers, et rapidement les deux sont devenus inséparables. Plusieurs fois, Al avait parlé de Claire à Mehdi, et de Mehdi à Claire, mais sans qu'ils se soient jamais rencontrés. Cette soirée en a été l'occasion. Cela fait donc six mois maintenant qu'ils sont en couple, et ils se sentent bien. Si bien qu'ils envisagent déjà de vivre ensemble. Mais, pour le moment, Claire est toujours chez ses parents, et lui, seul dans son appart. Mehdi entre dans son immeuble, un bâtiment des années 1980. Il emprunte l'ascenseur pour monter au dernier étage, le quatrième, avant de rejoindre son chez-lui. C'est un studio d'une trentaine de mètres carrés avec la salle de bains, W.-C. inclus, à droite en entrant, puis le séjour, enfin la cuisine séparée, attenante au balcon. L'appart fait un peu vieillot, mais le prix est raisonnable, et le voisinage plutôt calme, donc ça lui va. Mehdi quitte sa veste qu'il accroche dans la penderie, à gauche dans l'entrée. Il va chercher des sous-vêtements propres dans la petite commode du séjour, derrière le canapé convertible, avant de filer prendre une bonne douche bien chaude pour se réchauffer. Quel temps de chien ! Une fois séché, il met le jean et le polo suspendus à la porte de la salle de bains. Il s'asperge de parfum, étale de la main une noisette de gel dans ses cheveux noirs, face à la glace. Mehdi consulte sa montre : il a deux bonnes heures devant lui avant d'aller chercher Claire. Il va commencer par se poser sur le canapé et jouer un peu à la console. Au fil des matchs de foot en ligne qu'il enchaîne, ses yeux se fatiguent. Il est pris d'un coup de barre.

C'est généralement le cas quand il ne se bouge pas après le boulot, surtout pendant le mois de ramadan. Sans même éteindre la télé ni la console de jeux vidéo, Mehdi pose sa manette sur la table basse devant lui, attrape un des oreillers sur le clic-clac pour le glisser sous sa tête, et s'allonge. Il va se reposer un instant. Pas dormir, juste fermer les paupières et se reposer.

Quand Mehdi rouvre les yeux et consulte l'heure sur son téléphone, il se rend compte qu'il s'est finalement endormi. Bien endormi, même, puisqu'il est 18 h 47. Il s'est assoupi près de trois quarts d'heure. À présent, il se sent tout vaseux, a du mal à émerger. Il s'assoit et consulte le SMS qu'il a reçu de Karim, son cousin, à 18 h 09, soit quelques minutes après s'être assoupi. Celui-ci l'invite à venir regarder République tchèque-Croatie, match de poule de l'Euro 2016, sur sa nouvelle télé grand écran flambant neuve, photo à l'appui. Mehdi réfléchit, c'est la mi-temps ou presque, il lui reste encore une heure avant de passer prendre Claire. Comme il n'a rien d'autre de prévu, autant aller chez son cousin. Bouger ne lui fera pas de mal. Il éteint sa console, sa télé, enfile une veste en cuir et sort de son appartement. Sur le palier, il croise sa voisine, qui lui est reconnaissante depuis qu'il est intervenu pour remettre à sa place son ex, un peu trop envahissant. Ils échangent quelques mots, puis Mehdi descend par l'ascenseur, rejoint le parking, monte dans sa voiture, une Clio II noire, le modèle société, pour filer chez son cousin Karim, qui habite rue des Vignes à Saumur. Quelques minutes lui suffisent pour s'y rendre. C'est Aurélie, la femme de Karim, qui l'accueille et le fait entrer dans leur petit pavillon où cela sent bon la cuisine. Mehdi fait un bisou aux enfants, Adil et Younes, avant de rejoindre leur père qui ne s'est pas levé du canapé d'angle. Les deux hommes s'embrassent, c'est ainsi dans la famille. Ils échangent quelques banalités jusqu'à ce que Mehdi s'extasie devant l'immense télé de son cousin. Le match ne tarde pas à reprendre. Ils passent une demi-heure ensemble à discuter de l'Euro, de ses rencontres soporifiques, du favori qui pour eux, pour le moment, est l'Italie. Vers 19 h 30, Mehdi quitte la petite famille, déclinant leur offre de rester avec eux pour rompre le jeûne.

— C'est gentil, mais il faut que j'aille chercher Claire. Après on va chez mes parents.

Il prend alors la route pour passer récupérer sa belle, à Beaupin, avant de se rendre à Villier.

Arrivé à Beaupin, Mehdi va se garer dans le chemin qui longe le cimetière, à quelques mètres de la route, juste devant le portillon clos, couleur vert sapin. Il est peu probable que quelqu'un tente de sortir par là à presque 20 heures. D'autant qu'il ne s'ouvre que très difficilement, il frotte contre la petite dalle de béton qui a été coulée sur le seuil. Mehdi le sait pour avoir déjà essayé, en vain, un autre soir où il attendait Claire. Il se fait la réflexion que le chemin est dans un sale état, et espère que les quelques mètres qu'il a faits n'auront pas suffi à dégueulasser sa bagnole. Machinalement, il baisse sa vitre et tâte les poches de sa veste pour trouver son paquet de clopes. Dans la seconde qui suit, il se souvient que c'est le mois de ramadan, et interrompt sa recherche en soufflant. Les petites habitudes ont la vie dure. Mehdi pose sa nuque en arrière, sur l'appuie-tête, avant de fermer les yeux, quelques secondes. Mais de peur de s'endormir à nouveau, il se redresse, sort son téléphone et lance Facebook. Alors qu'il fait dérouler son fil d'actualité, distribuant quelques likes, à cette parodie de David Guetta lors de la cérémonie d'ouverture de l'Euro 2016, par exemple, de la lumière surgit derrière lui. Des phares. Le reflet dans son rétroviseur intérieur l'éblouit. Le véhicule vient s'arrêter à hauteur du sien. Il faut quelques secondes à Mehdi pour que sa vue se rétablisse. Il distingue maintenant les deux types dans leur Peugeot 206, mais que peuvent-ils bien lui vouloir ? Ça sent l'embrouille à plein nez. Le conducteur descend le premier et contourne la voiture, puis c'est au tour de l'autre de sortir. Mehdi baisse un peu plus sa vitre.

— Bonsoir, lance-t-il aux deux inconnus.

Son but, ce soir, étant d'éviter les problèmes.

— Bonsoir, lui répondent Cédric puis Frédéric comme en écho. Qu'est-ce que tu fais là ?

— J'attends quelqu'un.

Mehdi préfère rester vague.

— T'attends un zombie ? demande Frédéric, avant de rire comme un gros lourdaud. Un zombie. À cause du cimetière, explique-t-il à son frère, pensant qu'il n'a pas compris sa blague puisqu'il n'a pas réagi.

— Descends de ta bagnole, on va discuter un peu.

Cédric a beau sourire, Mehdi ne le sent pas.

— Je ne veux pas d'histoire. J'attends juste mon ami, il ne devrait pas tarder. (Le chéri de Claire pense qu'il vaut mieux éviter de dire que c'est une femme qui doit le rejoindre.) Dès qu'il arrive, on s'en va.

— Descends juste une minute, le relance Cédric en lui ouvrant sa portière.

Mehdi est à présent dans une mauvaise posture. Assis, il est vulnérable. Il est préférable qu'il sorte de sa voiture pour se retrouver debout face à eux. C'est ce qu'il fait.

— Comment tu t'appelles ? l'interroge Cédric.

— Mehdi.

— T'es musulman ?

— Pourquoi tu me demandes ça ?

— Parce qu'on n'aime pas les bougnoules, lui répond Cédric sans sourciller.

Cédric fait dans les un mètre quatre-vingts, Frédéric est un peu plus petit, mais ils sont tous les deux plutôt costauds. Donc, même si Mehdi ne les connaît pas, il a dans l'idée qu'ils ne sont pas manchots, et que, s'ils en viennent à se battre, sa cote n'est pas bien haute. Pour autant, il ne peut pas se laisser insulter.

— Tu viens là pour faire quoi ? Des conneries ? Tes trucs de musulman de merde.

— Quoi ? Mais qu'est-ce que tu racontes ? Ça ne veut rien dire !

— Alors pourquoi t'attends à côté de notre cimetière et pas autre part ? lui demande Cédric, persuadé du bon sens de sa question.

— Sale bougnoule, glisse lâchement Frédéric.

— Racistes.

— On n'est pas racistes, réfute Cédric, c'est juste qu'on ne veut pas de bougnoules chez nous.

Mehdi s'avance rapidement de quelques pas pour pousser des deux mains Cédric qui recule en titubant. Frédéric, qui ne se trouve plus qu'à quelques centimètres de Mehdi, lève la bouteille de whisky qu'il tient, à moitié vide, et le frappe à la tête, violemment. C'est comme un véritable coup de massue, Mehdi s'écroule. En tombant, il se fend le front au coin de sa portière. Tout semble tourner autour de lui avant qu'il ne s'évanouisse. Le sang se met à pisser et à lui recouvrir le visage. Ruisselant dans son cou pour finir sur le chemin, dans une petite flaque d'eau qui devient plus foncée à mesure que l'hémoglobine afflue. Mehdi gît sur le sol, inconscient, inerte.

5

Samedi 18 juin 2016 – 23 h 30

Mehdi attrape son avant-bras avec sa main opposée. L'homme à la matraque ne l'a pas loupé. Ça le lance encore. Les gens, face à lui, se rapprochent petit à petit, mais il n'a pas saisi qu'ils portaient des cagoules, alors il s'étonne de ne pas parvenir à distinguer leurs visages. Il est décidément difficile de regarder en face cet afflux de lumière. Mehdi tente d'y remédier en baissant la tête et en levant les yeux. Le résultat n'est pas très concluant. Sylvie vient vers lui, caméra à la main, gardant tout de même une distance de sécurité. Mehdi n'y comprend rien. À quoi tout cela rime-t-il ? Quel sort lui réservent-ils ? Une autre personne s'avance jusqu'à lui. Petite mais large, une poitrine généreuse moulée dans sa veste de survêtement, il ne fait aucun doute pour Mehdi que c'est une nana. Comme il est plus grand que le bout de femme, et que son phare à main est orienté au-dessous de sa ceinture, Mehdi parvient à distinguer qu'elle porte une cagoule. Il en déduit que tous, quel que soit leur nombre, en ont une également. Marie continue de s'approcher, sans crainte pour sa sécurité. Arrivée tout près du jeune homme totalement nu, elle saisit à pleine main son pénis qu'elle secoue vivement de gauche à droite, et s'écrie :

— C'est qu'il en a une grosse, l'enfant de salaud !

Les autres ne peuvent se retenir de rire. Notamment son fils, Jésus, qui rigole plus fort que ses complices. François, que cela n'amuse pas, lui fait lâcher le sexe en tapotant gentiment sur son bras avec sa matraque, et l'invite à reculer. Ce qu'elle fait, contente de sa connerie.

— Je vous propose de vous préparer, dit François, et on va pouvoir commencer.

Alors que le groupe se divise, chacun se dirigeant vers le véhicule dans lequel il est arrivé, Mehdi tente de parler malgré son bâillon. Un gémissement incompréhensible qui lui vaut un vif coup de matraque sur le ventre, le pliant en deux dans un cri étouffé. En se redressant, Mehdi observe autour de lui, de plus en plus inquiet à propos du sort qui l'attend. Il examine l'environnement, tant que faire se peut dans l'obscurité. Il devine qu'il est au milieu des bois.

Peut-être pas si loin des habitations puisqu'il est bâillonné. Sans doute un moyen de l'empêcher de faire trop de bruit, ce qui pourrait attirer l'attention. Il ne se situe pas géographiquement en tout cas. Ce carrefour pourrait bien être n'importe où. Il était conscient durant le trajet jusqu'ici, depuis la cabane où il était tenu captif. Soit probablement quatre ou cinq kilomètres. En revanche, il ne sait pas où se situe celle-ci par rapport au cimetière de Beaupin, car il était inconscient dans le coffre de la Clio. Il pourrait toujours être sur la même commune, particulièrement boisée, comme il pourrait se trouver à des kilomètres de là. Combien de temps a-t-il été dans les vapes la veille au soir ? Il ne le sait pas.

Tous sont revenus et lui font face. François, que Mehdi a aisément identifié comme celui qui commande, s'adresse à eux :

— Tout le monde est prêt ?

Les autres lui répondent que oui.

— OK. Allons-y !

François avance vers le groupe qui se scinde en deux pour le laisser passer, tirant derrière lui Mehdi, toujours enchaîné. David ferme la marche avec les autres. Ils s'arrêtent au bord du chemin perpendiculaire à celui d'où ils étaient arrivés. David et Alfred, le doyen, viennent vers Mehdi et l'agrippent pour l'immobiliser.

François se rapproche à son tour de lui, s'agenouille, pose sa matraque au sol, et sort son trousseau de clés pour libérer le captif de son entrave à la cheville, qui saigne légèrement. Puis François ramasse son arme, se redresse, et hoche la tête pour signifier aux deux hommes qu'ils peuvent le lâcher. Ce qu'ils font. Mehdi est d'abord surpris, il ne sait pas comment réagir. Son souffle se fait plus rapide, les battements de son cœur aussi. Il n'a qu'une envie, c'est partir en courant droit devant. Même s'il n'a aucune idée d'où il est ni où cela va le mener. Il ne se fait donc pas prier quand François lui fouette le cul avec sa matraque en lui criant :

— Allez ! Dégage !

Mehdi décampe aussi rapidement que possible. Il n'a ni vêtements ni chaussures. C'est pieds nus qu'il court dans cette forêt, piétinant bouts de bois, plantes, épines. Les branches, les fougères le griffant, l'égratignant. Il court quasiment à l'aveugle, frôlant certains arbres, enjambant certains troncs déracinés. Droit devant lui, autant que faire se peut. Il va bien finir par tomber sur une route, c'est ce qu'il se dit pour se rassurer.

Après le départ de Mehdi, François a organisé les équipes. Sylvie, comme depuis qu'ils sont arrivés, n'en a pas perdu une miette pour sa vidéo.

— David, Alfred et Cédric, vous prenez le flanc gauche, leur dit-il en le désignant de sa matraque, pour éviter toute confusion – il est conscient qu'il n'a pas que des flèches avec lui ce soir. Charles, Hélène, Baptiste et… Jésus, vous prendrez…

— Oh non ! Pas Jésus ! se plaint Charles.

— Ah bah oui ! Faut pas mélanger les torchons et les serviettes ! s'exclame Marie. Il est pas assez bien pour vous, mon fils, hein ?!

— C'est bon, les coupe François. Alors Charles, vous trois, vous prenez le flanc droit (qu'il désigne encore de sa matraque). Frédéric et Jésus, donc, avec moi au centre. Sylvie, essaie de suivre un peu tout le monde pour qu'on soit tous sur le film. Marie, tu restes ici au cas où il réussirait à faire demi-tour. Bonne chasse !

— Bonne chasse ! reprennent en chœur tous les autres avant de se lancer, en ligne, à la poursuite de Mehdi.

Il a pris un peu d'avance, quelques dizaines de mètres. Parti en trombe, il a désormais ralenti. Progressant presque à l'aveugle, à tâtons. Ses mains en avant, pour protéger son visage. La température n'est pas estivale, et l'air est humide. Mehdi a froid, il tremble de tout son corps nu. Ses pieds écorchés le lancent. Chaque pas qu'il fait est un supplice, mais il ne peut pas s'arrêter. Pas maintenant. Il ne sait pas où sont ceux qui l'ont pris en chasse. Le moindre bruit lui est suspect. À chaque craquement de branche alentour, Mehdi se fige, de peur que ce soit l'un d'entre eux. Il se retourne régulièrement, distinguant des lumières qui vacillent. Il faut au moins qu'il maintienne cette distance, mais combien de temps va-t-il y parvenir ? Sa cheville entaillée, celle qui portait le fer, le fait souffrir également. Chaque appui sur ce pied lui envoie comme une décharge dans la jambe. Tout cela ajouté au fait qu'il n'a quasiment rien mangé depuis près de quarante-huit heures, et qu'il n'a que peu dormi la nuit dernière, dans la cabane qui lui servait de cachot. Mehdi se retourne à nouveau. Les lumières se rapprochent. S'il ne trouve pas un moyen de progresser plus rapidement, ils ne vont pas tarder à le rejoindre. Quel sort vont-ils alors lui réserver ? Il élude la question, ce n'est pas ce sur quoi il doit se focaliser. Mais sur comment réussir à avancer en perdant le moins de temps possible dans le noir, en évitant les entraves sur son passage. La première idée qui lui vient est d'attendre qu'un de ses pourchasseurs le rattrape, de le neutraliser et de lui prendre sa lampe. *Trop risqué.* Ou alors il pourrait tenter de progresser à quatre pattes. *Pas sûr que ce soit efficace.* Mehdi se creuse la tête sans cesser de marcher pour autant. Chaque mètre parcouru est pris comme une victoire. Il pense à une autre solution. Peut-être qu'en prenant un bâton dans chaque main et en battant l'air devant lui, il parviendrait à déceler, par avance, s'il y a un obstacle ou non. Il décide de la mettre en application. Il lui faut trouver deux bouts de bois, qu'ils ne soient pas lourds et qu'ils mesurent au moins un mètre. De la main droite, il vient de tâter un arbre. Mehdi se baisse alors au pied de celui-ci. Accroupi, il se met en quête de ses deux bâtons. Il se réjouit de trouver le premier quasi instantanément. Pour le second, il lui faut chercher un peu plus. Il finit par mettre la main dessus. Celui-ci est légèrement moins long que l'autre. Tant pis, Mehdi n'a pas le temps de faire le difficile. Il se redresse, jette un nouveau coup d'œil en arrière : ils ne sont plus loin. Après avoir pris une grande inspiration, il se lance à grands pas, agitant les deux bouts de bois devant lui dans tous les sens. Sa technique est à la hauteur de ses espérances, il progresse bien plus vite.

Derrière, les autres ne ralentissent pas, avançant à un rythme régulier. À la lumière de leurs lampes, c'est beaucoup plus facile. Presque certains que leur proie est devant eux, ils scrutent tout de même autour d'eux au cas où Mehdi se serait arrêté puis caché pour les laisser passer et revenir sur ses pas. C'est pour cela que Marie est restée derrière. La ligne qu'ils formaient au départ n'existe plus. Cédric, sur la gauche, Frédéric et Jésus, au centre, sont devant les autres. Ce sont ceux qui ont le plus de mal à suivre les règles. François le sait bien, mais, en bon chef de bande, il s'en accommode. D'une manière générale, ceux qui le connaissent l'écoutent et le respectent. C'est juste que ces trois-là ont parfois comme des absences, ou qu'ils ont du mal à refréner leurs pulsions. Chez Cédric et Frédéric, les deux frangins, cela tient plus de la bêtise. Ils ne se donnent pas – ou peu – la peine de réfléchir. Ils en sont pourtant capables, dans une certaine limite. Pour Jésus, c'est plus compliqué. Les gens du village ont coutume de dire qu'il n'est pas fini. François le rappelle à l'ordre :

— Attends-nous, ne va pas trop vite.

François prend soin de ne pas le nommer. C'est une autre règle qu'il a fixée. Sinon les cagoules ne servent à rien.

— T'inquiète pas, François ! lui répond Jésus avant de se rendre compte qu'il n'a pas respecté la règle en question. Merde ! J'ai dit François.

— CHUUUT ! lui assènent certains.

À ce moment, François se demande pourquoi il les a conviés, lui et sa mère, puis il se le rappelle. Si cette virée nocturne venait à capoter, ils pourraient lui être précieux. Le groupe continue d'avancer. Dans l'obscurité, les faisceaux de lumière s'entrecroisent, balayant les fougères, les souches, les arbres déracinés. Ils gagnent du terrain. Sylvie s'est placée un peu en retrait pour filmer leur progression de derrière. Hélène, son amie, est à ses côtés, silencieuse. La caméra capte aussi le son. Et la nuit, en pleine forêt, pour qui se fait discret, l'ambiance est particulière. Une multitude de petits bruits troublent la quiétude.

Mehdi ne sait pas ce qui est le plus inquiétant : le silence ou ces bruits. À présent, il maîtrise bien la technique avec ses deux bâtons, ce qui lui permet d'accélérer encore un peu plus le pas. Mais il ne peut pas courir en même temps. Il a essayé. Trop compliqué pour lui de désynchroniser ses bras et ses jambes. De plus, il avance désormais complètement à l'aveugle, ce qui ajoute évidemment au stress. Son cœur bat si fort qu'il a l'impression qu'il va finir par lui sortir de la poitrine. Ses pieds sont en sang. Ses bras lui pèsent à force de maintenir ses cannes tendues. Il se sent fatigué. Tellement fatigué. Il ne pourra pas tenir longtemps encore. Il tourne la tête en arrière tout en continuant de marcher. Il lui semble qu'il a réussi à les distancer un peu plus. Les lumières lui paraissent plus éloignées.

Inconsciemment, il ralentit légèrement. L'idée de s'arrêter un instant lui effleure l'esprit. Il se le refuse. Il faut qu'il poursuive. Mehdi reprend un rythme plus raisonnable durant quelques minutes, puis ralentit à nouveau malgré lui. Il ne parvient pratiquement plus à lever ses bâtons qu'il agite mollement. Une ronce vient lui griffer la poitrine, agrippant son mamelon droit avant de s'en détacher si violemment que Mehdi a l'impression qu'il a été arraché. De sa blessure, il sent un liquide chaud couler le long de son ventre, froid comme celui d'un cadavre. Cette chaleur lui fait du bien. Il glisse une de ses cannes sous son bras opposé, et passe la main sur sa poitrine ensanglantée. Sur le coup, il a mal, mais ensuite, la tiédeur de son sang, sur ses doigts, lui fait du bien. Sans s'en rendre compte, il a cessé d'avancer. Il étale sa main, couverte de sang, sur son visage. Cette chaleur qui se répand lui est si agréable. Il laisse tomber les bouts de bois, et se badigeonne le corps de son sang. Il a la tête complètement ailleurs. Nulle part en fait. Il veut juste rester bien, comme ça. Ses paupières sont lourdes, il peine à les maintenir ouvertes. *À quoi bon ?* De toute façon, il n'y voit rien.

Mehdi reste ainsi un instant, ne bouge plus, jusqu'à ce que quelque chose vienne brutalement envelopper sa gorge par l'avant, et le tire en arrière. C'est Jésus qui l'a rattrapé, passant le bras autour du cou de Mehdi pour le ramener contre lui en l'étranglant. Il serre aussi fort qu'il le peut. Mehdi ne trouve pas l'énergie de se débattre pour tenter de se défaire de son agresseur. Il a de plus en plus de mal à respirer. Il sent Jésus trembler nerveusement contre lui. Anormalement. Puis l'étreinte se relâche, d'un coup. Jésus se met à saliver excessivement tout en restant immobile, comme figé. Il est épileptique et, souvent, face à une trop grande émotion, il fait une crise. Une crise partielle. Confronté à des troubles moteurs, il bave, peine à s'exprimer clairement. Et sa mémoire immédiate peut défaillir. Mehdi, sans comprendre ce qui se passe, saisit sa chance de pouvoir s'extirper de la prise de son agresseur. Il penche la tête en avant pour prendre de l'élan et, dans un mouvement brusque, le frappe au nez avec l'arrière de son crâne. Jésus titube en reculant, reprenant alors possession de ses moyens. Son pif pisse le sang. Il faut quelques secondes à Jésus pour en prendre conscience et basculer sa tête en arrière pour tenter d'y mettre fin. Au moment de décamper, Mehdi a un flash : *il faut lui piquer sa lampe.* Il tourne les talons, fait les quelques pas qui le séparent de Jésus et…

— IL EST LÀ ! crie Frédéric, qui est à quelques mètres d'eux.

6

Samedi 18 juin 2016 – 14 h 30

Tandis que sa mère, Marie, soixante et un ans, se repose dans sa chambre, Jésus, lui, est avachi dans leur vieux canapé beige aux coutures craquées. Il se trouve dans la pièce principale de leur maison, qui fait office de salon, de séjour et de cuisine. Le canapé contre un mur, face à un bahut rustique sur lequel est la petite télé. À côté du bahut, la gazinière puis le frigo. L'évier sous la fenêtre – vieille menuiserie, simple vitrage, verre fêlé. Une cuisinière, seul chauffage de toute l'habitation, le long du mur opposé. Au milieu, une petite table rectangulaire, rustique, avec ses quatre chaises. La maison est tout en longueur, une longère donc, et il faut traverser une pièce pour aller dans une autre. On entre dans le séjour par une vieille porte, la porte d'origine en bois bon marché dont la peinture est tout écaillée. Ensuite se trouvent la chambre de Marie, puis celle de Jésus, et enfin la salle de bains. Cette dernière est à peine plus grande qu'un placard. À gauche de la porte, sans rideau, la douche au bac carré autrefois blanc, dégueulasse, autour duquel les murs, bruts, peints pour la forme, font office de cabine. En face, les W.-C. tout aussi répugnants. Une odeur pestilentielle en émane constamment. Il faut dire que la propreté et l'hygiène ne font pas partie de leur vocabulaire, à ces deux-là. C'est une petite maison très vétuste, entourée d'un lopin de terre en friche, mais Marie et Jésus y sont bien. Ils ne sont plus que tous les deux depuis la mort de Lucien, l'époux de Marie et le père de Jésus. C'était il y a presque dix ans. La rumeur dit, au village, que Lucien et Marie étaient frères et sœurs. Ce qui expliquerait que Jésus soit « attardé », comme ils disent. Disons qu'il est simplet. Il n'a pas été à l'école très longtemps. Il sait à peine lire, gribouille plus qu'il n'écrit, et ne compte que sur ses doigts. Mais il est bosseur. Tout ce qui se récolte ou se cueille, c'est son dada. Et dans la région, il est servi. Il n'a pas le permis, pas de voiture, il roule à mobylette. Comme sa mère d'ailleurs. Il faut le voir, avec son casque bol blanc, fier comme s'il était un motard sur une grosse cylindrée. Jésus est extravagant. Extraverti aussi. Toujours dans l'excès. Marie tente de le calmer, parfois, même si elle sait que c'est en vain. Dans ces cas-là, ils s'engueulent comme un couple. Ce qu'ils sont d'une certaine manière. Ils s'insultent également, d'autres fois. Des mots ou expressions dont ils ne connaissent pas toujours le sens, mais qu'ils répètent pour faire comme les autres. Pour être comme les autres. Il faut dire, pour défendre Jésus, qu'il n'a pas été aidé. Sa mère n'a pas non plus usé les bancs de l'école, et elle n'a pas la lumière à tous les étages. Son père, qui était donc peut-être aussi son oncle, n'était pas une flèche non plus, mais c'est lui qui lui a transmis la valeur du travail. Malheureusement, ce n'est pas ce que Jésus retient de lui. Ce qu'il retient, ce sont les coups de ceinture qui venaient claquer sur son dos nu, gamin. Ç'a presque été un soulagement pour lui quand son père est parti. Aujourd'hui, il fait sa vie comme n'importe qui parce qu'il ne se sent pas différent des autres. Ce sont les autres qui se sentent différents de lui, mais Jésus les emmerde. Tous.

Marie se réveille. Elle regarde sa montre : 15 heures. Elle se dit qu'il est temps de se lever. La pluie, qui tombe encore, vient taper sur les carreaux frêles de la fenêtre. Elle s'est reposée tout habillée, avec son pantalon de survêtement bon marché et son sweat-shirt moulant son ventre flasque et sa poitrine généreuse pendante. Marie ne porte jamais de soutien-gorge. Elle n'est pas très grande, mais tout de même un peu plus que son fils. Ses cheveux gris sont taillés en un carré approximatif. C'est Jésus qui les lui coupe, et elle lui rend le même service. Ses sourcils sont épais, ses joues rebondies et rouges. Ses yeux, surtout quand elle ne porte pas ses lunettes, partent en vrille. Chaussettes de sport aux pieds, elle se lève, enfile ses claquettes et va dans le salon rejoindre Jésus, toujours affalé sur le canapé.

— Ça schlingue là-dedans ! gueule-t-elle en arrivant dans la pièce.

— C'est toi qui schlingues ! lui répond son adorable fils.

Marie ouvre, dans un grincement, la porte d'entrée pour aérer. En profitant pour cracher un mollard dehors, elle attrape son verre sur la table, où il revient toujours sans jamais être lavé, le remplit du vin rouge premier prix posé à côté. Elle le descend cul sec.

— Alcoolique ! lui lance Jésus.

— C'est... c'est plutôt toi l'alcoolique ! rétorque sa mère, son verre vide et la bouteille à moitié pleine dans les mains.

— Moi, je suis pas un alcoolique, je suis un alcoolo ! Sers-moi un coup !

— Qu'est-ce que tu me donnes en échange ?

— Ma quéquette !

Les deux se marrent comme des baleines. Marie remplit à nouveau son verre, mais aussi celui de Jésus. Ce dernier se lève du canapé, attrape son godet, et le descend cul sec à son tour. Marie boit celui-ci plus calmement. Jésus fait le tour de la table, se met derrière sa mère, restant là sans bouger. Presque collé contre elle. Immobile, elle boit son verre par petites gorgées. Son fils se rapproche un peu plus de son dos. Jusqu'à l'effleurer. Marie tend légèrement son large postérieur en arrière. Elle fait de petits mouvements de gauche à droite, se frottant contre Jésus, contre son sexe déjà dur. Elle le sent. Jésus passe sa main devant Marie et la glisse dans son survêtement, elle ne porte pas de culotte. Il caresse sa touffe de poils. Elle se frotte alors plus vigoureusement, de haut en bas à présent. Jésus, qui ne se contrôle plus tant il est excité, baisse d'un coup sec le pantalon de survêtement de Marie qui le fait glisser jusqu'à ses pieds. Il descend ensuite son propre pantalon. Son slip avec. Marie se penche en avant, les mains appuyées sur la table, les jambes écartées et, sans plus de préliminaires, Jésus, qui s'est saisi de son pénis en érection, l'introduit dans le vagin de sa mère. Entamant un va-et-vient effréné, bestial. Au bout d'une minute ou deux, il finit par jouir dans Marie. Il se pose alors sur son dos quelques secondes, reprenant son souffle, puis tous deux se rhabillent, comme si de rien n'était. La porte d'entrée toujours grande ouverte.

— Aaah ! Ça fait du bien, ça ! s'écrie Jésus.

— Pour sûr, lui répond sa mère.

Marie se ressert un verre de rouge pour l'emporter sur le canapé. Son fils sort un peu prendre l'air. La pluie s'est momentanément arrêtée. Le temps est frais, mais Jésus est réchauffé. Il est même en sueur sous son gros pull en laine vert qu'il porte à même la peau. Pour le bas, un pantalon de survêtement bleu trop grand pour lui, qui recouvre presque ses baskets bon marché. Pour Jésus, comme pour Marie d'ailleurs, l'apparence ne compte pas. Et ça se voit. Ici, au village, à Beaupin, tout le monde les connaît. Tous voient Jésus comme un vieux garçon. C'est vrai qu'il a quarante-cinq ans et qu'il vit toujours chez sa mère, mais leur lien est un peu plus complexe qu'une simple relation mère-fils. Il n'a jamais connu d'autre femme que Marie. Pas une aventure. Même pas un baiser. Il faut dire que, physiquement, il n'est pas aidé non plus. Jésus est petit, maigrichon. Son visage est marqué par des cicatrices d'acné en cratères, ses sourcils se touchent, et il arbore une moustache épaisse qui semble aussi grasse que ses cheveux coupés n'importe comment. Il n'a vraiment pas été gâté par la nature. Mais il ne s'en plaint pas. Jamais. Alors qu'il flâne dans la cour de leur maison, où l'herbe sauvage règne, il aperçoit Sylvie, leur voisine, qui monte dans son monospace avec sa fille, dont Jésus est amoureux depuis qu'elle a commencé à avoir des seins. Vers ses douze ans à elle. Car lui en avait alors trente-quatre. Il ne s'est jamais rien passé. Il n'a jamais rien tenté, fort heureusement. Enfin, rien physiquement, parce qu'il lui a déjà fait des allusions. Sans aucune délicatesse. Mais François n'en sait rien. Le monospace démarre, rejoignant la route. Jésus les salue de la main. Elles ne l'ont pas vu. Il est triste, un instant, jusqu'à ce qu'il remarque le chien qui creuse dans leur jardin – tout du moins le carré de terre en friche que Marie et son fils appellent leur jardin. À sa vue, Jésus attrape le balai posé dehors, à côté de la porte, et court en direction de l'animal, un labrador noir, en secouant le manche. Quand Jésus arrive là où creusait la bête, bien évidemment elle a déjà déguerpi.

— Retourne chez ton pédé ! lui crie-t-il.

Il n'aime pas son maître, le voisin du bout de la rue, qui se trouve être homo. Le chien file chez lui. Jésus ronchonne en rebouchant grossièrement du pied le trou dans le « jardin ».

Marie, qui est sortie en entendant hurler son fils, se tient sur le seuil de la porte d'entrée.

— Qu'est-ce que t'as à gueuler ?

— C'est le chien au gros pédé ! Il était encore à creuser dans le jardin !

— Il a qu'à l'enculer, son chien ! crie Marie, en regardant en direction de la maison de la personne en question.

— Ouais ! T'as qu'à l'enculer, ton chien ! Et le sucer aussi ! renchérit Jésus en beuglant, comme pour s'assurer que le propriétaire de l'animal l'entende.

Il y a au moins quelqu'un qui a entendu, c'est leur voisin le plus proche. François est sorti de sa maison, il s'approche de la clôture.

— C'est quoi, votre cirque ? (François est pourtant habitué à l'exubérance de ces deux-là, mais ils parviennent toujours à dépasser ce qu'il pensait être leurs limites.) Ça rime à quoi de brailler comme vous le faites ? Faut vous calmer ! D'accord ?

— Ce n'est pas nous, lui répond Jésus, encore énervé, c'est l'autre…

François s'agace.

— C'est bon, Jésus ! On a compris. Ça suffit maintenant.

Jésus baisse les yeux et fait la moue comme un enfant qui vient de se faire réprimander.

— Allez, c'est bon, fais pas la gueule. (François reprend un ton calme et ajoute tout bas :) À ce soir, hein ?

Marie hoche la tête pour acquiescer. Comme Jésus boude encore, François n'attend pas plus longtemps de réponse de sa part, il tourne les talons pour rentrer chez lui. Quand il est presque arrivé à sa porte, Jésus crie dans son dos :

— À ce soir, François !

Tout sourires à présent.

Aussitôt, François se retourne, regarde droit dans sa direction, l'index posé sur ses lèvres pour lui faire comprendre de la boucler.

7

Samedi 18 juin 2016 – 23 h 50

Mehdi fait face à Frédéric qui est à une dizaine de mètres. Il ne le distingue que vaguement derrière le faisceau de sa lampe frontale. Il ne peut reconnaître celui qui l'a agressé la veille, et qui est à l'origine de son calvaire. Hier soir, le jeune homme n'a pas eu le temps de voir avec quoi le type lui avait cogné la tête. Mais comme il avait remarqué la bouteille de Label 5 dans sa main juste avant, il est quasi certain que c'est ce dont il s'est servi pour l'assommer. Ensuite, il a senti son front heurter ce qui devait être la portière de sa propre voiture. Il n'en est pas totalement sûr. Puis la douleur s'est propagée dans son crâne comme une traînée de poudre. Après, c'est le trou noir. Rien. Pas un son, pas une image. Quand il a rouvert les yeux, il était à l'intérieur d'un chalet en bois. Plutôt cosy. Un petit coin cuisine avec un réchaud à gaz, une bassine en guise d'évier, visiblement sans l'eau courante. Un coin repas avec une table et des bancs en bois naturel. Une lampe à pétrole, suspendue au-dessus, éclairait d'une lumière vacillante l'antre de la cabane. Deux hommes se tenaient debout face à lui. L'un, de taille et de corpulence moyennes, propre sur lui, et l'autre, pas plus grand mais plus large. Avec un gros bide. Habillé comme un chasseur. Ils portaient une cagoule noire. Ces deux gars face à Mehdi, encore vêtu mais déjà enchaîné, c'étaient François et Alfred. Ils sont restés plantés là sans rien dire un moment. Le temps que Mehdi reprenne connaissance et comprenne ce qui lui arrivait. Ils voulaient vérifier que le bâillon résisterait, et resterait en place malgré les tentatives de Mehdi de crier et de s'en débarrasser. Il a essayé. Il les fixait droit dans les yeux, en forçant tant pour hurler que son visage en était rouge. Quand il fut épuisé, qu'il eut besoin de reprendre son souffle, Alfred, dans son pantalon en velours marron et son blouson kaki, attrapa la lampe à pétrole. Les deux hommes cagoulés se dirigèrent vers la porte. François sortit, et Alfred, après avoir éteint la lampe et l'avoir accrochée à l'entrée, le suivit. La porte se referma, Mehdi fut plongé dans l'obscurité. Sa gamelle d'eau pour seule compagnie. La nuit fut longue. Très longue.

Il essaya par tous les moyens de se défaire de ses chaînes, mais ses mains, attachées dans le dos, lui laissaient peu de marge de manœuvre. Il ne parvint pas non plus à se débarrasser de son bâillon. De toute façon, quand bien même il aurait réussi, ce qu'il ne savait pas, c'est que, perdu au milieu des bois, personne n'aurait entendu ses cris. Peu avant le lever du soleil, il était finalement tombé de sommeil. Quelques heures.

Dans le faisceau de la lampe de Frédéric, Mehdi tourne la tête pour jeter un œil aux autres pourchasseurs, plus loin, qui accélèrent le pas. En une fraction de seconde, il a le temps de voir toutes les lumières osciller plus vivement, et l'homme qui est tout près se mettre à courir dans sa direction. Mehdi abandonne l'idée de récupérer la frontale de Jésus, à qui il a sans doute pété le nez. Il tourne les talons et, sans prendre le temps de ramasser les bouts de bois qui lui servaient de cannes jusqu'alors, sans même y penser d'ailleurs, il décampe aussi vite qu'il le peut. Tout droit. Advienne que pourra. La peur a ce pouvoir de repousser les limites du corps. Parce que, sans cette peur qui motive sa fuite, Mehdi s'écroulerait certainement, fatigué comme il est, affamé, blessé. Mais il court encore, malgré ses pieds meurtris. Il court, aussi vite qu'il le peut. Il trébuche, plusieurs fois, à cause de bouts de bois au sol dont l'un heurte sa cheville déjà douloureuse. Il continue, en serrant les dents plus fort. Un point de côté commence à faire son apparition. Ne pas mollir. Mehdi ne prend pas le temps de se retourner pour voir où en sont ses poursuivants. Ils sont quelque part derrière, il le sait. De toute façon, il ne peut pas aller plus vite. À mesure qu'il avance, la forêt se fait moins sombre. Quelques mètres plus loin, il arrive dans une clairière. On n'y voit pas grand-chose tant le ciel est couvert et la nuit noire, mais Mehdi, qui vient de l'obscurité complète, parvient à distinguer les formes. Ce qui se profile devant lui ne lui inspire rien qui vaille. Pourtant, sans réfléchir davantage, il se rue à travers ces formes arrondies qu'il discerne. Des buissons de genêt. Du genêt dit scorpion. Un arbuste très rameux et très épineux. De véritables dards viennent à profusion déchirer la peau nue de Mehdi. Plus il avance et plus ses jambes, ses hanches et son ventre sont entaillés comme par une flopée de scalpels. Traçant de fines incisions. Jusqu'au sang. Sa progression s'en trouve ralentie, évidemment. Mehdi serre les dents si fort qu'il en a mal à la mâchoire. Des larmes coulent sur ses joues. Il pleure de douleur, de fatigue, il est à bout de nerfs. Il n'a qu'une envie : s'arrêter ici, maintenant, et se réveiller. Parce que ça ne peut être qu'un cauchemar. Un putain de cauchemar qui dure depuis vendredi soir. Chaque fois qu'il clôt les paupières un instant, il espère en sortir en les rouvrant. Mais sans cesse le cauchemar continue. Il est toujours *au milieu de cette foutue forêt pourchassé par cette bande de tarés*. Parce qu'ils sont bien derrière lui, Mehdi vient de le vérifier. Ils sont arrivés aux abords de la clairière épineuse. À quelques dizaines de mètres derrière lui. S'ils suivent la voie qu'il a empruntée, ils ne pourront pas garder ce rythme. *À moins qu'ils aient de quoi faucher les genêts*. Et, s'ils contournent la difficulté, ils perdront un temps qui lui sera précieux. Peu importe, il faut continuer d'avancer de toute façon. Après quelques pas à se faire lacérer encore, à sa grande stupéfaction Mehdi se retrouve les pieds dans l'herbe. Sans rien pour entraver sa progression. Fini le supplice des aiguilles. L'herbe humide apaise la douleur de ses pieds usés. L'air frais caresse son corps. Après cet enfer, cet instant de douceur a quelque chose de paradisiaque. Un bref instant, car il se remet vite à grelotter tant il a froid. La température n'a de cesse de descendre. S'il n'y voit pas plus clair, en tout cas il ne distingue pas d'obstacles sur la cinquantaine de mètres qui le séparent de l'autre bout de la clairière, où il retrouvera la forêt. Sombre et piégeuse. Mehdi accélère la cadence, il se remet à courir.

Ses appuis ne sont pas sûrs, son corps se meut de façon désynchronisée. Il a l'étrange sensation de traîner les jambes. Ses bras sont ballants. Sa tête, relâchée, tressaute sur son cou. Il avance pratiquement en dormant. Mais soudain, sous ses pieds, le sol est différent. Ce n'est plus de l'herbe, douce et humide, mais des cailloux, du dur. Un chemin. Mehdi est tiré de sa somnolence, il rouvre grand les yeux. À vrai dire, c'est plutôt un sentier. Un sentier qui mène certainement à un chemin, en revanche. Lui-même susceptible de mener à une route. Mehdi se dit qu'il doit saisir cette opportunité, et rompre avec sa ligne de conduite qui, jusqu'alors, était de filer toujours tout droit, ou presque, pour laisser ses pourchasseurs derrière lui. Il lui faut trancher rapidement entre aller à gauche ou à droite. Sachant que ce choix pourrait lui être salvateur ou fatal. D'un bref mouvement de tête, il regarde de chaque côté avant de se décider à prendre sur sa gauche.

8

Vendredi 17 juin 2016 – 20 h 05

Cédric, dans sa 206 noire, s'éloigne le premier du cimetière pour traverser la route qui relie Beaupin à Viorne, et rejoindre le chemin d'en face comme le leur a recommandé François au téléphone. Frédéric, dans la Clio de Mehdi dont le corps inerte est à l'arrière, suit son frère. Ils longent un pré, puis un champ, avant de s'enfoncer dans les bois. Au moment où la voie se divise en deux, les véhicules restent bien à droite, arrivant en peu de temps derrière des maisons, au bord de la rue du Sapin vert. François, dans sa Kangoo blanche, les y attend. Il sort son bras par sa vitre baissée pour leur fait signe de la main de le suivre. Frédéric et Cédric tournent donc à droite sur la petite route. Ils passent devant une maison en bois aux volets bleus puis, un peu plus loin sur la gauche, ils s'engagent dans une grande allée qui s'enfonce dans la forêt. Le passage est cahoteux, la pluie l'a creusé de petits cratères. François, en tête, contrôle dans ses rétroviseurs que les deux gusses le suivent bien. Après deux ou trois kilomètres, ils quittent la large allée pour bifurquer dans un chemin de terre, étroit, où l'herbe est haute. Les trois voitures roulent pratiquement à touche-touche. Dans celle de Cédric, au sol du côté passager, la bouteille de whisky dont Frédéric s'est servi plus tôt pour assommer Mehdi n'a de cesse de sauter au gré des secousses. Après une centaine de mètres, François immobilise son véhicule et descend. Pas les deux autres. Une chaîne est tendue entre deux poteaux, bloquant l'accès à un terrain couvert d'herbe rase. Une petite étendue d'eau en son centre, et un chalet en bois sur le côté droit. Un vrai petit coin de paradis au beau milieu de la forêt. Ce terrain appartient à Alfred, mais il a donné une clé à François, qu'il affectionne particulièrement, pour que lui et sa famille puissent venir quand ils le souhaitent. Alfred était un très bon ami du père de François, et au décès de celui-ci il a été très présent. À tel point qu'aujourd'hui les enfants de François considèrent Alfred comme leur grand-père.

Pendant que François déverrouille le cadenas et libère le passage, Cédric attrape la bouteille de whisky pour en prendre une gorgée. Une bonne gorgée. Il y a quelques heures, elle était pleine. Avant d'aller chez Lorelei. « La Lorelei », comme l'appellent les gens du coin. Connue comme le loup blanc. Encore que certains feignent de ne pas la connaître, notamment les hommes dits de bonne famille. Cela fait mauvais genre. Pourtant, eux non plus, comme tous ceux qui sont en quête de sexe débridé et pas cher, ne se refusent pas une partie de jambes en l'air avec « la Lorelei ». Si défraîchie soit-elle. Cédric et Frédéric sont de ces hommes. Pas en même temps. Même si c'est déjà arrivé. Mais plus généralement chacun son tour. Non pas qu'ils ne fassent pas de conquêtes, ou qu'ils ne parviennent pas à baiser sans payer, mais, pour espérer avoir des rapports aussi débridés qu'avec « la Lorelei », il faudrait s'installer dans une relation longue durée et, ça, ils s'y refusent. « Les bonnes femmes, c'est bon qu'à nous prendre la bite ou à nous prendre la tête, qu'ils disent, et on les laisse vous prendre la tête », ajoutent-ils généralement, en se marrant. La plupart du temps, leur petit couplet a du succès, ça fait marrer ceux qui leur prêtent l'oreille.

Pourtant Frédéric et Cédric sont plutôt beaux mecs. Respectivement trente-sept et trente-six ans. Les deux frères ont en réalité juste un peu plus de dix mois d'écart. « Retour de couches, il paraît. » Ils ont le même visage carré, le même nez parfait. Tous les deux bruns. Frédéric a les cheveux courts plaqués sur le côté tandis que son cadet a le crâne rasé. Cédric a les yeux verts, son aîné les a marron. Frédéric fait sept centimètres de moins. Plutôt bien bâtis, les deux hommes s'entretiennent. Ils soulèvent de la fonte. Une musculature naturelle, « sans prendre de merdes ». Comprenez sans stéroïdes, ou hormones de croissance, ou tout ce qui s'en rapproche. Côté caractère, ils se ressemblent beaucoup. Tous les deux très impulsifs. Des sanguins. Pas réfléchis pour deux sous. Ils imposent le respect, mais n'en sont pas coutumiers. Leur vision du monde est très étriquée, ils n'acceptent pas qu'on remette en cause leurs opinions. Quiconque est trop virulent à leur égard risque de se faire cogner dessus. La baston est leur argument favori, et ça depuis tout petits. Leur père est leur modèle. Les garçons ont grandi en l'écoutant narrer ses frasques de jeunesse. Les cassages de dents, de nez, les mises à l'amende… Ils en sont devenus des copies parfaites. Allant jusqu'à adhérer à son idéologie de race blanche supérieure, patriotes jusqu'au bout des ongles, nationalistes à l'extrême. Très tôt, Cédric et Frédéric ont participé à des rassemblements de skinheads. Passant à tabac quelques « bougnoules », quelques « négros », quelques « pédés », n'acceptant pas la différence. Taguant des croix gammées, au fil de leur chemin, les soirs de beuverie. Ensuite, ils ont rejoint Unité radicale, l'ancêtre de l'actuel Bloc identitaire, mouvement s'opposant à toute forme d'immigration, dont l'idéologie est fondée sur l'exaltation de la race blanche. Un groupuscule néonazi.

Aujourd'hui encore, les deux frères participent à des manifestations, comme le 28 mai précédent à Paris, pour une marche Génération identitaire. Scandant des « ici, c'est chez nous », « non à l'islamisation » ou « *refugees not welcome* ». Ils ont aussi eu un temps la carte du Front national qui pour eux, maintenant, « manque de couilles ». En partie parce que c'est une femme qui en a pris la tête. Mais ils l'ont tous deux dans la peau, « FN » tatoué sur l'omoplate. Le peu de différence d'âge fait qu'ils ont toujours été très liés. Quasi inséparables, on les voit rarement l'un sans l'autre. Ils sont de toutes les soirées, ou presque, organisées aux alentours de leur village natal, Beaupin, où ils vivent toujours, chacun dans son propre logement, de part et d'autre de l'église – seules quelques dizaines de mètres les séparent. Les gens du village s'étonnent qu'ils n'habitent pas ensemble tant ils ne se quittent pas. L'année précédente, au mois d'août, à la Fête des loges, une manifestation organisée sur la commune, un type éméché leur a demandé s'ils étaient « pédés ». Le type en question a fini à l'hosto. Et il peut s'estimer chanceux car, si personne n'était intervenu, Frédéric et Cédric l'auraient sans doute battu à mort. Le « veinard » a porté plainte, les deux frangins ont écopé de peines de prison avec sursis qui courent toujours.

Cédric reprend une gorgée de whisky. François a fini de libérer le passage, il remonte dans sa Kangoo et s'avance vers la cabane, qui fait face au chemin, pour se garer. Les deux autres font de même, en ligne. Ils descendent de voiture.

— Salut, François, dit Frédéric en lui serrant la main, merci de nous aider.

— Ouais, salut, se contente de répondre François.

Cédric le salue et le remercie à son tour. François tire un peu la tronche. Il se demande pourquoi il s'est laissé embarquer dans leur histoire. Mais il aime apparaître comme le sauveur, le messie. Et c'est précisément dans ce but que les deux frères l'ont contacté : les sortir de ce pétrin pour qu'ils évitent la prison. Ferme, cette fois. François n'a pas pris le temps de se changer, il est en pantalon de survêtement noir, sa tenue décontractée du soir. Il a tout de même enfilé ses bottes et un blouson.

— Bon. Redites-moi ce qui s'est passé. Toute la scène. Dans les moindres détails.

C'est Frédéric qui s'y colle. Il lui répète ce qu'il lui a déjà expliqué au téléphone, il y a quelques minutes, mais en essayant d'être plus précis et de ne rien omettre. Cédric valide d'un hochement de tête chaque phrase ou presque que prononce son aîné. Une fois le récit de l'incident terminé, François prend la parole :

— OK. Donc là, il est dans le coffre de sa voiture, on est d'accord ?

— Ouais, lui répondent les deux en chœur.

— Et les clés de la voiture sont... ?

— Dessus. Je les ai laissées sur le... (Frédéric fait mine de tourner la clé) ... contact. Sur le contact.

— Bien, bien. (François est exaspéré.) Maintenant, vous allez rentrer chez vous et y rester pour la soirée.

— Quoi ? (Cédric est choqué.) C'est vendredi soir, il n'est même pas 9 heures !

— Je m'en fous ! lui retourne sèchement François. Vous faites ce que je dis ou vous vous démerdez !

Frédéric tente de calmer le jeu.

— OK OK. On rentre chez nous. On peut passer la soirée ensemble ou pas ?

— Oui, si vous voulez. Mais vous ne sortez pas et vous n'invitez personne ! Compris ?

Les deux hommes hochent la tête.

— Je veux vous entendre dire que vous avez compris.

— Compris, lui lance Frédéric instantanément.

Sous le regard insistant de son frère, Cédric lâche péniblement à son tour :

— Ouais, ouais… compris.

François compte ainsi éviter qu'ils prennent une cuite et confessent leur histoire au premier venu. Au moins le temps de supprimer toute trace et toute preuve de l'agression.

Un bruit de moteur résonne dans le soir calme de la forêt. François, Frédéric et Cédric l'ont entendu et tendent l'oreille. Les lumières du véhicule qui s'avance, dans l'unique chemin qui mène à l'endroit où ils se trouvent, parviennent bientôt jusqu'à eux. C'est un gros bolide. Un 4 × 4. Ses phares sont si puissants qu'on y voit quasiment comme en plein jour. Les trois comparses en sont éblouis. Le 4 × 4 s'arrête à quelques mètres d'eux. Le moteur coupé, les feux restés allumés éclairent en direction de la cabane. Un homme imposant descend de la voiture. C'est Alfred, le propriétaire du terrain où ils se trouvent. Il s'approche d'eux.

— Salut la jeunesse ! Alors ? Qu'est-ce qui nous amène ici ?

— Bah… c'est que…

Cédric commence à vouloir expliquer la situation, mais François le coupe.

— Allez-y, je vais tout raconter à Alfred et on va s'occuper du reste.

Cédric n'apprécie pas du tout le comportement de François. Il a le sentiment d'être traité comme un gamin. Et, même gamin, il n'acceptait pas qu'on le prenne de haut. Frédéric, qui le connaît par cœur, sentant que la moutarde commence à monter au nez de son cadet, lui pose la main sur l'épaule, et d'un signe de tête l'invite à se diriger vers sa bagnole. Frédéric non plus n'est pas ravi de l'attitude de François, mais il est bien conscient qu'ils sont dans une merde si profonde qu'il faut mettre de côté leur ego pour le laisser gérer. Cédric abdique alors. Les deux frères quittent les lieux. Confiant à François et Alfred le soin de s'occuper de leur victime, encore dans le coffre de sa Clio. Une fois la voiture de Cédric engagée dans le chemin, François commence à expliquer à son vieil ami Alfred ce qui s'est passé, et ce qu'il envisage pour la suite. Alfred acquiesce. Il se dirige vers la cabane pour en déverrouiller la porte. Il allume une lampe à pétrole accrochée dans l'entrée, qu'il suspend au crochet qui lui est destiné au milieu du chalet. Il revient ensuite sur ses pas.

— Tu as pensé à prendre ce que je t'ai dit ? lui demande alors François.

— Oui, j'ai tout ce qu'il faut.

Alfred retourne à son 4 × 4 pour y retirer un sac en plastique et une cagoule. Il va poser le sac sur la table, dans la cabane, puis il prend une des chaînes qui pendent au mur de l'entrée du petit chalet pour aller la passer dans le crochet métallique fixé au sol, de l'autre côté de la table. Pendant ce temps, François va également à sa voiture s'emparer d'une cagoule, identique à celle que tient Alfred, et de sa matraque télescopique qu'il déplie. Tous deux se retrouvent côte à côte.

— On le sort, on le porte à l'intérieur et on l'attache, dit François.

— Et on le bâillonne, ajoute Alfred.

— Et on le bâillonne, oui, répète François pour bien mémoriser et préparer l'opération. Allons-y.

Avant de se lancer, ils passent leur cagoule. L'enfilant simultanément, ils se dirigent vers la Clio de Mehdi en l'approchant par l'arrière. François brandit sa matraque, prêt à l'abattre sur Mehdi s'il tente quelque chose. Alfred ouvre rapidement le coffre de la Clio. Le jeune homme est inerte. Sa tête ainsi que le tapis qui recouvre le sol sont ensanglantés. François tâtonne le corps du bout de sa matraque. Aucune réaction. Mehdi est toujours inconscient. Repliant son arme, François la glisse dans une poche de son pantalon de survêtement puis, du bout des doigts, vérifie le pouls de la victime à sa carotide. Il hoche la tête pour signifier à Alfred qu'il est en vie. Les deux hommes s'affairent alors à le sortir du coffre. Non sans difficulté, car, même si Mehdi n'est pas un gros morceau, son inertie le rend plus compliqué à manipuler. Après l'avoir extirpé de sa propre voiture, il faut maintenant qu'ils le portent à l'intérieur de la cabane. Dans un premier temps, Alfred se saisit des bras tandis que François prend les jambes. Au bout de quelques mètres, le dos du corps qui pend entre leurs mains se rapproche de plus en plus du sol et, quand il finit par entrer en contact, François, à l'arrière, perd l'équilibre et s'affale de tout son long sur Mehdi, dont Alfred n'a pas lâché les bras. Mehdi esquisse un mouvement de la tête. François se relève bien vite. Le jeune homme reprend doucement connaissance. Alfred perd patience. Comprenant qu'ils n'ont plus beaucoup de temps avant que la victime ne se réveille, il lâche prise.

— Aide-moi à le mettre debout ! lance-t-il sèchement à son acolyte, comme un père l'ordonnerait à son fils.

François, sans broncher, s'exécute. Le corps est plus facile à mouvoir à présent. Mehdi n'a pas encore totalement repris ses esprits, mais il tient sur ses jambes avec le soutien de François dans son dos. Alfred, qui lui fait face, se penche alors un peu en avant pour poser le corps, plié en deux, sur son épaule et son biceps, et le porte ainsi jusqu'à la cabane. Sans encombre. Une fois à l'intérieur, il dépose Mehdi à l'endroit où il avait fixé la chaîne au sol, quelques minutes auparavant. Les deux complices passent le fer à la cheville de leur victime. Alfred prend alors, dans le sac sur la table, le chiffon et le rouleau de ruban adhésif qu'il avait apportés sur demande de François, pour bâillonner Mehdi en lui fourrant le chiffon dans la bouche avant de l'enrubanner. Ce dernier semble avoir à nouveau sombré dans un profond sommeil.

— Il a perdu pas mal de sang, fait remarquer Alfred.

— Ce n'est pas si grave que ça en a l'air, rétorque François après avoir brièvement examiné la plaie. Tu as apporté le reste ?

— Oui, c'est dans le sac.

François se saisit du sac plastique, en sort le nécessaire pour nettoyer et panser la plaie.

— Je n'avais pas de sparadrap. Mais il y a le scotch.

— Oui, ça fera l'affaire.

François a l'habitude, dans son métier, de soigner des plaies, sauf que ceux qui passent entre ses mains sont plus poilus, en général. Il désinfecte, puis appose une compresse qu'il fixe avec le ruban adhésif sur le crâne de Mehdi.

— C'est bon ? demande Alfred.

— C'est bon, répond François.

Alors que les deux hommes s'apprêtent à tourner les talons, un bruit de chaîne attire leur attention. Leur détenu reprend connaissance.

9

Vendredi 17 juin 2016 – 20 h 10

Claire consulte à nouveau l'heure sur son portable. Seulement deux minutes se sont écoulées depuis la dernière fois qu'elle a regardé. Ces minutes paraissent interminables. Elle commence à se demander si Mehdi ne l'a pas oubliée. Il y a peu de chances puisque, depuis lundi que sa voiture est au garage, il vient la chercher ici chaque soir. Et en plus il est toujours à l'heure, même plutôt en avance. Cette semaine, elle n'a pas eu à l'attendre une fois. Il faut dire que l'idée qu'elle soit là toute seule, à côté du cimetière, en bord de route et en pleine soirée, ne ravit pas tellement Mehdi. C'est pour ça surtout qu'il arrive en avance. Claire lui envoie un SMS pour s'assurer qu'il pense à elle. Évidemment, il ne risque pas de lui répondre, car à ce moment précis il est inconscient, recroquevillé dans le coffre de sa voiture, son portable dans sa poche. Mais ça, Claire ne le sait pas. Comment pourrait-elle ne serait-ce que l'imaginer ? Elle regarde encore son téléphone : 20 h 14. Et pas de réponse de Mehdi. Cette fois elle tente de l'appeler. Ça sonne… ça sonne… messagerie. Elle raccroche puis réessaie : elle tombe sur la messagerie directement. Claire en déduit qu'il doit être en route, traversant des bois, et qu'il ne capte pas. Elle ne laisse donc pas de message sur son répondeur, elle prend son mal en patience. Une voiture arrive. Au cas où ce ne serait pas Mehdi qui vient, Claire reste cachée sur le pas du portillon vert, légèrement en retrait dans l'enceinte de parpaings. La voiture passe sur la route sans s'arrêter. Ce n'était pas lui. Claire se retourne et jette un œil à l'intérieur du cimetière, sur les tombes fleuries. Ses grands-parents, ainsi qu'une de ses tantes, sont enterrés ici. Elle a une pensée pour eux avant de s'accroupir en s'adossant au portillon, et de vérifier à nouveau son portable. Toujours rien. Quelle idée elle a eue de choisir cet endroit comme lieu de rendez-vous ! Mais il fallait que ce soit un coin discret, à l'abri des regards, et suffisamment éloigné de la maison de ses parents où elle vit encore. En effet, si cela fait six mois que Claire et Mehdi sortent ensemble, les parents de Claire n'ont toujours pas fait la connaissance du jeune homme. Et, de l'avis de Claire, ils ne sont pas près de le rencontrer ni prêts à le rencontrer. Du coup, le cimetière était parfait pour se retrouver. À condition que les deux parties s'y rendent. Claire tente à nouveau d'appeler Mehdi. Répondeur, direct. Cette fois, elle lui laisse un message : « Ouais, c'est moi. Tu fais quoi ? Je t'attends, moi. Je suis au cimetière. » 20 h 19. L'inquiétude commence à prendre le pas sur l'impatience. Ça ne lui ressemble pas d'être à ce point en retard. Encore moins de ne pas donner signe de vie. Elle a bien envie d'appeler les parents de Mehdi, en même temps elle ne veut pas les affoler pour rien. Pourtant elle a un mauvais pressentiment à présent. Elle le rappelle. Pas de tonalité. Messagerie, toujours. Claire raccroche et se décide finalement à appeler chez Samia et Ahmed :

— Allô ?

— Bonsoir, Samia, c'est Claire.

— Bonsoir, Claire, lui répond la maman de Mehdi avec un grand sourire, qui s'efface en une fraction de seconde, le temps qu'elle prenne conscience que ce n'est pas normal que Claire l'appelle alors que les tourtereaux devraient, si ce n'est être déjà là, au moins être en route.

— Est-ce que Mehdi est chez vous ?

Claire, pourtant inquiète, essaie de garder un ton calme pour ne pas effrayer son interlocutrice.

— Comment ça ? (Les efforts de Claire ont été vains, Samia panique.) Il n'est pas avec toi ? Il devrait être avec toi !

Claire ne contient plus son émotion.

— Non, je suis encore à Beaupin. Il devrait déjà être arrivé, mais il n'est pas là, et je n'arrive pas à le joindre.

— Oh ! Ce n'est pas possible ! J'espère qu'il n'a pas eu un accident ! Je n'arrête pas de lui dire qu'il roule trop vite !

Claire ne parvient plus à refréner sa peur, elle s'effondre en larmes. Samia n'est pas loin d'en faire autant, mais elle prend sur elle pour tenter de réconforter Claire.

— Ne pleure pas, ma chérie, ne pleure pas. Il a peut-être juste eu un problème. Ou il est avec ses copains. Tu as essayé d'appeler Alexis ? Ou bien Samir ?

— Non. (Claire essuie ses yeux de la paume de la main.) Je vous ai appelés vous en premier. Je sens qu'il s'est passé quelque chose.

Les larmes ressurgissent.

— On ne sait pas. Pour l'instant on n'en sait rien du tout.

Samia, qui s'imagine le pire, tente de se remettre les idées en place.

— Est-ce que tu peux venir jusqu'à chez nous ?

— Je ne sais pas. Je pourrais demander à ma mère, mais elle me poserait des questions…

Claire renifle avant d'ajouter :

— Je vais demander à une copine.

— Très bien. Si tu ne trouves personne pour t'amener, tu me rappelles et Ahmed viendra te chercher. D'accord ?

— D'accord.

— Tu as le numéro d'Alexis ?

— Oui, oui, je l'ai. J'ai celui de Samir aussi.

— Toi, tu appelles Alexis, moi, j'appelle Samir. D'accord ?

— D'accord.

— Allez, je te dis à tout de suite, hein ?!

— Oui, à tout de suite, Samia.

À peine a-t-elle raccroché que Claire appelle sa meilleure amie, Jaja.

— Ouais, ma grosse, lui lance sa copine en décrochant.

— Ouais, t'es encore chez toi ou pas ?

Les deux filles étaient ensemble il y a quelques minutes, avant que Claire ne rejoigne le point de rendez-vous, à pied, de chez Jaja qui habite à quelques dizaines de mètres.

— Ouais, mais je ne vais pas tarder à y aller. Pourquoi ?

— Mehdi n'est pas venu et je n'arrive pas à l'avoir au tél. C'est chelou…

— Merde ! T'as raison, ce n'est pas son style. Tu veux que je vienne te chercher ?

— Ouais. Et tu pourras faire un détour pour me déposer chez les parents de Mehdi ?

— Bien sûr, ça roule. J'arrive.

— OK. Merci.

En raccrochant, Claire voit l'heure : 20 h 24. Elle fond à nouveau en larmes. La détresse qui l'assaille est incommensurable. Elle n'est pourtant pas du genre à croire aux pressentiments, mais le fait est qu'elle a la sensation que quelque chose de grave est arrivé à Mehdi. Elle l'aime tant. Il est tout pour elle. Claire a peur de l'avoir perdu. Mais il faut qu'elle se ressaisisse, qu'elle arrête de chialer. Jusqu'à preuve du contraire, il ne lui est rien arrivé. Elle doit appeler Alexis pour vérifier si son « bébé » n'est pas avec lui. Ou s'il ne sait pas où il se trouve. Elle sèche ses larmes en cherchant AL dans les contacts de son mobile.

— Salut, Claire.

— Salut, Al.

— Ça va ?

— Pas terrible. Tu n'es pas avec Mehdi par hasard ?

— Non. Il n'est pas avec toi ?

— Bah non ! Sinon je ne te poserais pas la question ! T'es con.

Claire est toujours cash, particulièrement avec ses proches, mais là le ton est plus sec que d'habitude.

— Ouais, c'est vrai. Mais c'est qu'en principe vous deviez aller chez ses parents…

— Ouais, on devait, mais quand je suis arrivée à notre point de rendez-vous, il n'était pas là. Déjà je trouvais ça chelou, parce que les autres soirs il était là avant moi. Et maintenant, ça fait presque une demi-heure que je suis là, et il n'est toujours pas arrivé. Tu ne sais vraiment pas où il est ?

— Bah non, je te le dirais sinon, tu sais bien. C'est vrai que c'est chelou ! S'il y en a un qui est toujours à l'heure, c'est bien Dhi-Me ! Tu as appelé Samia ? Il…

— Ouais, j'ai appelé, ils n'ont pas de nouvelles non plus.

— Ben merde ! Tu as essayé d'appeler Samir aussi ?

— Non, mais Samia doit le faire.

— OK. Je vais aller voir chez lui, il s'est peut-être juste endormi.

— T'es sur Saumur ?

— Ouais, je suis chez ma meuf, mais ce n'est pas un souci.

— Ah !

La légendaire désinvolture d'Alexis parvient à tirer un léger sourire à Claire.

— Tu me rappelles après pour me dire, OK ?

— Ça marche. À toute.

— Merci. À toute.

Claire a définitivement tiré un trait sur la possibilité que Mehdi soit simplement en retard et finisse par arriver, mais elle reste là, à côté du cimetière, sans plus avoir conscience du caractère plutôt glauque de leur point de rendez-vous. Elle lève les yeux de son smartphone quand un bruit de moteur qui ralentit se fait entendre. De l'autre côté de la route, sur le chemin qui se trouve dans le prolongement de celui où est Claire, une voiture reste immobile un instant. Sans pourtant qu'aucun autre véhicule circule sur la route et l'empêche de s'engager. Claire fixe la scène, inquiète. Alors qu'elle tente de réfléchir à ce qu'elle fera si la voiture vient à elle, celle-ci, une Peugeot 206 de couleur foncée, tourne sur sa droite en direction du bourg de Beaupin. Deux personnes sont à l'avant. Son aile arrière gauche est enfoncée. Claire croit reconnaître la voiture de ce gros beauf de Cédric Pacé. *Connard de raciste*, pense-t-elle, *lui et son frère peuvent bien aller se faire foutre*. Claire ne les craint pas. En revanche, à d'autres filles de son âge, et même à de plus vieilles d'ailleurs, elle dirait de se méfier d'eux. De faire en sorte de ne jamais se retrouver seules avec eux. Ni avec l'un ni avec l'autre. *Ces mecs ne sont pas nets.* Reste à espérer qu'ils ne l'ont pas reconnue. Parce qu'ils seraient foutus de dire à ses parents qu'ils l'ont vue ici, à cette heure-ci, toute seule. *Ce serait la galère !* Mais à cet instant précis, Claire a d'autres soucis. Elle consulte encore l'heure sur son téléphone, qu'elle sort de veille : 20 h 35. Sa copine se fait attendre. Une nouvelle fois, elle tente de joindre Mehdi. Messagerie, direct.

— Fait chier ! lâche-t-elle à voix haute, grognant en faisant mine de jeter son smartphone.

Comme si ce n'était pas assez, la pluie fait son apparition. Ou plutôt sa réapparition. Et elle commence à avoir envie de pisser. Puisque son amie n'arrive pas, qu'elle n'a rien pour s'abriter, Claire se décide à faire à pied le chemin jusqu'au domicile de sa copine. Elle a pensé à prendre un des parapluies accrochés près de la porte d'entrée, chez elle, en sortant, mais non, elle s'est ravisée. À peine Claire tourne-t-elle au coin du cimetière que la petite voiture jaune de sa meilleure amie se gare à sa hauteur. Elle ouvre la portière côté passager.

— Tu prends combien, ma belle ? lui demande Jaja en lui faisant un clin d'œil.

— T'es conne ! lâche Claire avec un léger sourire, en montant à bord.

— Alors ?

— Alors rien ! Il ne répond toujours pas, je tombe directement sur le répondeur. J'ai appelé Al, il n'est pas avec lui et il ne sait pas où il peut être. Il va aller vérifier chez lui…

— Oui, si ça se trouve, il s'est juste endormi.

— C'est aussi ce que m'a dit Al, mais je n'y crois pas trop. Surtout que chez lui son portable capte, et il ne l'éteint jamais.

— Ouais… Je ne sais pas quoi te dire…

— Je flippe grave, je te jure. Il lui est arrivé quelque chose, ce n'est pas possible autrement.

— Attends avant de flipper. Tu ne sais pas.

— Ouais, mais je le ressens.

— Quoi, t'es voyante maintenant ? lui demande Jaja, en la poussant légèrement de la main.

— Ta gueule ! lui lance Claire. Démarre !

C'est ce que fait Jaja, surnom que lui a attribué Claire – ça date du collège. Les profs appelant les élèves par leur nom de famille, les élèves en font autant, et Jacquet, le nom de celle qui est sa meilleure amie depuis la maternelle, est devenu Jaja. Puis, très vite, l'alcool a fait son apparition dans leurs soirées, et il se trouve qu'elle a développé un penchant pour le jaja. Elle s'est accoutumée à ce surnom. Elle reconnaît elle-même, avec beaucoup d'autodérision, que ça lui va bien. Jaja fait demi-tour sur la route déserte et retourne vers Beaupin, le bourg de cette petite commune de six cents habitants, qu'elle traverse rapidement. Elles dépassent la 206 de Cédric Pacé, stationnée le long de la rue. Claire la voit et constate qu'il y a de la lumière chez celui-ci. Dans la petite Twingo jaune, les deux filles poursuivent leur route vers chez Samia et Ahmed, à Villier.

10

Samedi 18 juin 2016 – 23 h 58

Le corps complètement scarifié, voire déchiqueté, sanguinolent, Mehdi ne trouve plus la force de courir sur le chemin. Il marche. Traînant des pieds déjà en sang, qu'il ne sent plus. Ses jambes se meuvent sans qu'il sache vraiment comment. Comme par automatisme. Les bras ballants, la tête lourde, il n'en peut plus. Quand bien même ce chemin pourrait être sa chance d'échapper à la bande de fous furieux qui le pourchassent, il n'est pas sûr d'arriver au bout. Peut-être pourrait-il s'arrêter un moment ? Pour essayer de se reposer, de reprendre des forces. Cela fait quelques minutes qu'il ne voit plus les lumières des lampes derrière lui. Mehdi se dit que ses poursuivants ne l'ont certainement pas vu tourner sur le chemin, et ont donc probablement continué tout droit leur chasse. Il doit en profiter, mais il n'a pas les idées claires. La fatigue est en train de remporter son combat. Même la pluie qui s'est invitée à la fête ne parvient pas à le garder éveillé. Pourtant, entre deux efforts pour maintenir ses paupières ouvertes, Mehdi distingue quelque chose qui attire son attention. Il tente d'écarquiller ses yeux le plus possible, c'est-à-dire à moitié. Est-ce que ce peut être ce qu'il croit que c'est ? Ou bien est-ce son esprit qui lui joue un tour ? Il faut qu'il s'en approche pour en avoir le cœur net. Il doit absolument réussir à parcourir cette distance, qu'il ne saurait évaluer. Peu importe ce qu'il trouvera alors, il s'y arrêtera un moment.

Mehdi puise dans ses dernières ressources, ses pieds traînent dans la boue formée par les trombes d'eau, qui le lavent de son sang et le frigorifient. Il serre les bras en croix sur sa poitrine, par réflexe, mais cela ne le réchauffe pas pour autant. Plus il s'approche, plus il peine à avancer. Mais, dans le même temps, ce qu'il pensait avoir distingué semble de plus en plus réel. Les contours sont plus nets. Ce ne peut pas être le fruit de son imagination, il tente de s'en convaincre. Mehdi s'appuie quelques secondes contre un arbre, s'efforçant d'y voir plus clair malgré ses paupières qui se ferment et la pluie qui altère son champ de vision. Il en est quasi certain, ce qui se présente face à lui à quelques mètres, contre toute attente, érigée là comme un refuge, c'est une maison. Ou tout du moins une bâtisse en pierres. Mehdi abandonne l'arbre et parcourt les derniers mètres qui l'en séparent. La lune a réalisé une percée, le chemin à ciel ouvert absorbe sa lumière. Une fois arrivé à la bâtisse, il pose sa main sur le mur en pierre comme pour s'assurer que ce n'est pas un mirage. Malheureusement, comme on pouvait le craindre, c'est une ruine que Mehdi découvre. Tout ce qu'il reste de cette construction, ce ne sont que quelques bouts de murs en tuffeau. Le sol est couvert de pierres, de terre et d'ordures. Quelques sacs-poubelle éventrés, des tessons de bouteilles, quelques pneus... Mais ce qui attire l'attention du jeune homme, c'est ce qui est appuyé à un pan de mur. Un grand rectangle aux angles arrondis. Malgré sa lente progression pour éviter, autant que faire se peut, les débris de verre, Mehdi empale son pied droit, de tout son poids, sur un cul de bouteille de vin, posé bien à plat : un pic d'une dizaine de centimètres vient perforer sa chair. La douleur irradie dans toute sa jambe, il ne peut contenir son cri :

— Aaaaaaaaaaah !!!

Dans la nuit silencieuse (la pluie s'est arrêtée), son hurlement résonne. Mehdi place aussitôt l'index dans sa bouche, et serre la mâchoire, fort. De son autre main, il se saisit du tesson encore ancré dans sa plante de pied. Il va devoir l'arracher, pas le choix. Prenant une grande inspiration, fermant les yeux, son index toujours entre ses dents serrées, il tire d'un coup sec sur le morceau de verre. Sa mâchoire se crispe un peu plus sur son doigt. Une larme perle au coin de son œil, il jette hors de la « maison » l'objet tranchant. De sa plante de pied, le sang coule à flots à présent. Mehdi tend le bras pour attraper ce qu'il avait deviné être un matelas et tente de le tirer à lui, mais il est plus lourd que ce à quoi il s'attendait. Pas étonnant : avec toute la pluie qui est tombée ces derniers temps, il est imbibé d'eau. Mehdi n'a d'autre choix que de mettre à terre son pied meurtri. Il a beau ne poser que ses orteils, la douleur se propage à nouveau, telle une décharge électrique qui saisit tout son corps. Il avance son autre pied, le pose avec précaution sur une surface plane qui s'avère être un tapis. En s'emparant du matelas des deux mains, il parvient cette fois à le projeter à terre. Mehdi se laisse alors tomber dessus de tout son long, s'écrasant dans un bruit semblable à celui d'une serpillière gorgée d'eau qu'on jetterait sur le sol.

Le matelas n'a rien de douillet. Il est trempé, froid, inconfortable et il pue, mais Mehdi est tellement mieux allongé que debout. Et c'est toujours plus confortable que de se coucher à même le sol. Il se recroqueville sur lui-même, en position fœtale, et replie les bras sur ses genoux. Il est frigorifié. Une couverture ne serait pas du luxe. Ou un feu, un gros feu. Mehdi se l'imagine, les paupières closes. *Un énorme brasier, de ceux que l'on fait pour la Saint-Jean, aux flammes de plusieurs mètres de haut. Il sent sa chaleur. Assis dans l'herbe, son bras autour des épaules de Claire qui lui sourit. Un instant de douceur, serrés l'un contre l'autre.* Mais du bruit tire Mehdi de sa divagation. Il se redresse aussitôt, non sans douleur. Rien. Il ne voit rien. Le fait est que ses yeux doivent se réhabituer à la faible luminosité. Accroupi sur le matelas, il scrute avec la plus grande attention autour de lui. S'ils l'ont retrouvé, il a peu de chances de s'en tirer, il en est parfaitement conscient. À ce moment précis, il ne se sent pas de faire le moindre effort. Son corps qui tremble de la tête aux pieds est à bout de forces. Sa plante de pied meurtrie saigne toujours, elle le lance affreusement. Les griffures faites par le genêt, plus ou moins profondes, partout sur son corps, lui rappellent leur existence à chaque mouvement. Des bruits de pas derrière lui. Mehdi est pétrifié, impuissant. Il n'ose se retourner. En tâtant le sol au bord du matelas, sur lequel il est resté tel un refuge, Mehdi trouve un objet contondant en fer. Une tige filetée d'une trentaine de centimètres. Pas une arme de guerre mais, faute de mieux, il s'en contentera. Ça bouge dans son dos, lentement. Il tourne la tête, tout doucement, les yeux rivés vers l'obscurité derrière lui. Il distingue les arbres, quelques masses touffues. C'est son corps qu'il fait pivoter maintenant, toujours en douceur. Le mouvement de torsion réveille la douleur dans sa cheville, entaillée par le fer qu'il a porté pendant plus de vingt-quatre heures. Mehdi serre les dents. Il brandit sa tige métallique, prêt à frapper qui s'approchera. Au moment où il termine son demi-tour, il se retrouve face à face avec une masse sombre, à quelques mètres, pas plus haute que lui accroupi. La masse émet un grognement puis détale en s'enfonçant dans le bois. *Un sanglier, probablement*, en déduit Mehdi. *Quelle peur !* Il se laisse tomber sur les genoux, lâche son arme de fortune et plaque les mains sur son visage avant de fondre en larmes.

Il craque. Pleurant sans retenue. *Que ça s'arrête. Maintenant.* Il n'en peut plus. Il veut s'allonger, se reposer enfin. S'endormir et peut-être même ne jamais se réveiller. Mourir de froid ou se vider de son sang dans son sommeil serait une fin tellement douce qu'il en vient à l'espérer. Avant de se recoucher sur le matelas pourri, Mehdi voudrait trouver de quoi se couvrir pour, si possible, se réchauffer un peu. La température est bien en deçà des normales saisonnières. Tout comme le taux d'humidité. À genoux, Mehdi se déplace sur le matelas pour en fouiller les abords. Il commence par ramasser le tapis sur lequel il avait marché tout à l'heure, mais il est lui aussi complètement trempé. Un peu plus loin, de ses doigts il effleure une étoffe. Quand il parvient à l'attraper, il se rend compte que ce n'est qu'un bout de tissu qui ne lui couvrirait guère plus qu'un pied. S'apprêtant à le jeter, il se ravise et s'en sert pour bander son pied justement. Ça n'a rien d'un pansement stérile, mais ça protégera tout de même sa plaie quand il devra marcher de nouveau. Il a presque fait le tour du matelas lorsqu'il se saisit d'un plastique qu'il tire vers le haut. Il tire, il tire, et ça n'en finit pas de se déplier. Mehdi se réjouit. Ce n'est pas une couette douillette mais, emballé dans cette bâche, il ne devrait pas être mal. Elle devrait faire office de duvet et conserver la chaleur émanant de son corps. Sans attendre, il dépose le plastique sur le matelas, se roule dedans en s'y compressant autant que possible, pour ne laisser circuler que peu, voire pas, d'air à l'intérieur. Le voilà enveloppé, allongé sur le dos. À travers, l'humidité glacée du matelas reste perceptible. Mais amoindrie. Exténué comme il l'est, très vite le sommeil l'emporte. Un sommeil profond. Il se met à rêver.

Cela fait un moment déjà que toute la troupe a traversé le chemin sur lequel Mehdi a bifurqué à gauche. François commence à craindre qu'ils ne l'aient perdu. Sylvie, qui derrière sa caméra ne loupe pas une miette de la traque depuis le début, a des doutes, elle aussi. Comme quelques autres d'ailleurs. François réfléchit à la tactique à adopter pour tenter de retrouver leur proie, puis il la met en application.

— OK. Venez tous ici, appelle-t-il.

Le temps que ses comparses le rejoignent, il téléphone à Marie, restée près des voitures.

— Allô ?

— Oui, Marie, tu n'as rien vu ?

— Qui que c'est ?

— Quoi ? Mais c'est moi ! François ! Qui veux-tu que ce soit ?

— Ah ! François ! Vous l'avez eu, le fils de chien ?

— Non. Non, on ne l'a pas. Et toi ? Tu n'as rien vu ?

— Non, moi, rien à signaler. C'est calme. Tout à l'heure il a plu un peu, alors j'ai mis mon K-Way. Et pis c'est qu'il fait point chaud. J'ai marché un peu et…

— Oui, oui, écoute-moi ! Tu vas pouvoir lâcher le chien.

— D'accord ! Je lâche le chien.

— Attends ! Avant, tu lui fais bien sentir les vêtements, comme je t'ai expliqué à la cabane. Tu te rappelles ?

— Oui, pas de problème, François, je fais tout comme on a dit !

— OK. Et tu m'appelles si quelque chose cloche, d'accord ?

— Oui, d'accord, François. Jésus, il a mis son K-Way ?

— Quoi ?

— Jésus, il l'a mis, son K-Way ? Parce que je lui avais dit : s'il pleut, tu mets ton K-Way. Mais comme il en fait toujours qu'à sa tête !

— Oui, il l'a mis, lui ment François pour s'en débarrasser. Allez ! Je raccroche, et tu fais bien comme on a dit, Marie !

— Oui…

Elle n'a pas le temps de finir sa phrase, la tonalité retentit.

François s'éclaircit la voix en rangeant son téléphone dans sa poche.

— Bon ! J'ai comme l'impression que notre animal nous a joué un tour. S'il avait toujours filé droit devant, nous l'aurions déjà rattrapé. Ou, en tout cas, on l'aurait aperçu. On s'arrête là. Marie va lâcher le chien pour le lever et on va ratisser plus large en revenant sur nos pas. Il ne peut pas être bien loin. Alors à partir d'ici – qui sera ma position –, vous vous alignez de chaque côté de moi en laissant une vingtaine de mètres entre votre voisin et vous.

— Et moi ? Je me mets où, François ? demande Jésus.

— Eh bien, mets-toi à ma droite si tu veux. (François tourne sa lampe frontale pour indiquer la direction à Jésus.) Au niveau de l'arbre déraciné, là-bas. Tu le vois ?

— Oui, d'accord, François !

Et il se met à courir pour rejoindre son poste, d'où il fait signe qu'il est prêt, le pouce levé.

— Allez-y, mettez-vous en place. On a assez perdu de temps, reprend François.

— Euh… Moi je ne tiens pas trop à être seule, dit Hélène.

— Bien sûr, tu peux rester avec ton homme.

Tous se mettent en position, formant une grande ligne qui couvre près de deux cents mètres. Ils entament le ratissage, convaincus qu'ils vont retrouver leur proie.

Toujours plongé dans un profond sommeil, Mehdi fait un rêve :

*Assis sur le canapé de chez ses parents, il partage l'*iftar *avec eux. Claire et sa sœur Aïda sont là aussi. Mehdi engloutit tous les délicieux mets* *préparés par sa mère. Il a un appétit d'ogre. Tous ensemble ils discutent, ils rient. Toutefois, un bruit étrange résonne, un bruit sourd. Mehdi ne parvient pas à l'identifier, mais il se fait de plus en plus distinct. Soudain, il prend conscience que ses proches communiquent entre eux, mais pas avec lui. En fait, ils semblent ne pas le voir. Mehdi leur parle, mais ils ne lui répondent pas. L'angoisse monte en lui. Et ce bruit qui résonne. Comme un aboiement. Sa famille disparaît. Il se retrouve seul dans le salon. Il commence à faire froid. À présent, c'est sûr, ce sont bien des aboiements. Le salon se détériore. Les murs partent en lambeaux. Il n'y a plus de mobilier. La pénombre et l'humidité envahissent l'espace. Il perçoit les aboiements de plus en plus distinctement. L'obscurité est totale maintenant, Mehdi ferme les yeux.*

Quand il les rouvre, il n'y voit pas plus clair. Il sent l'air frais sur son visage. Son « sac de couchage » n'a pratiquement pas bougé, et donc ses membres compressés non plus. En se trémoussant, il donne un peu de mou à son enveloppe de plastique. Ses bras sont tout ankylosés. Comme anesthésiés. Tandis qu'il tente de les ranimer, des aboiements se font entendre. Mehdi comprend qu'il ne les a pas rêvés. Il panique.

11

Samedi 18 juin 2016 – 20 h 30

Quand David arrive chez Alfred et pousse le portillon de la résidence principale de celui qu'il considère comme son grand-père, il s'étonne de ne pas recevoir l'accueil habituel. Percevant le bruit de ce qu'il devine être la tondeuse, David fait le tour de la maison. *Tondre à cette heure-ci, il abuse*, pense-t-il. Mais cela n'a rien de surprenant pour qui connaît l'homme. Alfred est de ceux qui emmerdent tout et tout le monde à la fois. « Ceux qui ne sont pas contents, c'est pareil ! » Ce n'est pas qu'il fait ou dit les choses pour chercher le conflit, mais juste qu'il ne va pas s'en priver sous prétexte que ça peut déranger quelqu'un d'autre. S'il tond la pelouse à cette heure-ci, c'est qu'il n'a pas eu le temps de le faire avant. C'est ce qu'il répondrait à quiconque oserait le lui reprocher. Les voisins ? « Ils n'ont qu'à monter le son de leur télé ! » Même sa femme, Gisèle, n'arrivait pas à lui faire entendre raison. Occupé, il ne voit donc pas David, dans son dos, qui apparaît à l'angle de la maison.

Son doberman, en revanche, couché dans l'herbe fraîchement tondue, a remarqué le visiteur. Le chien lève la tête, fixe David deux secondes avant de se ruer sur lui. Élancé, musclé, d'un noir luisant contrastant avec les touches de feu : il est magnifique. David s'accroupit pour qu'il se jette dans ses bras, et manque de peu de se faire renverser. Ils s'adorent. Le jeune homme a contribué à son éducation, à son dressage. C'est même lui qui a choisi comment l'appeler : Obama. Alfred l'avait acheté peu de temps après l'élection présidentielle américaine. « On ne va pas lui donner un nom de bamboula ! » avait-il alors rétorqué. David lui avait fait remarquer que son chien était un « bamboula », qu'il était noir. Ils avaient ri et le papi avait cédé. Obama a sept ans à présent, il est parfaitement dressé, obéissant au doigt et à l'œil, rapide et puissant, les dents longues et acérées. Personne n'entre sur la propriété à moins de lui être familier. Un parfait chien de garde. Une fois, le bichon d'un des habitants du hameau où vit Alfred était parvenu, par on ne sait quel moyen, à se faufiler chez lui et à fouler le gazon qui entourait sa maison. Alfred avait retrouvé le petit chien blanc maculé de sang, la tête pratiquement arrachée du corps, le cou en bouillie. Obama lui avait réglé son compte. Ses voisins ne l'ont jamais su. Pourtant, ils s'en sont toujours doutés. Tout le monde craint la bête. Les enfants du quartier ont ordre de ne pas s'en approcher. Au cas où il leur en viendrait l'idée. Alfred est très attaché à son chien, il l'emmène partout. Même à la chasse. Enfin, ce n'est pas vraiment de la chasse étant donné qu'il n'a pas de permis. Du braconnage. Obama lui est très utile, il a un excellent flair. Il lève le gibier pour qu'Alfred le tire. C'est d'ailleurs pour ça que David est venu voir son papi de substitution. Alors qu'il est encore à caresser le doberman, Alfred, qui a fait demi-tour avec sa tondeuse, l'a remarqué. Il interrompt sa tâche, laisse s'éteindre sa machine, et s'approche en retirant ses gants de jardinage.

— Qu'est-ce que tu fais là, mon Dada ?

Il n'y a qu'Alfred qui est autorisé à l'appeler ainsi, David n'aime pas ce surnom.

— Bah ! Je me suis dit que tu avais besoin d'une pause, lui répond à distance le jeune homme en souriant.

— Ah ! Ah ! Comme c'est fait, là, tu veux boire un coup !

Alfred rejoint David, qui abandonne le chien, et les deux s'embrassent avant d'entrer dans la maison par la porte de derrière, qui donne sur la cuisine. Le mobilier est très rustique, et « ça sent le vieux », comme le dit parfois David pour faire ronchonner Alfred. Une vieille cuisine équipée, une table recouverte d'une nappe cirée usée sur laquelle est posé un transistor gris, d'ailleurs allumé. L'animateur et son équipe font leurs pronostics sur le match de foot à venir entre le Portugal et l'Autriche. L'un d'entre eux assure que « le Portugal n'ira pas loin. C'est une fatalité ». Alfred tourne, en pestant, le bouton du volume pour éteindre l'appareil. Il prend ensuite deux bières dans le frigo et, d'un geste de la main, invite David à s'asseoir. Les deux hommes trinquent avant de descendre une première gorgée.

— On sera combien alors, ce soir ? demande Alfred.

— Bah... Toi, moi, mon père, ma mère, Hélène et Baptiste, Charles, Marie et Jésus, les deux Pacé... Onze. On sera onze, normalement.

— Il était agité, le bicot, quand j'ai été lui rendre visite. Mais quand il a vu Obama, il s'est vite calmé, crois-moi.

— J'imagine, ouais. Justement, c'est pour ça que je suis venu.

— Ce n'était pas pour boire un coup finalement ?

— Aussi, oui. Et mon père m'a chargé de te demander d'amener Obama ce soir. Au cas où, il a dit.

— J'y avais pensé aussi. Les présentations ont été faites. Si on le perd de vue, où qu'il puisse se terrer, Obama le trouvera, c'est sûr !

— C'est l'idée, oui.

Les deux hommes continuent de discuter, tout en sirotant leur bière. Alfred apprécie particulièrement ces moments, fréquents, partagés avec David. Lui et sa sœur ont perdu leurs grands-parents alors qu'ils n'étaient encore que des enfants. Alfred s'était montré si disponible, et si réconfortant pour François et sa famille, qu'il en est tout naturellement devenu un membre à part entière. D'autant plus après le décès de sa femme, Gisèle, il y a près de huit ans. Aujourd'hui, François et les siens sont la seule famille qu'il reste à Alfred. Il n'a pas eu d'enfants, ils n'ont jamais réussi à en avoir. Après un bébé mort-né, ils ont décidé d'un commun accord d'arrêter d'essayer. Ce fut une épreuve difficile à traverser, mais ils sont restés soudés. Un couple exemplaire. Quand la maladie, « un foutu cancer », a frappé Gisèle, Alfred s'est dévoué corps et âme pour prendre soin de sa petite femme. Jusqu'à son dernier souffle, il lui a tenu la main. Lui, si bourru, cache une part beaucoup plus sensible, qui ne se manifeste qu'au contact de ceux qu'il aime fortement. Gisèle refusait qu'il y ait un chien chez eux. « Un chien, ça perd ses poils, ça se frotte à ta jambe, ça pisse partout… », elle ne manquait pas d'arguments pour s'opposer à l'envie d'Alfred d'en prendre un. Alors, quand elle est partie, qu'il s'est retrouvé tout seul dans leur maison qui lui paraissait si vide, il en a adopté un. Un doberman, il fallait que ce soit un doberman. Comme ceux de la série *Magnum* qu'il adore. Obama est ainsi entré dans sa vie, devenant bien plus qu'un animal de compagnie. C'est un membre de sa famille.

— T'as dîné ? demande Alfred à David qui fait non de la tête. Tu manges un bout avec moi ? J'ai une bouteille de bordeaux que j'ai ouverte ce midi, tu m'en diras des nouvelles.

— Allez ! accepte le jeune homme, enchanté, envoyant dans la foulée un message à sa mère pour l'en avertir.

Après avoir bien mangé et bien bu, ils vont se poser sur le canapé du salon, bières à la main, devant le match du soir : Portugal-Autriche. Alfred et David ne sont pas de grands fans de foot, ce n'est que pour passer le temps jusqu'à l'heure fatidique de la chasse, qu'ils attendent l'un comme l'autre avec impatience.

12

Vendredi 17 juin 2016 – 20 h 59

La Twingo jaune remonte l'impasse des Baraudières, Claire fait au revoir de la main à sa copine Jaja qui klaxonne. Dans la lumière qui filtre de la porte d'entrée vitrée du petit pavillon des parents de Mehdi, une ombre se dessine avant qu'elle ne s'ouvre. Samia, la mère de Mehdi, apparaît et déploie les bras pour y accueillir Claire, qui se laisse enlacer en fondant en larmes. Tout en lui caressant la tête, Samia lui murmure à plusieurs reprises « ça va aller », avant de l'inviter à entrer à l'intérieur de la maison. Ça sent bon la cuisine. Samia a encore préparé un petit festin pour la rupture du jeûne de ce soir. Les deux femmes se dirigent vers la salle à manger et s'installent à la longue table, que Samia a débarrassée avant que Claire n'arrive. Elles s'assoient sur deux des huit chaises qui l'entourent. Dans le coin salon de la pièce,

Ahmed, le père de Mehdi, regarde le match de foot : Espagne-Turquie, dans son fauteuil en cuir. Comme son crâne ne dépasse pas du dossier, Claire ne l'a pas vu. Alors, il passe la tête sur le côté, et salue la jeune fille qui se déplace pour l'embrasser. Une fois revenue à la table, Samia lui demande de tout lui raconter dans le détail. Claire lui explique donc que Mehdi devait venir la chercher, qu'ils se donnent rendez-vous depuis le début de la semaine à côté du cimetière pour ne pas se faire repérer par ses parents. Chaque soir, Mehdi était arrivé avant elle, mais pas cette fois. Elle l'a attendu, en vain. Impossible de le joindre sur son téléphone, et il ne répond pas aux messages. Claire ajoute que, comme elles l'avaient convenu, elle a contacté Alexis, que celui-ci doit aller voir chez Mehdi s'il y est. Elle attend son coup de fil.

— D'accord, conclut Samia, très inquiète, mais qui ne laisse rien transparaître ou presque. Comme toi, j'ai essayé d'appeler Mehdi, mais moi aussi je tombe sur le répondeur. Alors j'ai téléphoné à Samir, il n'est pas avec Mehdi, il ne l'a pas vu aujourd'hui. Il m'a dit qu'il trouvait ça chelou, comme vous dites, vous les jeunes, qu'il ne soit pas venu te chercher. Il a dit : peut-être qu'il est tombé en panne dans les bois et que son téléphone ne capte pas. C'est possible.

— Mais ça fait une heure ! S'il était juste tombé en panne, il nous aurait contactés depuis.

— Oui, tu as raison.

Samia sent que quelque chose ne va pas. Elle connaît son fils, elle sait qu'il n'aurait pas laissé Claire sans nouvelles s'il ne lui était pas arrivé des ennuis.

— Il faut qu'on appelle tous ceux qui pourraient l'avoir vu après le travail, reprend Samia.

— Oui, bonne idée. Par qui on commence ?

— Par son collègue, répond Ahmed, toujours immobile dans son fauteuil, qui écoutait en silence jusque-là.

— Tu as son numéro ? demande Samia à Claire.

— Non, mais Al doit l'avoir, je l'appelle.

Claire essuie ses yeux humides, se mouche. Après quelques tonalités son ami décroche :

— Ouais, Claire, j'allais t'appeler. Je suis dans son immeuble. J'ai vérifié, sa voiture n'est pas sur le parking. Je suis quand même monté sonner chez lui : pas de réponse. Il n'est pas là.

— OK. Je m'en doutais un peu, dit-elle en secouant la tête de gauche à droite pour signifier à Samia que Mehdi n'est pas chez lui.

— Tu es chez ses parents ?

— Oui, j'y suis.

— Samia a eu Samir ? Qu'est-ce qu'il a dit ?

— Rien. Il ne l'a pas vu.

— Merde ! C'est quoi ce bordel ? C'est chelou !

— Est-ce que t'as le numéro de Teddy, son collègue ?

— Je crois... Attends, je regarde. (Alexis fait défiler ses contacts.) Oui, je l'ai ! Je te l'envoie par SMS.

— OK. Merci.

— Tu me tiens au jus, hein ?! Je vais réfléchir à d'autres pistes...

— Ça marche. À plus tard, Al. Et merci !

— De rien. On va le retrouver.

À peine Claire a-t-elle raccroché qu'elle reçoit le numéro de téléphone du collègue de Mehdi, et l'appelle aussitôt. Celui-ci, surpris, lui explique qu'il a déposé Mehdi en bas de son immeuble, rue Bouju, après être revenu de leur chantier, vers 17 h 15. Il confirme que Mehdi avait prévu de venir chez ses parents ce soir, il le lui a dit. Teddy ajoute qu'il lui a même proposé de passer. C'est tout ce qu'il peut dire.

Teddy ne se sent pas très utile, il est gêné. Il perçoit la détresse de Claire, et lui offre ses services. S'il y a quoi que ce soit qu'il puisse faire pour aider à chercher Mehdi...

— Merci, Teddy, c'est gentil.

— C'est normal. Tu me dis quand vous l'aurez retrouvé, d'accord ?

— Oui, promis. À plus tard.

— À plus tard.

Claire s'imagine le pire. Elle prend quelques secondes pour accuser le coup avant de répéter à Samia, quasiment mot pour mot, ce que vient de lui dire le collègue de Mehdi, qui est pour le moment la dernière personne à l'avoir vu. Elles restent un instant comme figées, sans un mot. Seul le faible son de la télé couvre le silence jusqu'à ce que s'élève un miaulement. C'est le téléphone de Claire, elle a reçu un message. Elle s'empresse de le consulter. Alexis lui écrit qu'il est allé voir au V and B, qu'ils ont l'habitude de fréquenter : pas de Mehdi, et il n'y est pas passé. À ces mots que Claire lui lit, Samia réagit :

— Qu'est-ce qu'il aurait bien pu aller y faire ? Pendant le ramadan ?

— Oui, c'est vrai. Al n'y a sans doute pas pensé. Et puis autant vérifier quand même, au cas où.

Samia concède qu'elle a raison. Qu'est-ce que Mehdi a bien pu faire après être rentré chez lui ? Cette question est dans toutes les têtes de la maison. Y compris celle d'Ahmed qui, s'il ne dit mot, se creuse les méninges pour tenter de comprendre pourquoi son fils n'est pas avec eux en ce moment même. Son unique fils. Ahmed est fier, très fier de ses trois enfants. Mehdi est le petit dernier, le chouchou évidemment. Jamais il ne l'a déçu, souvent il l'a surpris, toujours il a été présent. Alors, bien sûr, Ahmed aussi est très inquiet, mais par pudeur, par fierté également, il ne l'exprime pas. Heureusement pour lui, dans son large fauteuil, il tourne le dos à sa femme et à Claire. Cela lui évite d'avoir à porter un masque. Car sa mine est défaite, ses yeux embués. La télé, il ne la regarde pas, elle fait illusion. Mais même sans le voir, Samia sait bien dans quel état il est. Forcément, elle ne le connaît que trop bien, après près de trente-trois ans de mariage et de vie commune. Alors oui, à cet instant, tous les trois cogitent pour tenter d'apporter une nouvelle pièce au puzzle. Pour essayer de reconstituer le scénario de cette fin de journée de Mehdi. Samia a une idée :

— Si j'appelais ses sœurs ?

— Qu'est-ce que tu veux qu'elles te disent ? lui rétorque Ahmed d'un ton sec. Tu vas les inquiéter plus qu'autre chose !

— Et s'il les a appelées ?

— Pourquoi tu veux qu'il ait appelé ses sœurs ? C'est n'importe quoi !

— C'est n'importe quoi ? Et toi qui regardes ton match de foot, là ! Tu fais quoi pour le retrouver, ton fils ?

— Calmez-vous, glisse délicatement Claire. On est tous à cran, je crois.

Tous les trois se dévisagent, lisant la peur dans les yeux des autres. La tension retombe. Samia prend son visage dans ses mains, elle ne parvient plus à contenir ses larmes. Ahmed se lève de son fauteuil pour venir réconforter sa femme en massant ses épaules.

— Claire a raison. Ce n'est pas le moment de nous disputer.

— Qu'est-ce qui a bien pu arriver à notre fils ?

Samia n'attend pas de réponse, elle est désespérée.

— On va le retrouver. On va le retrouver, notre fils, répète Ahmed comme pour s'en convaincre avant d'ajouter : *Inch'Allah.*

— On pourrait appeler Karim, son cousin. Je n'ai pas son numéro…

— Moi, je l'ai. (Samia essuie ses joues.) Je l'appelle.

Il règne une tension palpable dans le salon du pavillon tandis que résonne la tonalité du téléphone. Quand Karim décroche, Claire et Ahmed sont pendus aux lèvres de Samia :

— Allô, Karim ?

— Oui, Sasa, comment ça va ?

— Ça va et toi ? Et ta petite famille ?

— Ça va, tout le monde va bien.

— Tant mieux, tant mieux. Dis-moi, est-ce que tu as vu ton cousin aujourd'hui ?

— Mehdi ? Oui, il est venu tout à l'heure. Pourquoi ?

— Il est venu chez toi ? répète Samia en fixant Claire dans les yeux.

Celle-ci joint les mains devant sa bouche comme pour prier, l'espoir naît dans son esprit.

— Oui, il est venu voir ma nouvelle télé, je lui avais envoyé un message pour l'inviter. Il n'est pas avec toi ?

— Quoi ? Non, il n'est pas ici. C'est pour ça que je t'appelle.

Samia explique la situation à Karim, partageant son inquiétude. Son neveu lui livre les détails de sa conversation avec Mehdi, l'heure à laquelle il est arrivé et celle, approximative, à laquelle il est parti de chez lui. L'un et l'autre se promettent de se donner des nouvelles, quand ils en auront, avant de raccrocher. Samia prend son visage dans ses mains quelques secondes, le temps d'encaisser ce nouveau coup d'épée dans l'eau, puis elle répète à Claire et Ahmed ce que Karim vient de lui dire.

— Donc, si Mehdi est parti vers 19 h 30 de chez Karim, il aurait dû être arrivé avant moi au cimetière !

— Oui, tu as raison, dit Ahmed, alors que Samia, elle, se contente de hocher la tête pour acquiescer.

— Il lui est arrivé quelque chose, c'est sûr ! conclut Claire en sanglotant.

— Mon Dieu, mon Dieu...

Samia fond à nouveau en larmes.

Les deux femmes pleurent en chœur. Ahmed n'y est pas insensible. Ses yeux sont humides, mais il ne peut pas craquer. Il faut qu'il se montre fort. Il doit tenir pour elles. Il faut qu'il trouve le moyen de les aider à se reprendre, de faire renaître l'espoir.

— Je vais prendre ma voiture pour faire le même trajet que Mehdi, de Saumur à Beaupin. Il passe par Nollé d'habitude ?

— Oui. Je viens avec vous.

— Non, non, tu restes ici avec Samia. Au cas où il arriverait. (Une idée traverse alors l'esprit d'Ahmed.) Et vous appelez l'hôpital pour savoir s'il n'a pas eu un accident.

Après avoir embrassé sa femme sur le front, puis Claire sur la tête, il dit en quittant la pièce :

— À tout à l'heure.

— Sois prudent, lui lance Samia alors qu'il franchit déjà la porte d'entrée.

De l'intérieur, elles entendent la portière claquer et la voiture démarrer. Claire se met tout de suite à chercher le numéro de l'hôpital de Saumur sur son smartphone. Quelques secondes lui suffisent pour l'obtenir. La voilà patientant, attendant que quelqu'un décroche.

Samia soutient son regard. Ça semble interminable. Elles ne s'en rendent pas compte sur l'instant, mais c'est quand même fou de souhaiter qu'un être qui leur est cher, son petit ami pour l'une, son fils pour l'autre, ait eu un accident et soit hospitalisé. Mais quelle libération ce serait que de l'apprendre. Savoir, enfin, où est Mehdi, ce qui lui est arrivé, comment il va... Savoir, simplement. Parce que être dans l'ignorance, douter, imaginer le pire, c'est épuisant. Le stress les ronge. Le remords aussi. Claire se dit que si sa voiture n'avait pas été en panne il n'aurait pas eu à venir la chercher, et que, s'il a eu un accident, peut-être l'aurait-il évité. Elle aurait également pu demander à sa copine Jaja de l'emmener, comme elle l'a d'ailleurs fait. Et si elle avait cédé à l'envie de Mehdi de vivre avec elle... Il ne sert à rien de se torturer ainsi l'esprit, mais c'est souvent un réflexe dans ces situations-là. Dans le cas présent, en réalité, si Claire était arrivée à l'heure à leur rendez-vous à côté du cimetière, Mehdi serait à ses côtés à cet instant. Quant à Samia, elle se dit que si Mehdi n'est plus, elle regrette qu'il soit parti sans qu'elle ait pu lui dire adieu. Sans qu'elle ait pu lui dire combien elle l'aime, combien il l'a rendue fière et combien il va lui manquer. Les yeux dans les yeux, sans échanger un mot, les deux femmes sont comme connectées. Le vide qui s'installe déjà, à tort ou à raison, les entraîne dans la noirceur. Quelqu'un décroche enfin au service des urgences :

— Allô ? Oui, bonsoir. Voilà, on m'a dit que mon mari – Claire se dit que rendre leur relation plus officielle aidera sans doute – aurait eu un accident, je ne sais pas où il est, et son portable est sur messagerie. (Elle réussit difficilement à finir sa phrase, les larmes montent.) Est-ce que vous pouvez me dire s'il a été admis dans votre service ce soir ?

— Je comprends votre inquiétude et votre peine, mais…

— S'il vous plaît, dites-moi qu'il est là ! Mettez-vous à ma place. Ça fait plus d'une heure que je le cherche. Je m'imagine le pire, je vais devenir folle.

— Bon… Comment il s'appelle ?

— Mehdi. Mehdi Allouache.

— Attendez une minute, je vérifie.

— D'accord, merci.

Claire explique à Samia que quelqu'un est parti voir si Mehdi a été admis aux urgences. Une jeune femme, Claire l'a déduit à sa voix douce et légère, « gentille », précise-t-elle. Elle n'a pas le temps d'en dire plus que la personne est de retour au téléphone. Claire sent son cœur s'emballer.

— J'ai vérifié, votre mari n'a pas été admis aux urgences ce soir, désolée.

— Vous êtes sûre ?

— Sûre et certaine, oui. S'il était passé par notre service, il apparaîtrait sur le registre. Je suis vraiment désolée. Je vous souhaite de le retrouver.

— Merci. Au revoir.

Claire raccroche, sous le choc. « Je vous souhaite de le retrouver » : ces mots résonnent dans sa tête. « Je vous souhaite de le retrouver » : est-ce qu'il peut en être autrement ? Claire est véritablement sonnée, la pièce tourne, elle n'entend pas ce que Samia lui dit. En fait, elle voit ses lèvres bouger, son visage s'animer, elle perçoit des sons, mais rien de cohérent. Ça tourne de plus en plus vite, tout se brouille, ce ne sont plus que des flots de couleurs qui s'entrecroisent. Et cette phrase qui résonne, encore et encore : « Je vous souhaite de le retrouver. » Juste avant de perdre connaissance, Claire pense : *Et si on ne le retrouvait pas ?*

13

Dimanche 19 juin 2016 – 00 h 40

Obama n'est plus très loin, ses aboiements sont tout proches. David accélère encore le pas. Il a largement devancé ses comparses, mis à part un des frères Pacé, Cédric, qui est sur ses talons. François et quelques autres sont restés en arrière, sur le chemin, au cas où la piste suivie par le doberman ne serait pas concluante. Ils attendent, impatients, dans l'espoir que le chien au flair redoutable ait localisé leur proie. Sans ça, François sait que la partie va être plus difficile. Pas forcément impossible, mais plus difficile. Il met à profit le temps devant lui pour se préparer à cette éventualité : *Si Obama ne l'a pas retrouvé, qu'est-ce qu'on fait ? Il faudra se diviser davantage, pour couvrir plus largement la forêt. Quelqu'un devra retourner au point de départ chercher une voiture pour sillonner les allées.* Il a beau se torturer l'esprit, François ne parvient pas à trouver LA solution. Parce qu'Obama était censé être cette arme fatale, le dernier recours. Il ne pouvait pas faillir. Du moins, cette hypothèse, il ne l'a pas envisagée.

Alfred a éduqué son chien lui-même, y consacrant presque tout son temps au cours de ses premières années. Une manière de s'occuper l'esprit pour éviter de penser à sa femme décédée, et de combler le vide qu'elle avait laissé. Obama a bénéficié d'un dressage digne d'une bête de compétition, sans qu'il en ait fait aucune. Voire d'un chien policier. Des heures et des heures à lui faire répéter des exercices, à lui apprendre à se servir de son odorat, particulièrement développé chez les dobermans. Alfred l'emmène systématiquement lorsqu'il va en forêt, son fusil sous le bras. Son chien lève toujours du gibier, petit comme gros. Le plus dur est souvent de lui faire lâcher sa proie. Quand Obama tient la bête entre ses mâchoires, soit par la patte, soit par le cou, enfonçant ses crocs acérés jusqu'à ce que le sang gicle, il maintient une pression telle qu'Alfred en est déjà venu à lui taper dessus pour qu'il lâche. Et, par « taper dessus », comprenez : lui assener de gros coups de poing, larges et puissants, car son maître est du genre costaud. Son chien a le goût du sang, il jouit de son pouvoir de vie ou de mort sur ses prises. C'est pour ça qu'Alfred a tenu à aller retrouver Obama. *S'il a le bicot entre les crocs, il ne le lâchera pas.* Même David, qui est très proche de l'animal, ne pourrait probablement pas les séparer. Le pire serait qu'Obama se retourne contre quiconque tenterait de lui prendre son trophée. Il en est capable. Alors, malgré son âge et son endurance amoindrie, Alfred suit David, accompagné de Charles, le meilleur ami de David, de Cédric, ainsi que de Sylvie, toujours caméra à la main, ne perdant pas une miette de la traque. « Ce pourrait être une des meilleures scènes du film, peut-être même l'ultime si le chien l'a saigné. » C'est l'argument qu'elle a avancé auprès de François pour justifier sa présence dans le détachement assigné à retrouver le doberman. Elle n'a pas eu de mal à obtenir la bénédiction de son mari.

— Ici ! crie David. Je l'ai !

Les autres s'empressent de le rejoindre, suivant la lumière qu'émet sa lampe frontale. Dans leur tête, c'est encore flou. « Je l'ai » peut aussi bien s'appliquer à l'animal qu'à leur proie. *Est-ce qu'il n'a que le chien ?* Le suspense est à son comble. Ils arrivent enfin tous auprès de David, Alfred le dernier. Essoufflés par l'effort, le cœur battant la chamade, à la lumière de leurs frontales, ils découvrent la scène. Les faisceaux lumineux virevoltent, s'entrecroisent, pour éclairer l'ensemble de la bâtisse en ruine. Aucun coin n'est épargné. Les nombreux bris de verre, vestiges de bouteilles et de canettes, scintillent tel un tapis d'émeraudes. Une fois effectué le tour du propriétaire, tous les rayons de lumière, tous les regards convergent vers Obama. Le doberman est assis, droit et fier, du sang sur les babines. Du sang, il y en a également sur le sol, une tache grosse comme la main. David caresse le chien pour le féliciter. À côté, sur le vieux matelas aussi crade qu'usé, une bâche transparente est étalée. Des traces de sang la parsèment, encore fraîches. Obama aboie un coup sans prévenir, les prenant par surprise, et en faisant sursauter plus d'un. David, qui ne comprend pas l'attitude de la bête, scrute les alentours, pensant que leur proie est peut-être encore là, cachée, tapie dans l'obscurité. Par mimétisme, les autres éclairent la scène aussi loin qu'ils le peuvent.

— Il est où ? demande Alfred à son chien. Il est où ? Cherche ! Allez ! Cherche !

Le doberman se dresse sur ses pattes, majestueux, et commence à renifler le sol. Il lèche un peu de sang puis se met en marche. Alfred et les autres s'attendaient à ce qu'Obama remonte l'allée, supposant que leur proie avait filé par là. La voie dégagée était plus à même de permettre une fuite rapide. Au contraire, le chien traverse le chemin et s'enfonce dans le bois. Alfred distribue les rôles :

— David, avec Cédric, suivez le chemin au cas où il aurait filé par là, ou qu'on vous le rabattrait. Charles, viens avec moi, on suit Obama. Sylvie, tu restes avec nous ?

— Oui.

— J'appelle mon père pour le prévenir, avise David.

— OK. Allons-y ! lance Alfred.

Lui et Charles suivent donc la piste que remonte Obama. Sylvie est juste derrière eux. Elle vient de changer la batterie de sa caméra pour s'assurer qu'elle sera en mesure d'immortaliser l'instant quand ils retrouveront leur proie. Le chien est à une vingtaine de mètres devant déjà. Ils ne parviennent plus à le voir distinctement, mais ils continuent d'avancer tout droit. Enfin, autant que possible, le sol étant jonché de troncs et de branchages. Ce n'est pas sans effort que les trois comparses progressent dans ce fouillis. Surtout qu'Alfred n'est pas du genre agile. Avec ses cent kilos, difficile pour lui de se mouvoir à travers les obstacles. Sylvie s'est résignée à délaisser son tournage. Ses deux mains lui sont trop utiles. Charles, lui, s'en sort plutôt pas mal. Sans dévier, ou presque, de sa trajectoire, il se faufile, se baisse, saute, enjambe. Un vrai félin. Il faut dire qu'il a sa jeunesse pour lui. À vingt-cinq ans, avec son physique affûté, Charles est au sommet de sa forme. Même son arc, pourtant imposant, ne le gêne en rien. Au contraire, il s'en sert pour se frayer un chemin. Ce n'est pas un truc d'amateur, mais une véritable arme de chasse. Un arc à poulies, ultraléger, équipé d'un viseur laser, rapide et silencieux. Sur son dos, dans le carquois assorti, des flèches en carbone, ultrafines, pour une meilleure pénétration. Mais tout cet attirail dans les mains d'un novice ne vaudrait pas grand-chose. Charles n'en est pas un, c'est un archer confirmé. Chasseur invétéré, il compte désormais quelques années de pratique. Toute sorte de gibier orne son tableau de chasse : lapins, canards, chevreuils, sanglier, cerf... Un as, assurément. Et la proie qu'il poursuit actuellement, il a déjà imaginé le moment où il la tiendrait en joue. Le moment où il lui décocherait une de ses flèches. Alors, à présent qu'il pense être tout près de son but, il ne ménage pas ses efforts. Il n'a qu'une envie : se le faire. À une dizaine de mètres devant lui, Obama s'est arrêté. Il se met à aboyer. Le doberman, sur ses pattes, regarde Charles le rattraper puis aboie à nouveau. Il fixe, comme pour le désigner, le fourré qui se trouve en face de lui. Les autres ne les ont pas encore rejoints. Charles ne peut contenir son impatience. Sa lampe frontale éclairant le fourré, il dresse son arc devant lui, ôte une flèche de son carquois et prépare son tir. Corde tendue, le jeune homme donne l'ordre au chien :

— Cherche ! Allez ! Cherche !

Pendant ce temps, sur le chemin, David et Cédric ont avancé sans grand enthousiasme, persuadés que c'est le groupe d'Alfred qui va retrouver leur proie. Pour tuer l'ennui, ils ont discuté de l'Euro de football, de l'équipe de France et de ses chances de l'emporter. Ou plutôt Cédric parle et David, qui n'y connaît pas grand-chose, se contente d'approuver. Pas un instant il n'avait imaginé se barber pendant cette chasse qui présageait, au contraire, d'être trépidante. Mais ce calme ne dérange pas Cédric qui, lui, passe un bon moment. *Ça manque juste d'un peu d'alcool.* Une des règles imposées par François. « Il faut que tout le monde ait les idées claires. Et éviter un bête accident tant que possible. » Le chemin paraît interminable. Cela fait bien une dizaine de minutes déjà que les deux hommes se sont séparés des autres. Ils marchent sans réellement savoir pourquoi ni où cela les mènera. David connaît pourtant bien ces bois, mais cette partie lui semble étrangère. Dans l'obscurité, à la seule lumière des lampes frontales, la perception et l'orientation se trouvent altérées. De toute façon, tant qu'ils sont sur le chemin, ils ne risquent pas de se perdre. David sent son téléphone vibrer, c'est son père :

— Vous en êtes où ? lui demande-t-il.

— Rien de neuf. On a continué dans l'allée. Pas de nouvelles d'Alfred et des autres, rien. Et vous ?

— Nous, on n'a pas bougé. On attend de savoir où aboutit la piste flairée par Obama. J'ai essayé d'appeler ta mère, mais elle ne répond pas et Alfred n'a pas son portable.

— Je vais appeler Charles et je te rappelle pour te dire.

À peine David a-t-il raccroché que quelque chose attire son attention : une masse au bord du chemin, un peu en avant. Immobile, la forme s'apparente à un homme assis, les bras croisés sur ses genoux relevés. David tapote sur l'épaule de Cédric et la lui désigne tout en posant son index sur la bouche pour lui faire signe de se taire. Afin de se rendre moins visibles de ce qu'ils supposent être leur proie, les deux hommes se rétrécissent en baissant leurs épaules et en fléchissant légèrement les genoux, avant de se séparer. David pénètre le bois sur la gauche du chemin tandis que Cédric prend le côté droit. Ils progressent ainsi, en lisière de forêt, leurs lampes frontales éteintes, en tentant de faire le moins de bruit possible. Quelques brindilles craquent sous leurs pas, mais pas de quoi alerter leur cible qui reste immobile. Dans quelques mètres, l'un lui fera face et l'autre couvrira une éventuelle fuite en arrière. La végétation, plus dense du côté de Cédric, ne lui permet pas d'apercevoir ce qu'ils visent. Sur son flanc, David a une vue dégagée. Plus il se rapproche, plus il doute que cette masse, qui se déforme à mesure qu'il avance, soit leur proie. Arrivé à une dizaine de mètres, il se rend compte que ce n'est qu'un reste de corde de bois. Quelques bûches entassées, un jeu d'ombres et, de loin, l'illusion de cet homme assis. Quelle déception pour les deux comparses. Surtout pour David. Ils se posent un instant en appui sur le tas de bois, le temps de se remettre de cette déconvenue. David tente de téléphoner à son copain Charles. Ça sonne, ça sonne… Pas de réponse. Il réessaie. Toujours pas de réponse. Soudain, un bruit perce le calme de la nuit. Un aboiement. « Obama ! » s'écrient les deux compères en même temps. Ils se redressent. Ça vient de derrière eux. Ils se tournent, comme s'ils pouvaient distinguer quelque chose à travers l'obscurité et la végétation. Mais même après avoir rallumé leurs lampes, ils n'y voient rien. De nouveaux aboiements. De la façon dont ils le perçoivent, cela vient d'assez loin d'eux, du cœur du bois. Il semble évident pour David qu'emprunter le chemin n'est plus une bonne option. Si tant est que cela l'ait été. Il fait signe à Cédric de le suivre, tous deux s'enfoncent dans la forêt. David tente à nouveau de téléphoner à Charles quand un cri retentit.

Un cri de douleur. La flèche décochée par Charles a fait mouche au moment où ce qui se cachait dans le fourré a essayé de s'enfuir. Obama s'est alors rué sur la proie au sol. Alfred et Sylvie se sont précipités pour enfin rejoindre Charles. La caméra au poing, Sylvie s'avance avec les deux autres jusqu'à la victime. Obama tient son cou dans sa gueule. Il y a beaucoup de sang. Trop pour Sylvie qui a la nausée. Charles récupère sa flèche en tirant dessus, fort. Le bruit de la chair qui se déchire pour laisser ressortir le projectile lui procure un léger frisson, qui lui est toujours agréable. Le corps s'agite encore de quelques spasmes musculaires, mais son destin est scellé. La pauvre bête, un jeune chevreuil, a fait les frais de cette chasse qui, peu à peu, prend des allures de chasse au fantôme. Charles sent son téléphone vibrer, il décroche :

— Vous l'avez retrouvé ? demande David, impatient.

— Non, lui répond son copain, dépité.

— Pourquoi Obama gueulait, alors ?

— Pour un chevreuil. C'était juste un chevreuil qu'il avait flairé !

— Quoi ? Merde ! Fait chier ! peste David.

— Ouais, ça ne sent pas bon, là.

— On n'est pas loin de vous, je pense. Gueule un coup !

— OHÉ ! s'exécute Charles.

— Ouais, c'est bon ! Attendez-nous, on arrive.

Dès que Charles a raccroché, Alfred, mécontent, s'adresse à lui :

— Ce n'est pas le chevreuil qu'Obama avait flairé. Regarde ! Hormis la blessure causée par ta flèche et la morsure d'Obama, le corps est indemne. Le sang découvert dans la ruine, qui a mis Obama sur la piste, n'était pas celui de cette bête. C'est juste qu'il s'est trouvé au mauvais endroit au mauvais moment, et qu'il a interféré dans la traque de mon chien. Mais le bicot n'est sans doute pas loin !

Du bruit à quelques mètres, dans son dos, interrompt Alfred qui, comme Sylvie et Charles, se retourne. Obama se redresse, museau tendu, et grogne. Quelque chose ou quelqu'un se déplace. Quoi que ce soit, Charles se prépare à le mettre en joue.

— C'est nous ! Faites pas les cons !

David a bien compris qu'il risquait de se faire embrocher s'il ne se manifestait pas. Lui et Cédric rejoignent les autres. Le chien a, comme tous les autres, reconnu la voix de David et se précipite pour quémander quelques caresses. Alfred expose sa thèse aux deux jeunes hommes qui les ont rattrapés. David abonde dans son sens : leur proie ne doit pas être loin. Mais dans quelle direction chercher ? Il est temps d'appeler François pour lui faire un compte rendu de la situation et voir ce qu'il propose de faire.

À une vingtaine de mètres d'Alfred et des autres, tapi derrière la souche d'un arbre, tremblant de tout son corps, complètement paniqué, Mehdi les observe depuis tout à l'heure. Il l'a échappé belle ! Si ce chevreuil ne s'était pas trouvé là, le clébard l'aurait rattrapé et, à ce moment même, c'est lui qui serait à terre, un impact de flèche dans le flanc, la gorge déchirée, baignant dans son sang. S'il avait encore des doutes sur les intentions de ceux qui le pourchassent depuis près de deux heures, ils sont dissipés. Pour eux, il ne peut y avoir qu'une issue et elle lui sera fatale. Mehdi a beau chercher, il ne trouve pas comment parvenir à se tirer de là. S'il bouge, tente de s'enfuir le plus discrètement possible, il va faire du bruit, c'est sûr ! Même si les autres ne l'entendent pas, les oreilles de ce foutu clébard vont se dresser toutes droites. Il se dit qu'il pourrait rester planqué là, en espérant qu'ils partent dans une autre direction. Mais il faudrait qu'ils fassent vite parce que le doberman pourrait de nouveau flairer sa trace. *Que faire ?* Ses choix, comme ses chances, sont limités. Il tente d'écouter ce que dit le gars qui lui semble être au téléphone, mais ne perçoit que des bribes de phrases. Rien d'utile. Le petit groupe de personnes qu'il observe, dans le halo de lumière qu'elles émettent, portent des cagoules. Mehdi ne reconnaît personne si ce n'est le gros, celui qu'il a déjà rencontré à la cabane quand il était enchaîné. Il l'avait vu deux fois. Le soir de son kidnapping, et aujourd'hui – enfin hier, samedi, dans la journée : il était venu avec son clébard et lui avait fait renifler Mehdi. Le bonhomme lui avait déposé une gamelle emplie de pâtée pour chien, lui ordonnant de manger sans quoi il lâcherait le doberman sur lui. Le molosse avait les babines retroussées, les crocs apparents, et bavait en grognant. Il tirait sur la corde par laquelle son maître le retenait, ses yeux injectés de sang. Mehdi, non sans quémander la pitié, s'était exécuté. À genoux, malgré la nausée que lui procurait cet amas marron, flasque, puant, il avait du bout des dents entamé la pâtée. La première bouchée lui donna un haut-le-cœur. Le goût n'était pas aussi infect que l'odeur, mais la consistance, en revanche, était extrêmement désagréable. Froid, mou, gluant avec des morceaux que Mehdi n'a pas su identifier, mais qui l'obligeaient à mâcher cette merde, donc à la garder plus longtemps dans la bouche. Chaque mouvement de mâchoire était un supplice. Après quelques bouchées avalées, tout avait bien failli ressortir, mais il avait réussi à contenir le renvoi. Seul un filet acide était remonté. À ce moment, il s'était permis de boire dans son autre gamelle. Toujours sous les yeux exorbités du molosse qui n'appréciait guère que Mehdi mange sa pâtée dans ce qui était certainement sa gamelle. Quand Mehdi eut avalé suffisamment d'eau pour lui faire passer l'envie de vomir, qu'il releva le nez, son tortionnaire lâcha du mou sur la corde qui retenait son chien. Celui-ci se rua sur Mehdi dans une rage effarante. Le jeune homme, pris de surprise et de peur, sauta en arrière. Le doberman lui gronda à la face avant de plonger son museau dans la gamelle pour engloutir le reste de pâtée. Alfred tira finalement sur la corde pour ramener le clébard à ses pieds et lança « à ce soir » à Mehdi.

Une fois l'homme et l'animal partis, il lui fallut quelques minutes pour se remettre de cette confrontation. Son cœur battait la chamade, il n'avait jamais eu aussi peur de toute sa jeune vie. Mehdi redoutait alors la soirée qui lui était promise, s'attendant à être humilié à nouveau, voire torturé. Mais pas une seconde il n'avait envisagé une chasse à l'homme. Et la douleur qu'il avait craint de se voir infliger n'était rien comparée à celle qu'il ressent à ce moment même. Son pied, dont le tesson de bouteille a déchiré la plante, lui fait souffrir le martyre. Le jeune homme ne peut voir l'état de sa blessure, il fait trop sombre pour ça. C'est peut-être mieux ainsi. Il tente de la tâter du bout des doigts, mais à peine l'effleure-t-il que la douleur se fait plus violente. Mehdi serre les dents de toutes ses forces. Ses mâchoires sont quasi soudées, à la longue. Ne surtout pas faire de bruit, les autres sont encore là. Pour le moment, il est tranquille derrière cette souche d'arbre. Quand il est arrivé tout à l'heure, alors que le chien était sur sa trace, qu'il l'entendait le rattraper, Mehdi se croyait foutu. Il l'avait imaginé se jeter sur lui et serrer ses crocs sur un de ses mollets. Heureusement, cette souche lui était apparue, et sans grand espoir il s'était réfugié là. Le doberman s'était arrêté de courir, figé, les oreilles droites, fixant son regard dans la direction opposée à celle de Mehdi. À petits pas, le chien s'était avancé vers le fourré où se trouvait le chevreuil et, sans bouger, s'était mis à aboyer. C'est ainsi que Mehdi s'est retrouvé dans cette situation. Un coup de chance en somme. Il en est conscient. *Peut-être un signe du destin ?* Il faut bien qu'il s'accroche à quelque chose. Le groupe d'individus qu'il observe paraît s'apprêter à bouger. Celui qui était au téléphone fait des gestes avec les bras. Probablement qu'il indique aux autres la stratégie qu'ils vont adopter. Pas un seul signe dans sa direction n'a été donné, cela semble de bon augure. S'ils pouvaient se dépêcher de filer ! Mehdi a hâte de se relever. Au moins pour retirer son genou droit, dans le prolongement de son pied meurtri, qui est en appui sur un morceau de bois. C'est assez désagréable. D'autant que cette légère douleur descend le long de sa jambe pour aller amplifier celle de sa plante de pied mutilée. Pour se soulager, il soulève un tout petit peu son genou et le décale doucement en arrière. Au moment où il le repose, comme au ralenti pourtant, un craquement retentit. Un faible craquement de petite branche de rien du tout. Mehdi se fige. Ils n'ont pas l'air d'avoir entendu. Ou n'y ont pas prêté attention. En revanche, Obama, lui, a les oreilles qui se sont subitement dressées. Le doberman, immobile, corps tendu, tourne la tête lentement, dans un sens puis dans l'autre. Il cherche. Mehdi ne respire plus, son pouls s'est accéléré.

14

Vendredi 17 juin 2016 – 21 h 30

Au volant de son break gris, Ahmed traverse le pont du Cadre noir, passe le rond-point du McDo, remonte le boulevard du Leclerc, et file jusqu'au quartier du Chemin vert pour enfin rallier la rue des Vignes. Car c'est à partir d'ici, de chez son cousin Karim, que Mehdi a disparu. Malgré sa vigilance, Ahmed n'a pas trouvé trace de lui sur le trajet. Il se permet de descendre poser quelques questions à son neveu qui l'accueille chaleureusement, tout aussi inquiet que lui de la disparition de Mehdi.

— Ce n'est pas son genre de faire ça.

Mais Karim ne peut malheureusement rien dire de plus à son oncle que ce qu'il a déjà raconté au téléphone précédemment. Aucun détail particulier ne l'a marqué. Karim invite Ahmed à rester pour rompre le jeûne. Histoire d'avaler quelque chose avant de reprendre la route. Il lui répète plusieurs fois que « ce n'est pas prudent » de conduire sans rien avoir avalé. Celui-ci décline poliment l'offre, il s'excuse de les avoir dérangés.

— On se tient au courant, d'accord ? lui propose son neveu.

— Oui, bien sûr.

Ahmed remonte en voiture. Il va refaire le trajet entier que Mehdi a dû emprunter. Peut-être faire un crochet par son immeuble aussi. *On ne sait jamais.* Son estomac commence sérieusement, et bruyamment, à réclamer à manger. *Pas le temps. Pas maintenant.* Le break gris démarre sous la pluie qui tombe à nouveau. Ahmed repart comme il est venu, avant de tourner rue du Maréchal-Leclerc pour traverser le pont Cessart. Sa voiture s'engage ensuite dans la rue Bouju, où se trouve l'immeuble habité par Mehdi. Son père fait le tour du parking en roulant au pas. Scrutant avec attention chaque véhicule stationné là. Il voudrait tant que son inquiétude soit infondée, que tout rentre dans l'ordre à ce moment même. Malheureusement, la Clio de Mehdi n'est pas ici. Quelle déception ! Il faut continuer à chercher. Pour couvrir toutes les éventualités et ne laisser aucun doute, Ahmed emprunte la rue de Rouen, l'autre trajet qu'a pu suivre son fils, pour repartir vers le cimetière de Beaupin. La pluie battante lui complique la tâche. Difficile d'y voir clair. À une allure de tortue qui lui vaut quelques coups de klaxon, il poursuit toujours tout droit jusqu'au prochain carrefour. Là, Ahmed tourne à droite puis file sur la petite route de Les Hauts qui longe les rangs de pommiers. Il sait que c'est par là que passe Mehdi habituellement, Claire le lui a dit. C'est l'itinéraire le plus court. Toujours aucune trace, aucun élément de réponse. Il continue ainsi jusqu'au cimetière de Beaupin, se garant alors devant son enceinte, le long de la route. Ahmed descend. Une lampe torche à la main, il se dirige vers l'endroit où les jeunes amoureux devaient se retrouver. Le chemin où stationnait effectivement Mehdi près de deux heures plus tôt. Ahmed inspecte le sol sans savoir réellement ce qu'il cherche. La pluie s'est arrêtée. Mais elle a été suffisamment abondante pour laver les traces de pneus de la voiture de son fils ainsi que de celle de ses agresseurs. Disparue également, la petite mare de sang qui résultait du choc de la tête de Mehdi contre le coin de sa portière. Rien. Il ne reste plus rien. Que de la boue. Si Ahmed était venu ici en premier, au lieu de se rendre à Saumur, il aurait pu découvrir ces indices. Mais c'est trop tard.

Il n'en sait rien, mais il est convaincu, à présent, que quelque chose d'anormal est arrivé à son fils. La peur ronge l'espoir. Et la peine qui l'envahit l'empêche de garder les idées claires, de réfléchir. Sans même s'en rendre compte, tel un zombie, le voilà assis dans son break gris. Le regard vide, les mains posées sur le volant. Au point mort, le moteur ronronne. Des images submergent l'esprit d'Ahmed. Des souvenirs. De ceux qui remontent à la perte d'un être cher. D'abord cette image de Mehdi, tout petit, ses cheveux noirs frisés, sa dent de devant en moins, assis sur son tricycle aux roues bleues. Puis sa joie, un peu plus tard, quand il avait rapporté sa première coupe gagnée au foot. Sa première fois en Algérie – il avait seize ans. Il se sentait étranger en arrivant sur la terre natale de ses grands-parents, mais en repartant il n'avait qu'une hâte, y revenir. Enfin, il y a quatre ans, au chevet d'Ahmed, à l'hôpital de Saumur. Alors qu'Ahmed se pensait condamné, que plus personne n'avait d'espoir. Mis à part Mehdi. Ahmed le revoit, sa main entre celles de son père. Les larmes sur son visage fermé. Il l'avait sommé de se battre. Lui rappelant cette phrase qu'Ahmed avait pour maxime sans se souvenir d'où elle lui venait : celui qui combat peut perdre, mais celui qui ne combat pas a déjà perdu. « Bats-toi ! Pour maman, pour Naïma, pour Aïda, pour moi. Bats-toi ! Pour Amine (son petit-fils, l'enfant de Naïma) et tes autres petits-enfants à venir. Pour toi, pour tout le bonheur que tu as encore à vivre ! » Les larmes coulaient sur ses joues creuses. Ahmed était fier de son fils, particulièrement à cet instant. Et Mehdi avait raison : il devait se battre. Ne pas abandonner. Ne pas laisser la maladie l'emporter.

Près du cimetière, la voiture toujours à l'arrêt, Ahmed pleure à chaudes larmes. Ces mots que Mehdi avait prononcés résonnent encore dans sa tête. Et ils trouvent un écho aujourd'hui. Ne pas renoncer. Continuer à chercher. Il doit retrouver son fils !

15

Dimanche 19 juin 2016 – 1 h 18

Toujours immobile, comme mis sur pause, pour ne pas alerter le doberman, Mehdi souffre d'une crampe dans le pied gauche. Comme si le droit ne lui faisait pas déjà suffisamment mal. Il ne va pas pouvoir rester ainsi encore bien longtemps. Mais, au moindre geste, le chien risque de se jeter sur lui. Pour le moment, l'animal n'a pas su localiser ce qu'il cherchait. Parce qu'il continue de chercher. Bien droit sur ses pattes. Mehdi constate combien il est magnifique dans la lumière des lampes frontales du groupe d'individus qui l'accompagnent. L'un d'eux – Mehdi devine aisément que c'est un homme malgré son visage cagoulé – s'approche du chien, le caresse et, sans le savoir, le distrait. Mehdi en profite pour se remettre sur ses pieds, en position accroupie. La crampe persiste un peu puis s'estompe. C'est toujours une douleur en moins. En faisant le compte des protagonistes présents à quelques mètres de lui, le jeune homme réalise qu'ils ne sont pas au complet. *Où sont les autres ?* Ont-ils abandonné ? Renoncé à le poursuivre ? Ou bien demeurent-ils quelque part, tapis dans l'obscurité de cette foutue forêt, à attendre de lui tomber dessus ? La dernière hypothèse semble la plus probable. Mehdi tourne la tête d'un côté puis de l'autre en tendant l'oreille. Aucun bruit particulier n'émane des ténèbres. Seul le son altéré des voix du petit groupe à proximité perce le silence qui règne. Impossible de percevoir clairement ce qu'ils se disent. Quelques mots, au mieux, sont distincts : « chemin », « chien », « nuit »... Quelques autres, Mehdi les devine : « bicot », « bougnoule », « voiture »... Mais cela ne lui suffit pas pour être fixé sur leurs intentions. *Bicot ? Bougnoule ?* Ces mots tournent dans sa tête. *Est-ce que c'est de ça qu'il s'agit ?* Mehdi se remémore son agression près du cimetière. Un des deux types lui avait balancé : « On n'aime pas les bougnoules. » Ils avaient également déblatéré des conneries sur les musulmans. « Bougnoule ». *Ce serait un acte raciste ? Une partie de chasse organisée par des fachos ?*

Le fait est que, par ici, dans la France profonde, le racisme est ordinaire. Mehdi l'a maintes et maintes fois constaté. On dit « bougnoule » comme on dit « négro ». Sans gêne. En riant, même. Mais les gens vous diront qu'ils ne sont pas racistes. Non, c'est juste qu'« il y a trop d'immigrés », « trop d'Arabes ». Qu'« ils n'ont pas à nous imposer leur religion », « leur religion de terroristes ». « Mais je ne dis pas ça pour toi », le rassurent ceux qui osent sortir ces clichés devant lui. Mehdi ne compte plus les fois où on lui a avoué : « Je n'aime pas les Arabes, mais toi je t'aime bien. » Cette phrase résume à elle seule la stupidité de leur raisonnement. Si tant est qu'ils raisonnent. Car en réalité ils ne connaissent pas d'Arabes (ou alors un ou deux, mais qui ne sont pas représentatifs, à leur avis), n'ont aucune idée ni de ce qu'est l'islam ni du contenu du Coran. Ici, dans leur campagne, aucune trace d'une quelconque « invasion » ni des « territoires perdus de la République ». Ils ont le don d'agacer Mehdi qui ne sait plus comment s'y prendre pour leur faire prendre conscience qu'ils ne font que vomir la propagande prémâchée du FN. Assaisonnée à la sauce média. Le Front national est en effet très populaire dans le secteur. Et, tout comme ils sont persuadés que leurs propos ne sont pas racistes, ils sont convaincus pour la plupart que le parti, créé par un groupuscule néofasciste (violent et allergique à la démocratie), a changé. « Ce n'est plus le FN de son père », « Marine est mieux ». Rien de ce que l'on peut leur dire, aucun des faits que l'on peut avancer ne les amènera, si ce n'est à changer d'avis, au moins à les faire réfléchir. Ils sont bornés. Mais, pour eux, ce sont les autres qui sont bornés. Mehdi n'a pas fait de grandes études mais il était assidu. *On sait pourtant à quoi cela mène de stigmatiser une partie de la population, non ?* Impuissant, il baisse parfois les bras, acceptant d'être l'Arabe de service. Celui qui leur donne bonne conscience. Un « exemple que devraient suivre les autres musulmans », selon eux. Il ne va pas à la mosquée, ne prie pas. Il fume un peu, il boit pas mal. Être érigé, par ces gens, en modèle de parfait musulman fait sourire Mehdi. Si son père les entendait… Pour le moment, ce qui est sûr, c'est qu'à l'issue de cette chasse, soit ils parviennent à le capturer vivant et ils le séquestrent, le torturent sans doute, et organisent peut-être une nouvelle partie, soit ils le tuent sur-le-champ.

François attend, impatient, des nouvelles de David. Il est toujours en compagnie de ses amis Hélène et Baptiste, mais aussi de Frédéric et de Jésus. *Mais qu'est-ce qu'il fiche ? Merde !* Les autres se languissent également :

— On attend quoi ? On va pas coucher là ! râle Jésus.

Il a le don pour énerver François, celui-là. Toujours à dire ou faire ce qu'il ne faudrait pas. Comme si c'était nécessaire d'en rajouter une couche. C'est la goutte d'eau… Il craque :

— Tu ne veux pas arrêter de me faire chier un peu ? Merde ! « On attend quoi ? » répète-t-il en prenant une voix de neuneu et en faisant la grimace. On attend, point ! T'as une meilleure idée peut-être ? Vas-y ! Dis-nous ce qu'il faut faire !

Les autres sont étonnés de voir François s'énerver ainsi. Ce n'est pas son genre. Lui qui, d'ordinaire, garde son calme quelles que soient les circonstances. *Ce n'est pas bon signe. La situation lui échapperait-elle ?* Jésus réagit tel un gosse. Qu'il est. Un gosse dans le corps d'un homme de quarante-cinq balais :

— Je demandais juste comme ça… lâche-t-il en s'éloignant du groupe pour aller bouder. Si on peut plus poser de questions… marmonne-t-il alors qu'il est déjà à quelques mètres des autres.

François, soulagé d'avoir pu évacuer un peu de son stress, s'en veut un tantinet d'avoir parlé ainsi à Jésus. Au fond de lui, il sait qu'il n'aurait pas osé employer ce ton avec qui que ce soit d'autre. Et ça ne lui plaît pas. Ramener Jésus à sa différence est une bassesse dont François n'est pas fier. Trop nombreux sont ceux qui le font, à son goût. Se mettre à leur niveau le répugne.

Il va chercher Jésus en s'excusant de l'avoir engueulé.

— … et tu as raison, on a trop attendu. J'appelle David pour savoir où ils en sont de leur côté.

En revenant vers ses comparses, dont il perçoit l'ennui et l'impatience, François, accompagné de Jésus, sort son mobile de sa poche pour contacter son fils. À peine David a-t-il décroché que son père lui demande :

— Alors ? Ça donne quoi ? Tu devais me rappeler ! Tu as des nouvelles des autres ?

— Ouais, excuse, c'est qu'on suivait une piste et…

— Vous l'avez retrouvé ?

— Non. Pas encore. C'était une fausse piste.

— Et ta mère ?

— Hein ? Oui, elle est là. On est tous ensemble, moi, maman, Cédric…

David ne peut finir son énumération. Cédric l'interrompt en lui faisant les gros yeux – des yeux qui paraissent particulièrement globuleux à la lumière des lampes frontales. « Ne pas prononcer de noms ni de prénoms. » La règle que François avait rappelée avant le début de cette partie de chasse. Rester anonymes. Que leur proie ne puisse les identifier si par hasard il leur échappait. D'où les cagoules également.

— Oui, enfin… On est tous ensemble. Avec le chien.

Dans le doute, David ne prononce pas non plus le nom du doberman.

— OK. Tant mieux. On l'a encore entendu aboyer tout à l'heure. Dis-moi qu'il a retrouvé la trace de ce salopard !

— Il l'avait sans doute retrouvée, mais un chevreuil l'a détourné.

— Ah ! merde !

— On va retourner lui faire renifler l'endroit où il y avait du sang pour tenter de le remettre sur la piste.

— Vous êtes où ?

— On est où ?

David répète la question en consultant le visage des autres, dans l'espoir qu'ils l'aident, mais aucun n'amorce un élément de réponse.

— Après avoir suivi le chemin, vous êtes entrés dans le bois ?

— Oui.

— De quel côté du chemin ? Vous êtes entrés dans le bois sur votre droite ou sur votre gauche ?

— Sur la droite.

— D'accord. Donc notre proie a continué d'avancer. Il n'a pas rebroussé chemin.

— Alors on fait quoi ?

— Laisse-moi réfléchir deux secondes…

François pose la main sur son front pour se concentrer. Le silence règne des deux côtés du téléphone. Le père et le fils sont fixés d'un regard plein d'expectative par ceux qui les entourent.

— OK, finit par déclarer François. Tu vas avec le chien pour tenter de retrouver la piste. Tu le connais bien et il faut être en bonne condition physique pour le suivre. J'envoie quelqu'un au point de départ, récupérer les vêtements du bougnoule, au cas où ça ne marcherait pas. Il reviendra en voiture. Les autres qui sont avec toi formeront une chaîne et continueront d'avancer dans le sens où allait Obama. Nous, on va progresser en se rabattant approximativement vers votre position, en quadrillant large. Il faut espérer qu'il n'a pas bifurqué à notre opposé ! Mais bon… si le sang que vous avez retrouvé est bien le sien, ce qui est fort probable, cela veut dire qu'il est blessé. En plus d'être pieds nus. Et il avance quasi à l'aveugle. Sa progression ne doit pas être rapide. Allez ! On fait comme ça ! C'est bon ?

— Ouais, c'est bon ! Retrouvons-le, ce fils de chien !

François raccroche puis, après lui avoir demandé si c'était lui ou son frère qui avait les clés de leur bagnole, envoie Frédéric Pacé chercher les vêtements de Mehdi pour les faire renifler par Obama, si nécessaire. Il reviendra avec sa voiture, pour faire le tour du bois dans un premier temps, puis continuer à sillonner les parages. Frédéric s'exécute et s'enfonce, seul, à travers la forêt.

— Et moi ? demande Jésus. Je fais quoi ?

— Nous, le reprend François agacé, on va dans cette direction en formant une chaîne comme tout à l'heure. Et on ouvre l'œil !

Hélène confie à son mari, Baptiste, qu'elle commence à douter de l'issue de cette partie de chasse. Elle remet même en question le bien-fondé de leur participation. François écoute d'une oreille attentive les messes basses de ses amis. Il s'en voudrait si, par sa faute, Hélène et Baptiste avaient des problèmes, car c'est lui qui les a conviés à cette traque. Parce que, il en prend pleinement conscience maintenant, c'était égoïste de sa part de les embarquer dans cette aventure dans le seul but de se constituer un alibi. « Si ça devait dégénérer, qu'on nous posait des questions, nous dirions que nous étions ensemble à dîner à la maison. » C'est ainsi que François avait justifié leur invitation à tous deux ce soir. Mais leurs meilleurs amis, à Sylvie et lui, n'avaient finalement rien à y gagner. Si ce n'est « vivre une partie de chasse extraordinaire ». *Sauf que pour le moment elle n'a rien d'extraordinaire. Chercher un gibier fantomatique et risquer de rentrer bredouille ? Avec quelles conséquences ?*

Tous les six s'alignent, en respectant une distance d'une dizaine de mètres entre eux, avant de se mettre en marche.

François tente de remonter le moral des troupes.

— On va le retrouver. Il est quelque part par là, blessé, affaibli. On va le retrouver. On y passera le temps qu'il faudra, mais il ne nous échappera pas !

À une centaine de mètres d'eux, les autres écoutent les instructions de David. Mehdi, qui n'a pas bougé d'un centimètre, attend impatiemment qu'ils décollent enfin. Même si c'est plus rassurant de les avoir sous les yeux que d'avancer sans savoir où ils sont, leur proximité le stresse. Surtout celle du chien. D'autant plus quand il pense à la charpie qu'il a dû faire du chevreuil. Un massacre sans aucun doute, tant le doberman grognait et s'agitait pour en déchirer la chair. Mais il voit que le groupe amorce un départ. L'un d'eux prend le chien et repart étrangement en arrière. Ça n'a pas de sens pour Mehdi, mais il s'en réjouit. Une autre personne se détache du groupe. Son optimisme s'estompe aussitôt. L'individu vient droit sur lui. Est-il envisageable qu'il l'ait vu ? Veut-il s'ôter d'un doute ? Plus que quelques mètres et il sera là. Délicatement, Mehdi prend ses appuis. Prêt à décamper aussi vite que possible. La lumière de la lampe frontale qui s'approche finit par l'éblouir. Mehdi en détourne son regard. Les pas s'arrêtent. Il tente de jeter un coup d'œil, mais il ne parvient à distinguer qu'une ombre. Ses oreilles perçoivent ce que ses yeux ne peuvent voir. Cédric, à quelques mètres seulement de lui, est juste en train de se soulager. Pour un peu, il lui aurait même pissé dessus. Mehdi l'a échappé belle. Une fois son affaire finie, Cédric rejoint les trois autres. Ils se mettent alors en marche, s'éloignant de Mehdi qui peut enfin souffler.

16

Vendredi 17 juin 2016 – 23 h 30

Quand elles entendent la porte d'entrée se refermer, et des pas fouler le couloir qui mène à la salle à manger, Samia et Claire relèvent la tête de leurs tasses de thé pour fixer le seuil que la personne s'apprête à franchir. Les yeux embués, pleines d'espoir. *Se pourrait-il que ce soit Mehdi qui rentre finalement ?* C'est Ahmed qui est de retour. Il secoue la tête pour signifier à sa femme et à Claire qu'il n'a pas retrouvé son fils. Pas même une trace. Leur déception s'ajoute à la sienne. Impuissant, tellement désolé d'avoir échoué dans sa mission, Ahmed raconte ses recherches, la gorge serrée. Il n'est pas le genre d'homme à exprimer ses émotions. Pas plus à les laisser transparaître. Pourtant, à cet instant, il craque. Son visage se déforme et les larmes se mettent à couler à flots.

— Je suis désolé, répète-t-il entre les sanglots, je suis désolé.

Samia l'enlace et se laisse, à son tour, submerger par son émotion :

— Pourquoi il faut que ça nous arrive à nous ? Pourquoi ce malheur ? Pourquoi ?

Un peu à l'écart, les mains jointes, Claire prie. Peu importe quel dieu, juste au cas où... Comme un dernier recours. Le regard vide, perdue dans sa détresse. En séchant ses larmes, Ahmed remarque son état. Il tapote sur l'épaule de sa femme pour qu'elle relâche son étreinte, et lui désigne Claire d'un haussement de sourcils. Samia s'approche alors doucement de la petite, pose délicatement la main sur sa joue pâle pour la sortir de sa torpeur. Claire revient à elle.

— Il faut qu'on appelle la police, dit-elle d'un ton décidé.

Samia échange un regard avec son mari, acquiesce et se dirige vers le téléphone de la maison. Elle s'en saisit. Pensant que Claire saura mieux se faire comprendre, elle le tend à celle-ci qui, après une courte hésitation, prend l'appareil. Ahmed tire deux chaises pour que les femmes s'assoient côte à côte. Lui reste debout derrière elles. Claire compose le 17. Un message vocal l'informe que « cette ligne est réservée aux secours. Vous êtes en relation avec le 17, Police Secours. Votre numéro de téléphone est identifié et votre communication sera enregistrée. Tout abus sera sanctionné ». S'ensuit une tonalité et une standardiste répond :

— Police Secours, bonsoir.

— Oui, bonsoir madame. Voilà, mon copain a disparu. On avait rendez-vous, mais il n'est pas venu et…

— Votre « copain », vous voulez dire votre petit ami ?

— Oui, c'est ça.

— D'accord. Vous aviez rendez-vous à quelle heure ?

— À 20 heures.

— OK. Donc il y a presque quatre heures.

— Oui.

— Et qu'est-ce qui vous fait penser qu'il a disparu ? Il vous a peut-être juste posé un lapin.

— Quoi ? Non. Il devait venir me chercher pour aller ensuite chez ses parents. Et il n'est pas non plus chez eux.

— Vous avez contacté ses parents ?

— Je suis chez eux, là.

— D'accord.

— On a appelé toutes les personnes avec qui il aurait pu être. Son cousin, qui l'a vu en dernier, nous a dit que Mehdi lui avait dit…

— Mehdi, c'est votre petit ami ?

— Oui.

— D'accord, continuez.

— Selon son cousin, en partant de chez lui, Mehdi lui a dit qu'il allait à notre rendez-vous. Mais il n'est pas venu. Et son père a fait le trajet pour le chercher…

Les larmes commencent à monter, sa gorge se serre.

— Mais il ne l'a pas trouvé.

— Calmez-vous, mademoiselle, dit la voix féminine d'un ton posé, presque détaché.

— Il faut que vous le retrouviez, réussit à lâcher Claire avant de craquer véritablement.

— Est-ce que vous pouvez me passer un de ses parents, à votre petit ami ?

Claire, effondrée, tend d'une main tremblante le combiné à Samia, qui ne le prend pas de gaieté de cœur.

— Allô ?

— Bonsoir, madame.

— Oui, bonsoir.

— Vous confirmez ce que vient de me dire la demoiselle ?

— Oui, je confirme.

— D'accord. Comment s'appelle votre fils ?

— Mehdi. Mehdi Allouache.

— Mehdi Allouache, répète-t-elle en tapant sur son clavier d'ordinateur. Et quel âge a votre fils ?

— Vingt-cinq ans.

— Vingt-cinq ans ? (La femme au téléphone semble surprise.) Votre fils est majeur donc. Est-ce qu'il est autonome ?

— Comment ça ? Je ne comprends pas.

— Il n'est pas handicapé ? Il peut se débrouiller tout seul ?

— Euh… Oui.

Samia est perplexe, elle ne voit pas où veut en venir la personne.

— Très bien. Il n'a pas de troubles psychiatriques ?

— Non !

— Il ne représente pas un danger pour les autres ni pour lui-même ?

— Non…

Samia ne comprend pas le sens de toutes ces questions.

— Est-ce qu'il suit un traitement médical spécial ? Type diabète ou autre.

— Non, mon fils est en bonne santé. Pourquoi vous me demandez tout ça ?

Son interlocutrice commence à l'agacer.

— Écoutez, madame, compte tenu des éléments que j'ai, je ne peux pas lancer de procédure de recherche…

— Quoi ? l'interrompt Samia. Vous n'allez pas rechercher mon fils ?

— Non, madame. Votre fils est majeur et vous n'êtes sans nouvelles que depuis quelques heures. Il est peut-être parti à une fête, ou chez quelqu'un que vous n'avez pas pensé à contacter, ou…

Cette fois, Samia s'énerve.

— Je vous dis qu'il a disparu ! Je le connais, mon fils, jamais il ne ferait ça ! C'est le ramadan, madame. Ce soir, comme tous les soirs, il devait venir chez nous pour rompre le jeûne. Il n'est pas venu et…

— Oui, je…

— Laissez-moi finir ! la coupe-t-elle sèchement. Il n'est pas venu, et il n'est nulle part où il a l'habitude d'aller. Mon mari l'a cherché partout. On a appelé tous ceux qui le connaissent. Personne ne sait où il est. Et il ne répond pas au téléphone. À personne. Mon fils a disparu.

— Je comprends votre inquiétude, madame, mais c'est la procédure. Si demain matin vous êtes toujours sans nouvelles, je vous invite à vous rendre à la gendarmerie, ou au poste de police le plus proche de chez vous, pour faire une éventuelle déclaration. D'accord ?

— Vous ne pouvez rien faire du tout ? Il faut qu'on attende toute la nuit ?

— Oui, madame. Je suis désolée. Votre fils est majeur et libre de ne pas donner de nouvelles. Je vous souhaite bon courage, madame.

— Oui, merci.

— Au revoir, madame.

— Au revoir.

La standardiste a raccroché. La tonalité résonne dans le haut-parleur du téléphone. Samia est sous le choc, K.-O. Rien ! Ils ne vont rien faire pour retrouver son fils, son petit, la chair de sa chair. Quoi qu'il lui soit arrivé. Il faut patienter au moins jusqu'au matin pour retenter de les convaincre de lancer des recherches. Parce qu'il faudra certainement les convaincre. *Et si Mehdi avait été assassiné ? Attendre réduirait les chances de le retrouver, c'est sûr.*

— Qu'est-ce qu'on fait ? demande Claire. Qu'est-ce qu'on peut faire ?

— Je ne sais pas ce qu'on peut faire de plus… se désole Ahmed.

— Il faut qu'on prévienne ses sœurs, lance Samia qui s'est ressaisie. Elles doivent savoir ce qui se passe.

Tandis qu'elle appelle successivement Aïda et Naïma, ses deux filles, pour leur expliquer la situation, Claire tente à nouveau de joindre Mehdi, en vain. Elle recontacte aussi Al, son meilleur ami, pour lui dire ce qu'il en est. Toute la famille de Mehdi et tous ses amis, à présent, sont inquiets. Tous savent que ce n'est pas son genre de disparaître ainsi.

De faire le mort. Tous doutent de le voir ressurgir. Quelque chose lui est arrivé, c'est certain. Quelque chose de grave. Ils imaginent le pire, mais ils sont encore loin de la réalité.

17

Dimanche 19 juin 2016 – 1 h 50

De retour à la maison en ruine, Obama renifle les débris, le vieux matelas, le sang sur la bâche, et le lèche. Accroupi à ses côtés, David l'observe, l'encourage à chercher. Une poignée de secondes suffisent au doberman pour retrouver la piste de leur proie. Les voilà déjà repartis. Obama s'engage à nouveau dans le bois, par là où ils sont venus à l'instant. David le suit au pas de course, plus déterminé que jamais. Pendant ce temps, à quelques centaines de mètres d'eux, le reste du groupe qu'ils ont quitté quelques minutes plus tôt progresse en formant une chaîne, comme le leur a recommandé, pour ne pas dire ordonné, David, les lumières de leurs lampes progressivement absorbées par la nuit. Mehdi les a regardés s'éloigner. Il se redresse en se gardant de prendre appui sur son pied droit, qui le lance toujours autant malgré le bandage de fortune. Il va de soi qu'il ne peut envisager de se déplacer sur une jambe. Pour se motiver, il pense à Claire, à la retrouver. Prenant son courage à deux mains, le voilà qui commence à avancer.

Partant à l'opposé de ceux qui étaient réunis face à lui tout à l'heure, Mehdi progresse, un pas après l'autre. S'habituant à la douleur qui irradie le long de sa jambe droite. Petit à petit, le mal est plus diffus. Par chance, à cet endroit, la forêt est moins dense. Le vent balaie les nuages, laissant la lune transparaître. Ce qui lui permet, si ce n'est d'y voir clair, au moins de distinguer les ombres, les formes, les arbres. Il se déplace plus lentement, mais plus sûrement, malgré sa hantise de poser sa plante de pied, qui est à vif, sur quelque chose de pointu ou de tranchant. Pour ôter cette idée de sa tête, pour se focaliser sur son objectif, se sortir de ce cauchemar, Mehdi s'efforce de ne penser qu'à une chose : ses retrouvailles avec Claire, avec ses parents, avec tous ceux qu'il aime. Ce moment où Claire se jettera dans ses bras et qu'il la serrera fort contre lui. Probablement qu'il craquera dans ceux de sa mère, qui pleurera de joie. Son père se contentera sûrement d'une tape affectueuse en se fendant d'un sourire. Il a tellement hâte. De rentrer, de prendre une bonne douche chaude, de faire un bon repas. Plongé dans ses pensées, Mehdi marche comme guidé par une force invisible, imperceptible. Il se faufile entre les branches, enjambe les obstacles avec une certaine facilité. Il y voit de plus en plus clair, avance de plus en plus vite. Rien ne semble pouvoir le stopper. Mais soudain un bruit le tire de sa rêverie. *Une voiture ?* Il n'est pas sûr de ce qu'il entend, mais cela se rapproche.

Non loin de là, alors que tous progressent en une ligne quasi parfaite, François s'adresse à ses comparses :

— Arrêtez ! lance-t-il d'une voix autoritaire, mais sans crier. Écoutez !

Le bruit de voiture : ils le perçoivent eux aussi. Le véhicule roule lentement. Ils ne sont pas suffisamment près pour distinguer la lumière des phares, mais cela ne saurait tarder. François, d'un geste du bras, fait signe à son groupe de se remettre en marche. Tous s'exécutent, ils ont repris confiance. David a appelé son père pour le prévenir qu'Obama avait retrouvé la piste de leur proie, qu'il s'était relancé à sa poursuite, dans la direction vers laquelle lui et son groupe convergent. De quoi remonter le moral des troupes. Au son de la voiture qui roule au-devant d'eux, François devine approximativement où ils sont dans cette vaste forêt, au beau milieu de la nuit. Son sens de l'orientation doublé de sa connaissance du bois en fait un parfait guide pour ses acolytes qui le suivent aveuglément. S'ils continuent d'avancer dans cette voie, sans ralentir, ils vont finir par tomber sur Mehdi. Cela ne fait aucun doute. À moins qu'Obama ne le chope le premier.

Mehdi s'est figé pour prêter plus attention au bruit qu'il perçoit. Celui d'un véhicule, il en est sûr maintenant. Instantanément, l'idée qui lui traverse l'esprit est de se jeter devant pour l'arrêter, monter à bord, puis filer loin d'ici. Mais en une fraction de seconde il se ravise. *Qui peut bien rouler dans le coin en pleine nuit ? Sûrement un de ces cinglés de racistes qui en ont après lui.* Mieux vaut jouer la prudence en s'approchant discrètement. Ce qu'il fait. Après quelques dizaines de mètres, il arrive au bord d'une grande allée de falun. Tapi dans l'obscurité, camouflé parmi quelques fougères, Mehdi observe la voiture qui roule dans sa direction. La lumière des phares jaunes se rapproche, se faisant de plus en plus vive. Dans leur rayon, Mehdi cherche sur le sol quelque chose qui puisse lui servir pour se défendre. Plus que quelques mètres, et le véhicule qui roule au pas l'aura dépassé. S'il doit tenter quelque chose, c'est maintenant ! Sans perdre une minute, Mehdi se redresse pour se ruer sur la voiture. Il tape avec la paume de sa main sur l'aile arrière de la vieille bagnole à la couleur vert bouteille passée. La lumière rouge des feux stop se projette sur son corps nu. La voiture s'est arrêtée, le moteur est coupé. Pendant quelques secondes, le temps semble figé. Mehdi, un gourdin à la main, reste immobile. Les feux s'éteignent, la portière du conducteur s'ouvre dans un grincement. L'homme au volant s'extirpe lentement de la voiture. Impossible pour Mehdi de distinguer parfaitement la personne. Elle tient son bras droit dans son dos, et ne paraît pas encline à s'approcher. De deux choses l'une : soit elle est avec eux et lui prépare un sale coup, soit elle n'est pour rien dans tout ça et se méfie, tout naturellement, de ce type à poil au milieu des bois. L'homme s'avance de quelques pas, lentement, et s'adresse à Mehdi :

— Qu'est-ce que tu fais là, mon garçon ?

Sa voix est grave, chaleureuse.

— Il faut que vous m'aidiez, monsieur.

Mehdi reprend espoir, s'approche un peu.

— Emmenez-moi loin d'ici. S'il vous plaît.

Il s'efforce d'être le plus poli, le moins affolé possible pour ne pas effrayer l'autre.

— Où sont tes vêtements ? Pourquoi est-ce que tu es complètement nu, mon grand ?

Son ton est doux, amical. Il piétine un peu, la main toujours dans son dos.

— On m'a obligé à les enlever, on m'a séquestré. Il faut qu'on parte d'ici, je vous en supplie. Ils sont après moi.

— Qui ? Qui t'a fait ça ? demande-t-il en s'approchant encore de Mehdi, l'air de rien.

— Je ne sais pas qui ils sont, je n'ai pas vu leurs visages, mais ils vont finir par nous tomber dessus si on reste là trop longtemps.

Mehdi n'est pas dupe, il voit bien que petit à petit l'homme se rapproche de lui avec sa main masquée. *Pas certain qu'il ne soit pas un des leurs.* Des aboiements percent la nuit. *Dans peu de temps ils seront ici, c'est sûr.* La vision du doberman sanguinaire qui lui saute dessus pour lui arracher la chair, comme il l'a fait à cette pauvre bête, traverse l'esprit de Mehdi. Il lui faut réfléchir. Et vite. Que cet homme mystérieux soit avec eux ou non, s'il faut qu'il l'assomme pour monter dans sa bagnole, il doit le faire sans états d'âme. Sa survie en dépend certainement. Mehdi resserre les doigts sur le morceau de bois. Si ce type s'approche encore, il ne lui laissera d'autre choix que d'user de la force. Du peu qu'il lui reste. L'homme, qui voit la main de celui qui lui fait face se crisper sur le bâton, s'arrête. À peine deux mètres les séparent. Ils se jaugent du regard. Du bruit survient de la forêt. Des craquements, des bruissements. Des pas sans aucun doute. Il ne peut plus attendre. Mehdi élève son bout de bois avant de se ruer sur l'homme qui lui fait face. De toutes ses forces, limitées par la fatigue accumulée, il abat sur lui son gourdin. Dans un mouvement pour esquiver l'attaque, l'autre sort la main de son dos : elle tient un nerf de bœuf. Mais il n'a pas le temps d'en faire usage, car, s'il est parvenu à éviter le coup porté à sa tête, le morceau de bois vient heurter violemment son épaule gauche, le projetant à genoux. Mehdi saisit à deux mains son gourdin, prend son élan et frappe encore plus fort. L'autre, à terre, a tout juste le temps, dans un réflexe pour se protéger, de lever le bras. Le choc est si violent que l'homme, dans un affreux cri de douleur, s'écroule sur le sol. Mehdi le cogne encore, dans les côtes cette fois. S'ensuit un nouveau cri qui résonne dans la nuit. Il supplie Mehdi de l'épargner, mais celui-ci le tape une fois de plus. Le coup se déporte sur les jambes. Sa force s'amoindrit, mais il ne peut s'arrêter de frapper. Celui-là va prendre pour les autres. Surtout que cet enfoiré a essayé de le prendre en traître. Alors qu'il s'apprête à cogner de nouveau, Mehdi entend courir dans le bois. Ni une ni deux, il lâche son arme pour se ruer vers la voiture. Il se jette à bord, porte sa main au contact pour démarrer. *Putain ! Pas de clé !* Sans perdre de temps, il fonce sur celui qu'il a massacré, resté inerte par terre, et s'agenouille pour palper ses poches. *Elles sont où, ces putains de clés ?*

— Il est là ! crie quelqu'un dont la lampe le situe à une dizaine de mètres.

Mehdi estime avoir encore le temps. Il doit saisir cette opportunité de leur échapper, il n'en aura peut-être pas d'autre. *Putain ! Il a combien de poches à sa foutue veste ?* La fouille ne donne rien. Les clés sont introuvables. Allongée sur le sol, sa « victime » gémit, immobile. Dans le bois, la lumière de la lampe se fait de plus en plus vive. Son poursuivant sera bientôt sur Mehdi. Vite, à tâtons, celui-ci cherche par terre, elles sont peut-être tombées quand il a frappé le type. Il s'agite, commence à craquer nerveusement. En se relevant pour reprendre la fuite, il frôle quelque chose qui lui semble suspect. Comme une boule en caoutchouc. En tâtant, il la retrouve et sent un bout de métal. C'est une clé. LA clé. Mehdi la ramasse, se redresse, va pour monter dans la vieille bagnole. Mais, comme sorti de nulle part, un puissant coup de poing vient percuter sa mâchoire de plein fouet, l'envoyant s'écraser contre la voiture. Son épaule droite en fait les frais, et par réaction sa main lâche la clé par terre. À peine Mehdi tourne la tête qu'un nouveau coup lui est asséné, mais cette fois, l'ayant vu venir, il parvient à l'esquiver. Le poing s'abat bruyamment contre la tôle. Profitant du fait que son assaillant se remet du choc, Mehdi prend son élan et lui envoie son genou dans les parties intimes. L'autre se plie en deux. Pendant qu'il se défait de celui-là, d'autres pourchasseurs apparaissent dans les taillis. La lumière de leurs lampes les signale. Cela donne une idée à Mehdi qui arrache la frontale de celui qu'il vient de neutraliser. Éclairant le sol, il cherche la clé qu'il ne trouve pas. En revanche, il voit le gourdin dont il s'est servi pour tabasser l'autre gars. Il le ramasse juste à temps pour frapper le second qui se remettait du coup de genou. Les autres seront vite sur lui s'il ne prend pas la fuite. *Cette fois, c'est trop tard ! Fait chier !* Tant pis pour la bagnole, Mehdi part en courant dans le bois, de l'autre côté du chemin, abandonnant certainement sa meilleure chance d'échapper à cette traque qui semble sans fin. Ou plutôt destinée à une fin toute tracée.

18

Samedi 18 juin 2016 – 8 h 24

Au lever du jour, François s'est rendu à la cabane au milieu des bois pour déplacer la voiture de Mehdi. Mais pas trop tôt pour ne pas prendre le risque de tomber sur un des contrôles de police pratiqués à l'heure de la fermeture du Cancun, la discothèque de Beaupin. Pas trop tard non plus, pour croiser le moins de monde possible, surtout personne qui puisse le reconnaître. Pourtant, en roulant dans la Clio de celui qu'ils séquestrent, François a rencontré un homme, dans un break gris, qui l'a dévisagé. Il est sûr qu'il ne le connaît pas, mais ça l'a contrarié. *Et si cette voiture était familière à ce gars ?* Après réflexion, il a estimé que ce serait vraiment une folle coïncidence. Il a abandonné la Clio où personne ne la trouvera, dans un hangar désaffecté, sur un terrain grillagé au milieu de nulle part. Elle sera brûlée dans quelques jours. Puis François a rejoint la route à pied afin d'appeler David, son fils, pour qu'il vienne le chercher.

De retour chez lui, dans l'entrée, il accroche son blouson trempé au portemanteau en bois, de style nordique, pour lequel Sylvie a récemment craqué. Une menuiserie de caractère faite de la main d'un designer, au nom imprononçable selon François, qui a eu du mal à avaler les 160 € pour cette pièce. Surtout pour un portemanteau. En pin, qui plus est. En passant par la cuisine, il se fait un café, qu'il emporte dans son bureau avant de déployer une grande carte topographique par terre, faute d'espace sur son bureau. À genoux, il étudie tous les chemins qui quadrillent la zone qu'il a choisie pour la partie de chasse qu'il s'apprête à orchestrer. Comme d'habitude, il ne veut laisser aucune place au doute, mesurer tous les risques, anticiper toutes les éventualités. Et personne ne participera à cette traque sans son approbation. François s'est tout naturellement érigé en chef. Il en a les épaules. C'est un leader-né. Mais, même s'il ne le laisse pas paraître, qu'il excelle à faire mine de tout prendre avec sérénité, il ne ménage pas ses nerfs. Il a eu grand mal à trouver le sommeil la veille au soir tant il tergiversait. Ensuite, la nuit a été agitée, et ce matin il était réveillé avant que ne sonne l'alarme de son téléphone. Il faut que tout soit carré : c'est le mot d'ordre. François fait le compte du nombre de personnes qui seront présentes ce soir. De ceux qui sont déjà avertis, et de ceux qu'il lui reste à convier, voire à briefer. Il lui faut encore recruter ses voisins, Marie et Jésus. Il ira dans quelques minutes. Son café terminé d'une traite, il plie la carte avant de quitter son bureau. Sa femme dort toujours. Quant à sa fille, elle a dû découcher, il en a l'habitude. Après un passage éclair dans la cuisine, il passe dans l'entrée, enfile une veste qu'il attrape sur le portemanteau, puis glisse la carte à l'intérieur pour la protéger de la pluie. Il rabat sa capuche sur sa tête et sort pour se rendre chez Alfred.

Avant ça, il fait un crochet chez ses voisins, des originaux. Marie et Jésus. François a connu le père de Jésus, Lucien. Il était encore en vie quand Sylvie et lui ont fait construire leur maison. Ce n'était pas une flèche, mais il était gentil, serviable, comme le sont sa veuve et son fils. Mais lui n'était pas exubérant, ou extravagant comme eux. Sa mort n'a pas arrangé les choses, et François a l'impression que c'est de pire en pire. Chaque fois qu'ils le surprennent par un comportement loufoque, voire choquant, il se dit qu'ils ont atteint le summum. Pourtant, ils arrivent toujours à faire pire que la fois précédente. *C'est comme si ces deux-là cherchaient à battre un record absurde.* Toujours est-il que ce sont ses voisins, qu'il doit faire avec, et que, pour ce soir, ils entrent dans ses plans. Il frappe à leur porte d'entrée béante.

— Vas-y ! Rentre, François ! lui crie Jésus, assis en bout de table, à deux mètres de lui.

— Rentre ! Rentre ! renchérit Marie, alors qu'il est déjà à l'intérieur. Tu veux un café ?

Elle est en train de s'en servir une tasse. François décline l'offre. Son café est dégueulasse. Du jus de chaussette. De chaussette sale.

— Tu veux un coup de rouge ? lâche Jésus avant de rire comme un demeuré, suivi par sa mère.

François vient à peine d'arriver, il ne pense déjà qu'à partir. Pendant une seconde, il regrette même d'être venu, mais il n'a pas vraiment le choix. Il sait que ces charmants voisins guettent chacun de leurs mouvements, à lui et à sa famille. Impossible donc, ce soir, d'échapper à leur vigilance. Sa décision est mûrement réfléchie, ils doivent être impliqués.

— Je viens pour vous inviter à participer à une chasse…

— Bah ! c'est qu'on n'a pas de fusils, nous ! s'exclame Marie.

— Non, mais ce n'est pas grave, ça.

— Nous, on va rabattre les animaux ! Hein, François ?! dit Jésus, sûr de lui.

— Quoi ? Non. Enfin… Mais laissez-moi finir, d'accord ? Je vous explique et après vous me poserez des questions si vous en avez. OK ?

Les deux acquiescent. François commençait à perdre patience. Surtout que s'il laisse faire au duo son numéro, il sait qu'il en a pour un moment. Après une profonde inspiration, il reprend :

— Donc, je viens vous inviter pour participer à une chasse un peu spéciale. Personne n'aura de fusil. Pas sur lui en tout cas. (Jésus a tenté d'intervenir, mais François l'en a dissuadé du regard.) Et on ne cherchera pas d'animaux sauvages, ce sera un lâcher. Mais ce qu'on va lâcher, ce n'est pas un animal, c'est un Arabe.

Avant de venir, François avait déjà réfléchi à la manière de convier ses voisins à leur traque, de sorte qu'ils ne puissent qu'accepter l'invitation. Chaque mot a été choisi. Tout en simplicité. Il poursuit :

— C'est quoi, un Arabe, pour vous ?

En posant la question, François sait à quelle réponse s'attendre.

— Un bougnoule ! répondent les deux en chœur.

— Un sale bougnoule, précise Marie.

— Et qu'est-ce qu'il faut leur faire ? les chauffe François.

— Les pendre par les couilles ! répond la mère du tac au tac.

— Leur couper les couilles et leur faire bouffer ! réplique le fils.

— Alors ? Vous voulez venir ce soir ?

Évidemment qu'ils veulent en être. Ils s'imaginent déjà tout un tas de saloperies qu'ils vont pouvoir faire au « bougnoule ». Jusqu'ici, son plan se déroule comme sur des roulettes. François leur donne quelques détails. Le minimum. Moins ils en savent, mieux c'est, pour le moment. Il les laisse pour aller prendre sa voiture et filer chez Alfred.

Quand il arrive chez son vieil ami, François est accueilli par Obama qui lui fait la fête. Dans ces moments-là, de jeu, de tendresse, pour quiconque ne connaîtrait pas le doberman, il serait difficile d'imaginer qu'il puisse être sanguinaire. François avance jusqu'à la porte principale et sonne. De l'intérieur, la voix étouffée d'Alfred l'invite à entrer. Il pénètre dans la maison pour se diriger vers la cuisine d'où il entend que l'on discute. De dos, un homme est assis à table avec Alfred. Pas bien grand, de corpulence moyenne, un physique banal, la quarantaine bien tassée : il s'agit de Daniel, un très bon ami d'Alfred. Un verre de vin blanc chacun, la bouteille devant eux, son hôte désigne une chaise à François en lui demandant ce qu'il veut prendre :

— Du chardonnay ou un café ?

— Un café, ça ira.

— J'ai pensé que Daniel pourrait se joindre à nous ce soir. Non ?

Cette prise d'initiative contrarie un peu François. C'est toujours pareil, on lui file les rênes, puis on contrecarre ses plans. Rien de tel pour l'agacer. Mais, en y réfléchissant, Daniel pourrait leur être utile. Car, si François est familier des bois où se tiendra leur chasse, Daniel, lui, les connaît comme sa poche. Dans la stratégie qu'il a établie, François concède qu'il pourrait endosser le rôle de celui censé quadriller la zone de chasse en voiture.

— Oui. Pourquoi pas ? Tu lui as expliqué ?

— Je lui ai dit ce que je sais. À toi de lui donner les détails.

Et c'est ce que fait immédiatement François. En dépliant sur la table de cuisine la carte IGN qu'il a emportée, il dévoile à Daniel, surpris mais intéressé, ce qui l'attend ce soir, et le rôle qu'il entend lui faire jouer. Une fois le briefing terminé, sans hésiter une seconde, Daniel accepte de se joindre à eux pour leur chasse à l'homme. Alfred et François s'en réjouissent. Tous trois ont hâte d'être à ce soir.

19

Vendredi 17 juin 2016 – 23 h 58

Dans la petite maison de l'impasse des Baraudières, il règne depuis une dizaine de minutes un silence de mort. Nul, de Claire, Samia ou Ahmed, ne dit mot. Les deux sœurs de Mehdi sont prévenues. Aïda, la plus jeune et la plus proche de son frère, est en route pour les rejoindre. Elle n'a pas su donner d'explications quant à la disparition de celui-ci. Et à sa connaissance comme à celle de Claire, « Mehdi n'avait aucune embrouille, personne qui lui voudrait du mal ». À la table de la salle à manger, tout près du téléphone de la maison, chacun se fait son propre film dans sa tête, mais la fin est commune à chaque scénario envisagé. Pour Samia, son fils pourrait avoir pris en stop quelqu'un qui l'aurait agressé, blessé ou tué, et lui aurait tout piqué y compris sa voiture. Alors, elle imagine Mehdi en train de se vider de son sang, seul, dans un fossé en bord de route. Pour Ahmed, c'est un accident dont a été victime son fils. Il sait qu'il aime la vitesse, l'adrénaline qu'elle lui procure. En sortie de virage, glissante comme l'est la route avec toute cette pluie tombée, Mehdi a pu perdre le contrôle de son véhicule, avant de faire quelques tonneaux qui l'auront propulsé dans les bois, rendant alors la voiture invisible de la chaussée. Mehdi, coincé à l'intérieur, s'il n'est pas mort sur le coup, s'éteint à petit feu. Enfin, troisième et dernier scénario, imaginé par Claire, celui-ci. Mehdi serait venu au point de rendez-vous, près du cimetière de Beaupin, et pourrait avoir été agressé avant qu'elle n'y arrive. Par quelqu'un qui l'aurait repéré plusieurs fois cette semaine, ou quelqu'un qui passait par là, et dont la présence l'aurait dérangé. Peut-être un de ces fachos racistes. Les Arabes n'ont pas la cote dans les parages. Ou bien si son frère avait finalement découvert leur relation… L'idée la quitte aussi vite qu'elle était arrivée. Rien ne se passe jamais dans son petit village de six cents habitants. Surtout pas des kidnappings ni des assassinats. Claire regarde Samia qui semble totalement ailleurs. Ses yeux, comme vides de vie, fixent le sol. Ahmed, lui, ne tient pas en place. Il se lève de sa chaise.

— Je ne peux pas rester comme ça sans rien faire. Je dois continuer à chercher Mehdi. Il doit bien être quelque part. Je suis peut-être passé à côté sans le voir tout à l'heure.

Alors qu'il se dirige vers le couloir de l'entrée, Samia ne réagit pas. Elle ne bouge pas d'un cil. Claire pense une seconde à accompagner le père de Mehdi, mais, lisant son intention dans ses yeux, il lui désigne sa femme d'un haussement de sourcils, lui signifiant de rester près de Samia. Claire y consent. Ahmed repart sur la route, sans conviction. À peine quelques minutes s'écoulent, durant lesquelles Claire se rapproche de Samia pour la cajoler, puis la porte d'entrée s'ouvre à nouveau. Les deux femmes s'attendent à ce que ce soit Ahmed qui, de retour, pénètre dans la salle à manger, mais ce n'est pas lui. C'est Aïda qui entre dans la pièce. Aussitôt, sa mère se lève, se jetant sur elle pour envelopper sa fille dans ses bras. Elles s'étreignent avec force et fondent en larmes. Il leur faut quelques minutes pour réussir à se reprendre. Une fois calmée, Aïda s'assoit à la table avec Samia et Claire, et leur demande de tout lui expliquer en détail. Elle espère qu'un élément de leur récit lui donnera une idée pour tenter de retrouver son frère. Claire se charge de lui raconter tout ce qu'elles savent, tous les faits et gestes de Mehdi, de sa débauche jusqu'à son départ de chez son cousin Karim. Ainsi que ce qu'elles ont entrepris, comme appeler les urgences de l'hôpital de Saumur et Police Secours. À la fin du récit de Claire, agrémenté de quelques commentaires de Samia, Aïda prend quelques secondes pour réfléchir, puis demande à l'amie de son frère :

— Tu as essayé de localiser son téléphone ?

— Avec Facebook ?

— Facebook ou Snapchat.

— Non, je n'y ai pas pensé.

Claire se saisit de son smartphone et lance Facebook Messenger, mais elle ne parvient pas à trouver comment localiser quelqu'un. Elle abandonne cette appli pour aller sur Snapchat. Elle fait glisser son pouce et son index l'un vers l'autre sur l'écran, et la carte Snap apparaît. Après un léger zoom arrière, l'avatar de Mehdi s'affiche sur la carte. À sa vision sur l'écran, Claire et Aïda se regardent : l'espoir renaît. Claire zoome sur le personnage qui représente Mehdi. Il est situé à Beaupin. Plus précisément à la mairie. À cette heure-ci, c'est impossible, mais Aïda reste confiante :

— Ça veut dire qu'il est à Beaupin. Pas à cet endroit exact, mais dans les environs.

— Ou que c'est le dernier lieu où il a été localisé par l'appli, ajoute Claire.

Aïda acquiesce en sortant son téléphone de sa poche. Elle tient à vérifier un truc.

— Qu'est-ce que tu regardes ? lui demande Claire.

— Ses publications Facebook, ses likes et tout. Pour voir à quelle heure étaient ses derniers posts.

— Ah ouais, pas con ! Je n'y avais pas pensé.

Claire se met à chercher, elle aussi, les dernières traces de Mehdi. Samia les observe, dubitative. Elle ne comprend pas bien ni ce qu'elles font ni ce qu'elles racontent.

— Mehdi est à Beaupin ?

— Y a des chances, M'ma.

— Il faut que j'appelle ton père pour qu'il y aille.

Aussitôt dit, aussitôt fait. Ahmed est à présent en direction du bourg du petit village. Pendant ce temps, les recherches des filles se poursuivent. Claire, qui connaît le mot de passe de Mehdi, se connecte à son compte Facebook. En allant dans son historique personnel, elle fait une découverte :

— Il a liké une vidéo de David Guetta à 19 h 52. C'est la dernière chose qu'il a faite.

— Tu ne peux pas voir où il était ?

— Non…

— Merde ! Qu'est-ce qu'on peut faire ?

Aïda et Claire se regardent, impuissantes, décontenancées. La sonnerie criarde du téléphone de la maison retentit. Samia décroche, c'est son mari.

— Je suis dans le bourg, il n'y a rien. Mehdi n'est pas là. Il n'y a pas sa voiture. Mais je vais continuer de chercher dans les environs.

— Oui, d'accord. Cherche bien partout. Sur le téléphone, les filles ont vu qu'il était par là.

— Ce n'est pas sûr du tout, M'ma, tempère Aïda.

— Oui, la localisation n'est pas toujours bonne, ajoute Claire.

— Ou elle peut dater d'un autre jour, poursuit Aïda.

Ces précisions donnent un nouveau coup au moral de Samia. Elle y a cru, le temps d'un instant. Voyant sa mine défaite, sa fille tente d'entretenir une lueur d'espoir :

— Mais la police pourra peut-être localiser son téléphone…

— Oui, c'est possible, confirme Claire, qui a compris l'intention d'Aïda.

— Mais ça ne sera pas avant demain, lâche Samia désespérée.

20

Dimanche 19 juin 2016 – 2 h 12

Assis sur le chemin, les épaules appuyées sur la vieille bagnole, Jésus souffre. Sa main droite aux doigts légèrement recroquevillés, posée sur son ventre, le lance affreusement. S'il ne s'est pas cassé quelque chose en cognant dans la carrosserie de la voiture, à présent gondolée, il aura de la chance. Mais, sur l'instant, il ne la mesure pas, cette chance. D'autant que le coup de gourdin reçu dans les côtes, sur le flanc droit, a laissé des séquelles lui aussi. Jésus a cette étrange sensation, comme si quelqu'un appuyait fortement à l'endroit où le morceau de bois l'a frappé. Quand François arrive, toujours en compagnie d'Hélène et de Baptiste, il constate qu'il vient certainement de perdre un de ses éléments. Et lorsque, en tournant la tête, il découvre Daniel allongé sur le sol, immobile mais gémissant, François perd pour la seconde fois de cette chasse le sang-froid qui fait pourtant sa réputation. *Décidément, rien ne va comme prévu.*

— Ce n'est pas possible ! gueule-t-il. Qu'est-ce que vous avez foutu ? Merde ! Même pas capables de neutraliser un type à poil et blessé.

— Mais il..., tente de se défendre Jésus.

— Mais rien du tout ! Tais-toi ! Tu fais chier !

Surpris par ce pétage de plombs de son ami, Baptiste tente de le ramener au calme et s'enquiert de la souffrance de Jésus. Sa femme, elle, est restée figée depuis son arrivée sur le lieu de la baston. Dans sa tête, une phrase tourne en boucle : *Mais qu'est-ce que je fous là ?* Déjà qu'elle n'était pas très chaude pour venir. C'est François qui a insisté auprès de Baptiste pour qu'elle l'accompagne, lui posant cet ultimatum : « Soit tu viens avec elle, soit tu ne viens pas. » Ni elle ni son mari n'ont compris le pourquoi de cette condition. Mais lui tenait tellement à participer à cette chasse, *à casser du bougnoule*, qu'Hélène a cédé. Même si cela ne l'amuse pas. Pas plus qu'elle ne cautionne cette traque, cette violence, cette cruauté. Bien sûr, elle est d'accord que « la France est en train de s'islamiser », qu'il faut faire quelque chose, mais elle n'est pas convaincue que des ratonnades vont résoudre le problème. Pas de la sorte en tout cas. Et plus l'aube se rapproche, plus elle sent que ça va mal tourner. Sa cagoule lui irrite la peau, elle n'a de cesse de se gratter. Clairement, Hélène n'a qu'une envie, c'est de rentrer chez elle. Prendre une bonne douche bien chaude, *parce que ça caille, là*, et se glisser dans son lit douillet. Reste à convaincre Baptiste. Elle hésite à lui en parler, car il kiffe, lui. Comme un gamin lors d'une chasse au trésor. Un bruit suspect, dans son dos, tire Hélène de ses pensées. Quelqu'un approche. Les autres l'ont entendu eux aussi. Tous se figent, fixant les fougères qui bordent le chemin, quand bondit Obama. Surprise, Hélène sursaute. Le doberman la frôle puis, reconnaissant François, se rue sur lui pour réclamer des caresses. Quelques secondes suffisent à David pour rattraper le chien et apparaître à son tour. Faisant encore sursauter Hélène. C'est vraiment trop pour elle. Sans laisser souffler son fils, François lui donne de nouvelles instructions :

— Vite ! On a perdu assez de temps ! Fonce avec Obama dans cette direction, cet enfoiré est parti par là. Si on est bien où je pense que l'on est, il ne nous reste plus beaucoup de temps pour le choper avant qu'il rejoigne la route, et risque de tomber sur quelqu'un.

David se remet aussitôt en chasse, sifflant Obama pour qu'il le suive. Ce qu'il fait, obéissant. Tous deux s'enfoncent à nouveau dans le bois. François veut vérifier sa position. Il sort de sa poche arrière sa carte, celle qu'il avait étudiée pour préparer cette traque, la pose sur le capot de la voiture de Daniel et tente de se repérer. Cela confirme ce qu'il pensait. Leur proie vient de pénétrer dans la dernière parcelle du bois. Elle est en forme de triangle. Le chemin sur lequel François et ses compères se trouvent, celui dont est parti Mehdi, représente la base du triangle, dont les deux autres côtés sont bordés par des routes. Donc, quelle que soit la direction que prenne Mehdi, à moins de revenir en arrière, il arrivera sur la route. *Peu fréquentée, certes, mais sait-on jamais…* Un sentiment d'urgence envahit François. Il avance jusqu'à Daniel qui a réussi à se redresser sur ses jambes. Légèrement courbé, les mains sur les côtes, appuyé sur sa voiture, il récupère doucement d'avoir été roué de coups. Pas un endroit de son corps semble ne pas le faire souffrir. Daniel regrette d'avoir mal jaugé la situation quand il s'est retrouvé face à leur proie. Sa stratégie – se la jouer amicale, dans un premier temps – n'était pas la bonne. Il s'en veut de s'être ridiculisé ainsi. *Prendre une raclée par un branleur, à poil qui plus est : quelle honte !* Malgré ses yeux plissés par la douleur et éblouis par la lumière de la lampe frontale tournée vers lui,

Daniel distingue que c'est François qui vient lui parler :

— Comment ça va ?

— Mal. J'ai mal partout, répond-il en gémissant.

— Mais est-ce que tu peux conduire ? lui demande François, insensible.

— Je ne tiens même pas debout, alors…

— D'accord. Tu peux donner tes clés à…

François cherche autour de lui qui, parmi ceux qui sont là, pourrait prendre la voiture de Daniel pour quadriller le secteur. Le choix est limité. Jésus n'a pas le permis, et derrière un volant il représenterait un danger pour lui-même. *Plus que d'ordinaire.* Hélène semble déconnectée et serait incapable, si ce n'est de neutraliser la proie, au moins de la contenir. Ne reste donc que…

— … Baptiste ? Il faut qu'il prenne ta voiture, sinon on est dans la merde. Vraiment.

François ne laisse pas tellement le choix à Daniel, qui accepte mais pose une condition :

— Je vais avec lui. Je vous gênerai plus qu'autre chose, de toute façon, si je reste avec vous. Tiens !

Il lui tend les clés qu'il vient de ramasser.

— Euh… (Baptiste cherche à croiser le regard de sa douce pour avoir son approbation, mais elle ne le calcule même pas.) Oui. Bien sûr.

Il se saisit des clés de la vieille bagnole. Après avoir installé Daniel, avec l'aide de François, à la place du mort, après avoir écouté avec attention les instructions de François, et après avoir embrassé sa chérie, la tirant de sa torpeur, Baptiste monte dans la voiture de Daniel. Sans problème, du premier coup il démarre, suivant le chemin pour rejoindre la route qu'il va devoir arpenter. Dans le même temps, François appelle Frédéric Pacé, qu'il avait, plus tôt, envoyé chercher sa voiture. Il lui donne les mêmes instructions qu'à Baptiste. À savoir qu'ils doivent couvrir la portion de route qui borde les deux côtés du triangle que forme la parcelle de forêt où se trouve leur proie. Ce, jusqu'au chemin. Toujours chacun dans un sens. Ensuite, faire demi-tour en arrivant au chemin et recommencer. Jusqu'à nouvel ordre. La consigne donnée, rangeant son téléphone, François observe Jésus de la tête aux pieds, puis le sol autour de lui, avant de s'en approcher.

— Ta frontale ? Elle est où ?

— Il me l'a prise, répond timidement Jésus.

— Merde !

Sur le coup, cela perturbe François. Mais en y réfléchissant, s'il se sert de la lampe, il sera plus facilement localisable. *Ce n'est peut-être pas une mauvaise chose, finalement, qu'il l'ait.* François s'apprête à repartir avec son équipe diminuée, constituée d'Hélène la farouche et de Jésus... Jésus, quoi ! Prêts à pénétrer dans la dernière parcelle de la forêt, voilà qu'arrivent par leur gauche, sur le chemin, certains de leurs complices d'un soir. Sylvie, caméra à la main, Cédric, le deuxième frère Pacé, Charles, qui porte son arc, et le doyen du groupe, Alfred, un peu à la traîne. Après un rapide briefing de la situation, et un court échange avec sa femme, François invite tout le monde à se remettre en marche :

— Il est temps d'en finir.

Depuis quelques minutes déjà, Mehdi trace tout droit, aussi vite qu'il le peut, la lampe frontale à la main. Il ne s'en sert que par intermittence. Il l'allume, éclaire quelques secondes devant lui, l'éteint et avance d'une dizaine de mètres. Répétant continuellement ce mode opératoire. Il se dit que s'il avait eu cette lampe plus tôt, il serait sûrement déjà loin. En tout cas, Mehdi a repris espoir. Jusque-là, dans sa tête, c'était perdu d'avance. Pour lui, sa fuite n'était qu'une manière de repousser l'échéance. Celle qui lui était destinée, à court ou moyen terme. Celle que ces tarés qui le pourchassaient, le traquaient comme un animal, lui réservaient. Une fin sans équivoque, la mort pour seule issue. Lucide, Mehdi en était jusqu'alors convaincu. Mais, maintenant, le doute s'est immiscé dans son esprit. Après tout, depuis le temps qu'il parcourt cette foutue forêt, il va bien finir par tomber sur une route. C'est obligé. Le sol, jonché d'arbres déracinés ou abattus, freine sa progression. Enjamber les troncs requiert une souplesse qu'il a perdue. Ses jambes sont tétanisées, raides comme deux bâtons. À vrai dire, son corps tout entier s'est rigidifié. Le froid, la fatigue, la faim, le stress, la peur, la douleur sont autant de facteurs qui peuvent l'expliquer. C'est à peine s'il plie les genoux pour marcher. Traînant les pieds plus qu'autre chose, son allure est désormais celle d'un zombie. Son corps meurtri, scarifié, blême, renforce cette impression qu'erre un mort vivant dans le bois. Le moindre de ses mouvements représente un effort pour Mehdi. Tout lui est douloureux. Comme si ses articulations étaient sclérosées. S'ajoute à cela la sensation que sa peau est tendue à l'extrême. À chaque geste qu'il fait, il la sent tellement tirer que ça lui fait mal. Surtout entre ses doigts, dans le pli de ses coudes et derrière ses genoux. Sa tête est lourde, si lourde qu'il peine à la maintenir droite. Son poids l'entraîne en avant, elle penche. Ses paupières, pesantes elles aussi, sont à demi closes.

Ses cheveux, d'ordinaire gominés et si soignés, sont tout ébouriffés. Bien sûr, Mehdi ne se rend pas compte de son apparence. Pas totalement, malgré sa pleine conscience de son état physique dégradant.

Encore quelques troncs à enjamber avant que le sous-bois ne soit plus dégagé. *Vivement !* D'autant qu'il se doute que ses poursuivants ne doivent pas être loin derrière. Pourtant, Mehdi marque un arrêt. Relevant la tête, il tend l'oreille, percevant un son étranger à l'environnement. Une voiture ? À mesure que le bruit se fait plus distinct, de la lumière perce la végétation face à lui. Mehdi ne sait plus s'il doit s'en réjouir ou s'en inquiéter. De toute façon, il n'a plus le choix. Les autres sont à ses trousses, très probablement tout proches. Avancer est la seule option viable, et il ne doit pas perdre une minute de plus. Mais quelques troncs restent à franchir. Ces entraves le ralentissent beaucoup. Beaucoup trop. Mehdi passe une première jambe par-dessus l'énorme arbre couché par terre, il s'assoit quelques secondes, puis lève péniblement son autre jambe. En passant au-dessus, elle frotte un peu contre l'écorce, mais il ne sent quasiment rien, le froid l'anesthésie. L'obstacle franchi, non sans effort, Mehdi se relève pour continuer sa progression. À peine est-il sur ses deux pieds que quelque chose vient heurter avec force son omoplate gauche, le faisant tituber. Une vive douleur se déclare et se propage. Il sent son sang, chaud, couler dans son dos. Dans un mouvement aussi lent que pénible, Mehdi attrape, de sa main droite, l'objet contondant qui a déchiré sa chair, pénétré jusqu'à l'os probablement brisé, provoquant une effusion d'hémoglobine. C'est une flèche qu'il tente en vain d'extirper. Mais il manque de force comme de souplesse, le projectile est quasiment hors de portée. Le sang coule abondamment. La douleur irradie dans son épaule, son cou, remonte dans son crâne. Ses tempes sont saisies, ses yeux se ferment, sa mâchoire se serre, puis se relâche quand sa tête se met à tourner. Ses jambes se dérobent, sa main lâche lentement la flèche, sa tête bascule : Mehdi s'effondre, comme une poupée de chiffon, sur le sol froid. Il perd connaissance.

21

Samedi 18 juin 2016 – 8 h 05

La nuit a été longue. Ni les parents, ni la sœur de Mehdi, ni Claire n'ont fermé l'œil. Tous les quatre, ensemble, ils ont attendu, leur téléphone à portée de main, que survienne une nouvelle, quelle qu'elle soit. Même si leurs espoirs étaient éteints. Toute une nuit à attendre qu'on leur annonce ce qu'ils redoutent. Parce que ne pas savoir ce qui est arrivé à leur fils, leur frère, leur petit ami, est le pire des supplices. Les heures, les minutes, ils les ont vues défiler. Lentement. Ce matin, à l'unanimité, ils ont décidé qu'il fallait se rendre au poste de police le plus proche, à Nollé, pour signaler la disparition de Mehdi. En espérant que cela soit plus productif que l'appel passé à Police Secours la veille au soir. Samia et Ahmed ont jugé plus sage et plus pertinent que ce soient Aïda et Claire qui s'y rendent. De toute façon, avec ou sans eux, elles comptaient bien y aller. Samia est donc restée chez elle, « au cas où ». Ahmed, quant à lui, a décidé de retourner arpenter la route. Comme maintenant il fait jour, il pourrait voir quelque chose qu'il a loupé jusque-là. Même si la pluie tombe encore. Mais sa recherche sera vaine, une fois de plus. Toutefois, à un moment donné, sur une petite route très peu fréquentée, Ahmed croit reconnaître la Clio de Mehdi. Pourtant, rien ne la distingue d'une autre voiture de ce modèle. Et sa couleur noire est banale. Mais il a le sentiment, que c'est la voiture de son fils. Alors Ahmed fixe autant que possible, malgré le va-et-vient des essuie-glaces et la pluie battante, la personne qui est au volant, face à lui, durant les quelques secondes avant qu'ils se croisent. Cette silhouette n'est pas celle de Mehdi. C'est un homme, c'est sûr, mais il semble plus petit, moins svelte. Impossible de voir clairement son visage. Les deux véhicules se croisent et Ahmed conclut qu'il s'est mépris. Pourtant, s'il avait regardé les plaques d'immatriculation au lieu de se focaliser sur le conducteur, il serait peut-être parvenu à les lire et aurait découvert que son pressentiment était bon.

Claire et Aïda sont toutes deux sous leur parapluie, à l'abri du déluge, devant le portillon blanc de la gendarmerie. Claire appuie sur le bouton de l'interphone. Après un bref échange avec un homme de la caserne, les deux filles entrent dans l'enceinte du bâtiment, puis pénètrent à l'intérieur, où les attend un jeune en uniforme. Grand, svelte, le crâne rasé et une fossette au menton, l'adjoint de police judiciaire – l'APJ – les salue. Il les prie d'entrer dans la pièce sur sa droite, de s'asseoir sur les chaises qui font face à son bureau, où il prend place à son tour.

— Alors, c'est pour signaler une disparition, c'est bien ça ?

— Oui, lâchent Claire et Aïda en chœur.

— Alors, déjà, comment s'appelle la personne qui aurait disparu ?

— Mehdi Allouache. (C'est Aïda qui a été la plus prompte à répondre.) C'est mon frère, ajoute-t-elle, mon petit frère.

— D'accord. Et pour vous, c'est... ? demande le gendarme à Claire.

— C'est mon petit ami.

— OK. Alors, expliquez-moi ce qui vous fait penser que Mehdi a disparu.

C'est Aïda qui prend la parole. Elle raconte tout depuis le commencement, en détail. Pour finir, elle signale que le téléphone de son frère est probablement éteint, car il n'y a plus de tonalité, on tombe directement sur le répondeur.

— Je vois, se contente de dire Julien, le gendarme, qui a écouté attentivement Aïda sans jamais l'interrompre. Alors, je comprends votre inquiétude d'être comme ça, sans nouvelles ni aucun moyen de le joindre. Je comprends votre... détresse. Mais ce genre de situation est très fréquent et généralement la personne réapparaît le lendemain après une grosse soirée, souvent bien arrosée...

Claire s'emporte.

— Mais vous n'avez rien écouté ou quoi ?! On vous dit que tous ses amis sont sans nouvelles !

— Ne nous énervons pas, d'accord ?

Julien reste parfaitement calme.

— Ses amis pourraient vous avoir menti...

— Son meilleur ami est un ami d'enfance à moi. Jamais il ne me mentirait.

— Et puis Mehdi n'est pas comme ceux que vous décrivez, ajoute Aïda.

— Il ne boit pas d'alcool ?

— Si, mais pas excessivement. Et pas pendant le ramadan.

Aïda s'attache à ne pas perdre son sang-froid. Au moins l'une d'elles doit y parvenir. C'est pour cela que sa mère n'est pas venue. Si elle était là, elle serait déjà en train de menacer le flic en le pointant de son index, comme elle le fait toujours quand elle s'énerve après quelqu'un.

— Alors, dans ce cas, si vous pensez qu'il a réellement disparu…

— Oui ! l'interrompt Aïda qui, du coup, commence à perdre patience, d'autant qu'il la crispe avec ses « alors ».

— Avant d'engager toute procédure, je dois vous demander si Mehdi représente un danger pour les autres ou pour lui-même.

— Non, répondent en chœur les deux filles.

— Est-ce qu'il suit un traitement, a une maladie qui pourrait provoquer une urgence médicale ? S'il est diabétique, par exemple.

— Non, réplique Aïda alors que Claire se contente de secouer la tête, agacée.

— Votre frère n'a pas laissé de courrier suicidaire ou un indice qui pourrait faire penser à une tentative de suicide ?

— Non.

— Et euh… (Le gendarme réfléchit pour utiliser les bons mots et bien formuler sa question, car il sait le sujet sensible, mais il est obligé de le demander.) Se peut-il que votre frère se soit radicalisé ?

— Quoi ? Mais vous vous foutez de nous !

Claire est hors de contrôle, elle a bondi de sa chaise.

— C'est quoi, votre problème ? Parce qu'il est musulman, Mehdi ne peut être que coupable ? Pas victime ? Il ne peut pas avoir été agressé ? Non, forcément il a rejoint Daesh. Putain ! Vous êtes sérieux ?

— Surveillez votre langage, mademoiselle. Je ne tire aucune conclusion, je ne fais que suivre la procédure. Vous pouvez la juger inadéquate, mais comprenez qu'on ne peut pas déclencher une enquête judiciaire chaque fois que quelqu'un signale une disparition. Pour un adulte, j'entends.

— Ouais, calme-toi, Claire.

Aïda lui parle d'une voix douce, tout en posant la main sur son bras.

— Assieds-toi, il n'y est pour rien, il fait son travail. Et puis ça ne nous aide pas.

Claire regarde Aïda, décontenancée par son attitude zen. Elle, pourtant sanguine aussi, adopte le bon comportement. Claire le sait au fond d'elle, mais la fatigue mêlée au stress et à la peur forme un cocktail explosif. Toutefois, quelques secondes lui suffisent pour redescendre. Elle se rassoit, décidée à se résigner au mutisme.

— Encore une fois, reprend Julien en tendant une boîte de mouchoirs en papier à Claire, je comprends à quel point cela doit être stressant de ne pas savoir où est votre petit ami ni ce qui peut lui être arrivé. Mais, compte tenu des éléments que j'ai à ce moment précis, je ne peux pas engager de procédure judiciaire. Toute personne majeure est libre d'aller et venir comme elle veut. Et même de disparaître si elle le souhaite.

Aïda et Claire sont abasourdies, quasiment en état de choc. Elles n'en croient pas leurs oreilles. Mehdi a disparu. Elles ne savent pas où il est ni ce qui lui est arrivé. Ni même s'il est encore en vie. Le flic leur dit qu'il ne compte rien faire, que c'est la procédure. Pourtant, en agissant rapidement, il existerait un espoir de retrouver Mehdi vivant. Une fraction de seconde, Aïda hésite à mentir et à déclarer que son frère s'est radicalisé. Au moins, la police le rechercherait. Mais cela aurait un trop gros et trop mauvais impact sur sa famille.

— Donc, concrètement, qu'est-ce que nous sommes censées faire ? Quels sont nos recours ?

— Alors, je vais rédiger un procès-verbal pour enregistrer administrativement votre déposition et émettre l'avis de disparition. Cela ne déclenchera pas d'enquête judiciaire, mais l'avis sera automatiquement transmis aux brigades alentour, qui pourront se montrer vigilantes. Et Mehdi sera inscrit au FPR, le fichier des personnes recherchées, qui est une base de données européenne. Si vous avez une photo de lui, je pourrais la joindre. C'est toujours mieux.

Claire fouille dans la galerie de son téléphone pour choisir, parmi des dizaines, une photo de son chéri. Après avoir demandé l'adresse mail du gendarme, elle la lui fait parvenir.

— Parfait. Maintenant… ce n'est pas la procédure officielle, mais… si vous avez une piste, une idée où chercher, nous pouvons bien évidemment l'explorer, ou au moins y réfléchir.

— Comme quoi ? interroge Claire.

— Je ne sais pas… Ça peut être une personne avec qui il se serait embrouillé récemment par exemple.

Aïda s'en remet à Claire, car elle a beau être très proche de son frère, Claire devrait être plus à même de savoir ces choses-là. Mais celle-ci secoue la tête. Rien. Rien ne lui vient à l'esprit. Qui aurait pu lui vouloir du mal ? Personne à sa connaissance. Mehdi n'est pas du genre à faire des histoires. Il est calme, réfléchi et intelligent. Devant le désarroi des jeunes femmes qui lui font face, Julien cherche un moyen de leur apporter un peu de réconfort.

— Je ne vous ai pas demandé, quelle est sa voiture ? La marque, le modèle, la couleur, les plaques, un signe distinctif…

— C'est une Renault Clio noire toute simple, déclare Aïda.

— Une Clio II, précise Claire, un modèle société. Les sièges sont gris.

— Vous connaissez les plaques ?

— Non, répondent-elles.

— Ce n'est pas grave, je vais me débrouiller. Alors, ce que je vais faire, c'est demander à mes collègues qui patrouillent d'ouvrir l'œil, et de s'orienter vers les routes qu'il aurait pu emprunter, s'il venait de Saumur pour rejoindre Beaupin.

Aïda et Claire remercient Julien qui leur confie :

— J'aimerais pouvoir faire plus. Je suis désolé. Je vous souhaite sincèrement que tout rentre dans l'ordre rapidement. Mais si ce n'était pas le cas, que vous aviez d'autres éléments, n'hésitez pas à revenir nous voir.

Julien se penche et griffonne quelques chiffres sur un bout de papier qu'il tend à Aïda.

— C'est mon numéro perso. Appelez-moi si vous avez besoin, dit-il en faisant son regard charmeur.

Aïda ne le laisse pas insensible.

— Merci, lui répond cette dernière en esquissant un léger sourire, qu'elle réprime aussitôt.

Pas plus avancées, avec peu d'espoir engrangé, les deux jeunes femmes quittent la gendarmerie.

En montant dans sa voiture, Aïda demande à Claire :

— Tu viens avec moi chez mes parents ou tu veux que je te ramène chez toi ?

— Je peux venir avec toi et rentrer chez moi un peu plus tard ?

— Oui, bien sûr.

22

Samedi 18 juin 2016 – 10 h 23

Après avoir passé un moment avec la famille de Mehdi, à ressasser toujours la même rengaine, à se poser en boucle les mêmes questions qui restent sans réponses, Claire a senti qu'il était temps qu'elle rentre chez elle, chez ses parents. Aïda l'a déposée à l'arrêt de bus, à une centaine de mètres de sa maison, puisque Claire est censée avoir passé la nuit chez sa copine Jaja. Bien sûr, à vingt-trois ans, elle est libre de faire ce qu'elle veut, ou presque, mais pas avec n'importe qui. En arrivant dans sa cour, elle se réjouit qu'il n'y ait que la voiture de sa mère. Dans son « jardin », son voisin chelou la reluque. Elle fait mine de ne pas l'avoir vu, ne lui laissant pas le temps de l'interpeller. Claire pousse la porte d'entrée, retire ses chaussures, puis accroche sa veste au portemanteau en bois. Du bruit provient de la cuisine, elle s'y dirige.

Dans son tablier, affairée à préparer le déjeuner, sa mère, Sylvie, a tout juste le temps de relever la tête avant que sa fille ne se rue tout contre elle. Pour la serrer fort dans ses bras. Elle ne sait pas ce qui se passe, mais elle comprend tout de suite que Claire n'est pas bien. Sylvie l'étreint à son tour. Claire éclate en sanglots.

— Qu'est-ce qui t'arrive, ma puce ?

Se jeter dans les bras de sa mère pour un peu de réconfort était spontané, irréfléchi, instinctif. En un instant, Claire mesure ce que cela implique. Expliquer à Sylvie la situation, lui avouer qu'elle lui ment depuis des mois. Elle sait que ça va lui faire de la peine, sans doute la décevoir, peut-être même la fâcher. Mais elle n'a plus vraiment le choix. Après s'être ressaisie, elle relâche son étreinte.

— Assieds-toi, maman. Je vais tout t'expliquer.

Sylvie s'exécute. Le ton grave, la mine défaite, les yeux rougis de Claire sont autant de motifs d'inquiétude.

— Dis-moi, lance-t-elle seulement.

— Promets-moi de ne pas t'énerver. D'accord ?

— Je ne peux pas te le promettre. Mais je vais essayer. Dis-moi ce qu'il y a, maintenant, tu me fais peur. Qu'est-ce qui te met dans cet état ?

— En fait, j'ai un petit ami, c'est du sérieux, et depuis hier soir il a disparu. Personne ne sait où il est.

Claire tente tant bien que mal de se contenir. Sylvie est un peu soulagée, elle s'attendait à pire. *Ce n'est sans doute qu'un énième chagrin d'amour. Claire les collectionne.* Pourtant, son sixième sens de mère l'avertit que c'est plus que ça.

— Comment ça, « disparu » ?

— On avait rendez-vous hier soir, mais il n'est pas venu…

— Si ce n'est que ça, ma puce, l'interrompt Sylvie, supposant qu'il ne s'agit finalement que d'un lapin posé, ce n'est pas…

— Non, laisse-moi finir. C'est plus grave que tu ne le penses. Donc, comme je ne l'ai pas vu à notre point de rendez-vous, et que nous étions censés aller chez ses parents après, je les ai appelés.

— Tu connais déjà ses parents alors que tu ne nous l'as même pas encore présenté ? s'offusque sa mère.

— Maman, s'il te plaît…

Claire perd patience.

— Excuse-moi. Vas-y, continue.

— J'ai donc appelé ses parents, mais ils ne l'avaient pas vu. Et il était injoignable sur son téléphone. Sa mère m'a proposé de venir chez eux, Jaja m'a emmenée. On a passé la soirée à appeler, à droite et à gauche, tous ceux qui auraient pu savoir où il était, mais personne n'était au courant de rien.

Les larmes recommencent à monter, sa voix déraille, elle prend son visage dans ses mains et craque à nouveau. Sa peine est inconsolable. Elle en a mal à la tête, à force de pleurer. Sans doute à cause du stress, son estomac se tord en crampes douloureuses. Claire voudrait s'allonger pour dormir profondément, et qu'à son réveil Mehdi soit à ses côtés. Que tout cela n'ait été qu'un cauchemar. Parce que c'est à ça que cela ressemble. Le raconter ainsi à sa mère lui en fait encore un peu plus prendre conscience. En tentant de retrouver son calme, Claire se félicite d'être jusqu'ici parvenue à ne citer aucun nom dans son récit. Elle se doute bien qu'elle n'y échappera pas, que sa mère voudra assouvir sa curiosité, mais elle préfère repousser le plus possible l'échéance. Elle reprend :

— Nous avons passé la nuit à attendre de ses nouvelles. Son père l'a cherché en voiture, il a refait le trajet je ne sais combien de fois. Mais rien. Alors ce matin, avec sa sœur, nous sommes allées à la gendarmerie de Nollé pour déclarer sa disparition.

— Ah oui ? s'étonne Sylvie qui mesure que c'est probablement plus grave que ce qu'elle pensait. Et qu'est-ce qu'ils vous ont dit ?

— Ils ne feront pas d'enquête parce que Med... parce qu'il est majeur, se reprend Claire de justesse. Et une personne majeure peut librement décider de couper les ponts avec sa famille et ses amis. C'est ce que nous a expliqué le gendarme.

Le fait que sa fille se soit reprise n'a pas échappé à Sylvie. Mais l'empathie prend le pas sur la curiosité. Pour le moment.

— C'est dégueulasse. Il pourrait lui être arrivé n'importe quoi. C'est de la non-assistance à personne en danger. (Sylvie s'emporte.) On ne va pas en rester là, je te le dis. Quand papa saura, il va faire des pieds et des mains pour faire bouger les choses, crois-moi. Il connaît un des gendarmes de Nollé, justement.

— Non. N'en parle pas à papa, s'il te plaît.

— Quoi ? Mais pourquoi, ma chérie ? Si on ne fait rien, tu ne découvriras peut-être jamais ce qui est arrivé à...

Ça y est ! La curiosité a pris le dessus. Sylvie veut en savoir plus sur le petit ami de sa fille, en commençant par son prénom. Quoi de plus normal, après tout. Et puis derrière toute cette affaire flotte quelque chose de louche. Sylvie le sent. Cependant, Claire compte ne donner qu'un minimum d'informations sur Mehdi. Sauf que même un minimum, c'est déjà trop. Elle en vient à se demander si elle a bien fait d'en parler à sa mère. La réponse est indiscutablement oui. Au plus profond d'elle, elle le sait. Toutes deux sont très complices depuis que Claire est devenue une femme. Parce que enfant, elle était plutôt la fifille à son papa. Ça ne se calcule pas. Sa maman est de toutes ses confidences. Elle la comprend comme personne, sans jamais la juger. Mais aujourd'hui, Claire doute. Une multitude de questions se posent à elle : *quelle va être sa réaction ? Va-t-elle réussir à faire abstraction de ses préjugés ? Acceptera-t-elle cette fois encore de garder le secret ? Parviendra-t-elle à comprendre ?*

— Il s'appelle Mehdi, maman.

À ces mots, les yeux de Sylvie se sont écarquillés, son visage a blêmi et son corps s'est figé. Dans sa tête résonne le prénom de l'inconnu. Claire a remarqué ces signes de stupeur, auxquels elle s'attendait d'ailleurs. Elle poursuit la présentation pour tenter de balayer tous les préjugés qui, elle n'en doute pas, traversent l'esprit de sa mère à ce moment :

— Il a vingt-cinq ans, il travaille comme peintre en bâtiment, il a un appart. Ça fait six mois qu'on est ensemble et on est bien. On fait des projets. Il est beau, drôle, intelligent… C'est le garçon le plus gentil de la Terre. Je l'aime tellement, maman.

Les larmes à nouveau. Claire n'en peut plus, elle est fatiguée. Si fatiguée. Elle en a assez de ne faire que pleurer. Son nez est en feu, sa gorge la brûle, ça cogne dans sa tête. Sylvie, malgré la confession déstabilisante qu'elle peine à encaisser, prend sur elle. En se contentant de tenter de réconforter sa fille, elle l'enlace, caressant ses longs cheveux.

— Ça va aller, ma puce. Ça va aller. Je suis là.

La tête posée sur l'épaule de sa mère, dont elle sent la chaleur, elle qui a si froid, Claire ferme les yeux. Elle est bien. Si bien qu'elle pourrait dormir, là, debout dans la cuisine. Sylvie l'a bien compris.

— Tu devrais aller t'allonger un peu.

— Pas toute seule. Tu veux bien venir avec moi ?

— D'accord. Le temps que tu t'endormes.

Sylvie éteint le feu sous le faitout pour suivre dans sa chambre sa fille qui, sans se déshabiller, se glisse sous la couette. Sylvie, elle, s'allonge par-dessus, collée tout contre Claire, l'embrassant sur le crâne. En attendant que celle-ci s'endorme, Sylvie réfléchit à la situation. Elle a bien évidemment fait le lien entre le petit ami volatilisé et le jeune homme actuellement séquestré dans la cabane d'Alfred, au milieu des bois. Alors Sylvie hésite à garder tout ça pour elle ou à le partager avec François. Cela ne changera rien aux plans de son mari, certes, mais c'est peut-être un élément à prendre en compte. La situation est délicate. Non pas parce que Claire a un petit ami, ce n'est pas le premier. Ni même parce qu'elle le leur a caché pendant tout ce temps. Non, le problème, c'est que c'est *un bougnoule.*

23

Dimanche 19 juin 2016 – 3 h 14

Avant même d'ouvrir les yeux, c'est l'odeur familière de bois humide et de pétrole, ainsi que la texture du sol sur lequel il est couché, qui indiquent à Mehdi où il se trouve. Le voilà revenu au point de départ, ou presque. Ses paupières, lourdes, peinent à s'ouvrir. Il ne perçoit que de faibles lueurs. Autour, un brouhaha de paroles indistinctes ne fait qu'ajouter à son affreux mal de tête. C'est comme si son crâne était pris dans un étau que chaque mot, chaque bruit venait serrer un peu plus. Mais ce n'est rien comparé à la douleur qu'il ressent dans l'épaule gauche. Sans savoir qu'elle n'y est plus, Mehdi sent la flèche dans son omoplate. Comme si elle faisait un va-et-vient incessant dans sa chair jusqu'à percuter l'os, provoquant une sensation de décharge électrique. Ses jambes tirent, son corps entier est courbatu. La plaie dans la plante de son pied droit, meurtrie par le tesson de bouteille, semble heureusement anesthésiée par le froid qui le fige. Il est gelé, à même le sol en béton. Ses paupières s'ouvrent un peu plus, Mehdi distingue des formes sombres dans un halo de lumière. Puis les formes deviennent des silhouettes, avant que sa vue ne revienne complètement à la normale, et qu'il voie les gens réunis là, dans la cabane. Tous ses pourchasseurs sont ici, c'est en tout cas ce qu'il présume. Il ignore que celui qu'il a tabassé un peu plus tôt dans la nuit, Daniel, est rentré chez lui. Tous diffèrent les uns des autres, mais tous portent encore leur cagoule noire, ne laissant apparaître que leurs yeux et leur bouche. En tournant légèrement la tête sur la droite, Mehdi tombe nez à nez avec un de ces visages masqués.

— Il est réveillé, ce fils de chien !

Marie crie pour avertir ses comparses d'un soir. Elle tend sa langue qu'elle fait gesticuler de haut en bas, à la face de leur otage. Surpris, Mehdi bondit en arrière, oubliant son entrave. La courte chaîne, fixée au crochet scellé dans le béton, tire alors sur sa cheville déjà entaillée, retenant sa jambe entière et déclenchant une vive douleur à l'adducteur. Mehdi ne peut contenir un cri tant il a mal. Les autres, qui s'étaient tous tus à l'avertissement de Marie, rient de la peur qu'a provoquée en lui la bonne femme.

— Et encore, il n'a pas vu sa tête ! s'amuse Alfred.

Tous rient davantage, y compris Marie. Ces gens qui le cernent, qu'il ne connaît vraisemblablement pas, dont il ne voit pas les visages, mais dont il sait la cruauté, tous ces gens lui font peur. Atrocement peur. Un peu plus encore, ils lui font ressentir l'impression malsaine d'être un animal. Pris au piège. Humilié. Soudain lui revient à l'esprit qu'il est totalement nu. Cela ajoute à sa gêne, il serre les jambes et cache de ses mains son sexe. Les autres, comme au spectacle, se marrent de plus belle.

Sur le sol, une traînée de sang attire le regard de Mehdi. Elle remonte jusqu'à son pied droit que, surpris, il découvre bandé. Ses yeux se dirigent alors vers son épaule, celle sous laquelle a pénétré la flèche. Quelqu'un l'a également pansée. Du vrai travail de pro. Mehdi était inconscient quand François, habitué à soigner les bêtes, s'est occupé de ses blessures. Cela n'a aucun sens pour le jeune homme. À moins que, comme il y avait déjà pensé, ces enfoirés n'aient l'intention de le garder vivant le plus longtemps possible, pour mieux s'en amuser.

Puisque cela semble n'être qu'un jeu pour eux, finalement. Une distraction. En réalité, le but de François était de stopper l'effusion de sang pour qu'il n'y ait pas de traces dans la cabane. *On ne sait jamais, mieux vaut prévenir...* Il s'avère qu'il s'est donné du mal pour rien. C'est exactement ce qu'il pense quand il remarque à son tour la traînée de sang. Ça le contrarie quelques secondes, puis il se dit qu'une cabane en bois, ça brûle bien. Lorsque Mehdi relève les yeux, le doberman se tient devant lui. Les babines retroussées, tous crocs dehors, l'animal le fixe de ses yeux injectés de sang. À petits pas, lentement, en grognant, il s'approche. Mehdi glisse doucement en arrière sur le béton. Dos au mur, le voilà acculé. Il se recroqueville, persuadé que le molosse va lui sauter dessus. Quelques dizaines de centimètres à peine les séparent. Personne ne s'en soucie. Mehdi voudrait crier, mais il n'y parvient pas. Il est tétanisé. Quand le chien projette sa gueule grande ouverte en avant, certainement avec l'intention de lui arracher le bras, Alfred saisit Obama par son collier pour le retenir. Mehdi reconnaît le costaud qui lui avait fait bouffer de la pâtée pour chien. Pendant ce temps, François réfléchit au déroulement de la suite des événements. Hélène, elle, s'impatiente, souhaitant que cela se termine rapidement. Mehdi sent le peu de forces qu'il lui restait le fuir. La tête qui tourne, les jambes en coton, la nausée, les oreilles qui bourdonnent... Il perd connaissance dans l'indifférence la plus totale.

24

Samedi 18 juin 2016 – 13 h 25

Après deux bonnes heures de repos dans son lit douillet, une douche chaude et un long café accompagné de tartines grillées, Claire est revigorée. Bien sûr, son moral n'est pas pour autant revenu au beau fixe. Il ne pourra l'être tant que Mehdi ne sera pas de retour. *S'il revient.* Cependant, depuis son réveil, elle n'a pas versé une larme. C'est comme si elle en avait épuisé le stock. Elle se demande si c'est possible. Quand elle s'est levée, seule sa mère était encore dans la maison. Son frère, David, n'était pas rentré manger ce midi, et son père était, lui, déjà reparti. « Voir Alfred », lui a menti Sylvie. En réalité, il est en repérage dans les bois pour la chasse du soir. Claire, qui a prévu de retourner chez les parents de Mehdi tout à l'heure, a d'abord voulu sortir s'aérer l'esprit. Par chance, même si le ciel est menaçant, la pluie ne tombe pas pour le moment. Alors, sur son vélo, elle trace la route aussi vite qu'elle le peut. L'air frais sur son visage la ressource. Dans ces cas-là, quand elle a besoin de mettre de l'ordre dans ses idées, Claire aime particulièrement se rendre à la cabane d'Alfred, dans les bois, au bord de son étang. Au calme, coupée du monde, elle s'y sent bien. Encore un petit kilomètre sur la route, puis elle tournera sur le chemin pour s'enfoncer dans la forêt. Beaucoup de filles ne seraient pas rassurées de s'aventurer ainsi, seules, au milieu des bois. Claire n'y voit pas de danger. Et si elle savait que c'est là-bas que son chéri se trouve, elle y foncerait les yeux fermés, quel que soit le risque.

Alors qu'elle roule, son téléphone lui signale la réception d'un message. C'est Al, leur meilleur ami à elle et à Mehdi, qui vient aux nouvelles. Sans s'arrêter, Claire tente de lâcher des deux mains le guidon pour lui répondre. Au même moment, une voiture la double, créant un appel d'air qui manque de peu de la faire tomber dans le fossé. C'est de justesse qu'elle agrippe le guidon, sans lâcher son téléphone, oscillant sur quelques mètres pour se stabiliser. Claire regarde le véhicule qui file sans ralentir. C'est Alfred, elle en est certaine. Sa voiture est facilement identifiable, un gros autocollant représentant une tête de cerf est collé à l'arrière.

En revanche, elle se demande si son père est avec lui. *Dans cette direction, peut-être qu'il va à la cabane.* Claire espère que non. Elle a besoin d'être seule, tranquille. Une fois le message à Al envoyé, elle reprend la route : elle est presque arrivée. Après être passée devant la maison en bois aux volets bleus, elle bifurque dans l'allée qui coupe la forêt en deux. Plus que quelques centaines de mètres et elle sera à la cabane. Mais à peine a-t-elle tourné que son téléphone sonne. Cette fois, elle ne prend pas le risque de tomber, elle s'immobilise pour répondre à l'appel.

— Oui, Aïda.

— Comment ça va, ma belle ?

— J'ai réussi à dormir un peu, ça m'a fait du bien. Et toi ?

— Je me suis allongée, mais je n'ai pas réussi à dormir. Je m'écroulerai sûrement de fatigue ce soir.

— Tu es chez tes parents ?

— Ouais, je n'ai pas bougé d'ici.

— Et vous avez eu du nouveau ? De la gendarmerie ?

— Non, rien. Rien du tout. Et tout le monde appelle pour savoir ce qu'il en est. Je n'en peux plus de devoir sans cesse répéter la même chose. (La voix d'Aïda déraille, les larmes montent.) Plus je dis aux gens que Mehdi est toujours porté disparu, moins j'ai l'impression qu'on a de chances de le retrouver.

— Je comprends. Tu veux que je vienne ?

— C'est comme tu le sens. Il ne faut pas te sentir obligée…

— Arrête. J'avais de toute façon prévu de venir.

— Tu as récupéré ta voiture ?

— Non, je n'ai pas eu de nouvelles.

— Tu veux que je vienne te chercher ?

— Non, reste avec tes parents. Je vais me débrouiller.

— OK. Si tu ne trouves personne, rappelle-moi, d'accord ?

— Ouais, OK. À toute.

— À toute.

Après avoir rangé son téléphone dans sa poche, Claire fait faire demi-tour à son vélo sur l'allée et entame le trajet inverse jusque chez elle, décidée à demander à sa mère de l'emmener à Villier, chez les parents de Mehdi.

Claire pose son VTC sous l'abri dédié, le long du garage, s'empressant de rentrer à la maison.

— Maman ? appelle-t-elle, à peine la porte d'entrée passée.

— Oui, ma puce, répond Sylvie spontanément depuis le salon.

— Tu peux m'emmener à Villier ? lui demande Claire une fois qu'elle l'a rejointe.

— Qu'est-ce que tu veux faire à Villier ? s'étonne sa mère, pour qui il n'y a rien à faire dans ce patelin.

— Je vais chez les parents de Mehdi. Tu veux bien m'y conduire ?

— Ah ?!

Il a fallu à Sylvie une seconde pour se remémorer que Mehdi est le prénom du petit ami de sa fille.

— Tu n'as qu'à prendre ma voiture si tu veux, je n'ai pas prévu de sortir.

— Non, je préfère que tu m'emmènes. En plus, tu sais bien que je n'aime pas conduire ta caisse.

— Tu exagères…

— S'il te plaît.

Claire la supplie en se blottissant contre elle.

— Et il faudra que je vienne te chercher ?

En s'entendant prononcer ces mots, Sylvie prend conscience que, contre toute attente, Claire pourrait passer la soirée à la maison. Ce qui n'arrive jamais le samedi. Et ce soir, LE soir où il ne faut pas qu'elle soit présente, le risque subsiste. Si tel était le cas, cela compromettrait toute l'opération mise en place par son père. La chasse serait très certainement annulée. Sylvie est coincée, elle ne sait que faire ni que dire. *Si seulement François était là.* Pour le moment, elle se dit qu'il vaut déjà mieux l'éloigner d'ici. Ensuite, elle parlera à son mari et s'en remettra à lui.

— D'accord, je vais t'emmener.

— Merci, ma petite maman, se réjouit Claire qui a une idée derrière la tête.

Elles se mettent en route immédiatement. Il ne leur faut qu'une vingtaine de minutes, à peine, pour arriver à Villier, devant chez les Allouache. Claire remercie à nouveau sa mère, mais ne descend pas de la voiture. Sylvie a un mauvais pressentiment. Sa fille a une ultime requête :

— Tu veux bien venir avec moi ? Que je te présente les parents de Mehdi ?

Depuis le début, Claire avait craint d'annoncer son histoire avec Mehdi à ses parents, qu'elle sait racistes – ils ne s'en cachent pas. Mais elle espérait que l'amour de sa mère l'emporterait sur son aversion envers *les Arabes*. Pourtant elle n'avait pas osé tenter le diable. Claire, malgré les circonstances – qui jouent peut-être en sa faveur d'ailleurs –, se réjouit de la façon dont sa mère a pris la nouvelle, de sa solidarité. C'est pour ça qu'elle lui pose cette question. Sylvie, quant à elle, sent monter la panique. Intérieurement, car elle ne laisse rien transparaître. Elle n'a aucune envie d'entrer chez ces inconnus. D'autant qu'ils pleurent la disparition de leur fils. Qu'elle sait où il est, qui l'y a mis, et pourquoi. *Ce n'est clairement pas possible.* Il faut qu'elle réponde avec tact :

— Je serais ravie de les rencontrer, ma puce. Mais ce n'est pas le moment, je pense. Avec leur fils qui a disparu... Je ne saurais pas quoi leur dire.

Alors que Sylvie prononce ces mots, une silhouette apparaît dans son champ de vision. C'est Ahmed. Il a entendu la voiture se garer devant sa maison, il a regardé par la fenêtre de la cuisine, et vu que c'était Claire. Ayant présumé que c'était sa mère qui l'accompagnait, il est donc tout naturellement sorti pour la saluer. Ahmed arrive au niveau de la portière de Claire, qui l'ouvre.

— Bonjour, Claire. Bonjour, madame, dit-il avec un léger sourire, dans un hochement de tête.

— Bonjour, lance Claire en lui rendant son sourire, tout en pensant qu'ils se sont quittés ce matin, mais elle ne le lui fait pas remarquer. Voici ma maman.

— Bonjour, lâche timidement Sylvie, avec un sourire forcé.

Elle est très gênée. *Comment se sortir de ce guet-apens ?*

— Vous voulez vous joindre à nous ? Prendre un thé ? Ou un café, ou autre chose ?

Ahmed se réjouit de rencontrer enfin la mère de Claire. Lui et sa femme commençaient à se demander pourquoi les présentations n'avaient pas encore été faites. Ils soupçonnaient les parents de la jeune fille d'être racistes. Même si ni Claire ni Mehdi ne l'avaient évoqué. C'est pour ça qu'il a saisi l'occasion qui s'offrait à lui.

— Non, non, je vous remercie, mais je ne veux pas vous déranger.

— Mais vous ne nous dérangez pas du tout, au contraire.

— Je suis sûre que vous préférez rester en famille dans cette épreuve.

Sylvie sent que ça va être compliqué. Elle ne veut surtout pas l'offusquer. Pas devant Claire qui plus est.

— En famille ? Mais, en tant que maman de Claire, vous êtes de la famille ! Allez, venez ! Ou vous allez me vexer.

— Viens, maman, s'il te plaît.

Sylvie, à court d'arguments, se sent définitivement prise au piège. Elle ne peut plus refuser. *Quelle idée d'être venue, aussi !* Il lui faut prendre sur elle et accepter l'invitation.

— Bon, d'accord, glisse-t-elle, souriant à la vue du visage illuminé de sa fille.

Claire est aux anges. Pendant ce laps de temps, elle ne pense plus que son petit ami est porté disparu. Se réjouissant que sa mère accepte sa relation avec un petit-fils d'immigrés, de ceux qu'elle qualifie, ou dont elle consent à ce que François les qualifie, de « bicots », de « bougnoules », voire d'« islamistes ». Faisant l'amalgame entre islam et islamisme. Mettant tous les musulmans dans le même panier. Les accusant de tout et n'importe quoi : profiter du système, de la CAF, du RSA ; être des voleurs ; être antirépublicains ; imposer leur religion, islamiser la France ; ne pas être de vrais Français... Ils ne sont jamais à court de clichés quand ils en parlent, entre eux ou avec des amis. Rien n'est plus exaspérant pour Claire que de les entendre répéter connement ce que les médias martèlent. Souvent, elle les interpelle, tentant de leur faire entendre raison. Mais rien n'y fait. Le racisme, ou plutôt la xénophobie, se dit Claire, est ancré ici, dans les campagnes. La peur de l'étranger. Parce que, pour la plupart, ils n'en connaissent pas, d'Arabes. Pour Claire, c'est flagrant. Pour elle, ne pas l'admettre, c'est faire preuve soit de mauvaise foi, soit d'un manque de jugeote. Alors, souvent, elle se prend la tête avec ses parents, avec son frère également, et même avec d'autres gens, de son village ou d'ailleurs, car cette pensée nauséabonde se répand comme une traînée de poudre. Aussi, Claire espère que rencontrer la famille de Mehdi, parler avec eux, et peut-être même découvrir leur histoire, fera ouvrir les yeux à sa mère et la rendra plus tolérante. Ce serait déjà ça de gagné. Avec son père et son frère, c'est sûr, ça sera plus compliqué.

— Allez-y, entrez, les invite Ahmed.

Claire passe la première et parcourt le couloir jusqu'à la salle à manger. Sylvie n'ose pas la suivre et se retrouve bêtement seule avec Ahmed, là dans l'entrée.

— Allez-y, allez-y ! Avancez, faites comme chez vous, dit Ahmed, enjoué.

Sylvie est surprise par l'accueil si chaleureux de ce monsieur. Après avoir fait les quelques pas qui la séparaient de la pièce de vie, elle constate un changement d'ambiance. Il fait plus sombre, l'atmosphère est pesante, les visages sont marqués. Autour de la grande table sont assises la mère de Mehdi, qui tient Claire dans ses bras, et ses deux filles, Aïda et Naïma. Ahmed entre juste derrière Sylvie.

— C'est la maman de Claire, annonce-t-il comme une bonne nouvelle.

La mine défaite, Samia et ses filles peinent à esquisser un sourire. Dans leurs yeux fatigués, rougis par les larmes, Sylvie lit la détresse, et imagine la déception qu'elles doivent ressentir que ce ne soit qu'elle qui franchisse cette porte.

Elle, pas Mehdi. Mais toutes trois se lèvent pour venir saluer la mère de Claire.

— Merci d'être là, de nous apporter votre soutien, déclare Samia en lui faisant la bise – alors que Sylvie lui tendait la main.

— Ravie de faire votre connaissance, malgré les circonstances, lui dit Naïma, l'aînée des trois enfants, en l'embrassant à son tour.

Cet accueil familier déstabilise Sylvie. *Cela fait sans doute partie de leurs coutumes*, suppose-t-elle. Alors, quand Aïda lui tend la main, ne lui adressant qu'un bonjour, sur un ton moins chaleureux que les deux autres, Sylvie perçoit une certaine défiance chez la jeune femme qui lui fait face. Comme si celle-ci avait percé à jour son imposture. Le fait est qu'Aïda est la seule de la famille de Mehdi à être dans la confidence que les parents de Claire sont racistes. C'est pourquoi elle est plutôt sceptique quant aux bonnes intentions de Sylvie. Claire ressent la légère tension, pour y remédier elle fait les présentations. Avec un petit mot gentil pour chacun de ceux qu'elle considère déjà comme sa deuxième famille. Sylvie perçoit les bons sentiments de sa fille, cela lui fait un pincement au cœur. Elle sait que leurs différences d'opinion sont un fossé qui se creuse davantage au fil du temps. Rien ne semble pouvoir y remédier. Et ce qui s'apprête à se dérouler ce soir, la probable issue de cette chasse, ses conséquences, la peine de Claire et des proches du garçon : tout ça va certainement contribuer à élargir le fossé. Sylvie se rend compte que ce n'est ni lieu ni le moment pour avoir ce genre de pensées.

— Vous voulez du thé ? un café ? du soda ? un jus de fruits ? demande Ahmed.

— Non, rien. Ça va, merci, répond Sylvie.

— Vous êtes sûre ?

— Oui, je…

— Apporte-lui du thé, ordonne Samia à son mari. Vous m'en direz des nouvelles, lance-t-elle à Sylvie.

— Claire ?

— Je veux bien un thé, s'il te plaît.

— Deux thés pour ces dames.

Ahmed joue le garçon de café.

Sylvie s'étonne que les autres ne passent pas commande, elles aussi. *Sans doute que les femmes musulmanes n'ont pas droit à de telles attentions, ou un truc du genre*, préjuge-t-elle, sans penser que c'est le ramadan. Elle en a pourtant assez entendu parler à la télé. Sylvie remarque également le fait que Claire tutoie le monsieur. *Mohammed ?* Elle n'a pas retenu son prénom. Ce n'est pas une pratique commune que de tutoyer les parents de son petit ami. *Encore une coutume à eux !* Elle focalise son regard sur ces femmes pour ne pas voir ce qui l'entoure. C'est déjà trop étrange pour elle de se trouver ici. Sylvie constate qu'aucune d'entre elles ne porte le voile. C'est sans doute, d'après ce qu'elle sait, parce qu'il n'y a pas d'autre homme présent que leur père et époux. Sauf qu'en réalité ni Samia, qui l'a pourtant fait autrefois, ni Naïma, ni Aïda ne portent le voile. Soudain, les yeux humides et fatigués de Samia se tournent vers elle. Sylvie se pense obligée de lui témoigner un peu de compassion :

— Je suis désolée pour votre fils. (Et, sentant que ce n'est pas suffisamment réconfortant, elle ajoute :) J'espère qu'il va vite vous revenir.

Sans frémir, les yeux dans les yeux, insensible, elle ment à cette pauvre femme. Face à une mère comme elle, elle pourrait éprouver ne serait-ce qu'une once de pitié. Mais elle s'interdit de penser à ce qu'elle ressentirait si un de ses enfants était porté disparu. Car, dans son esprit, *il ne faut pas se rabaisser à leur niveau. Leur cas est différent. Leur présence ici n'est pas légitime. Ce ne sont que des parasites. D'ailleurs, leur logement est sans aucun doute un logement social, dont le loyer doit être pris en charge par la CAF.*

— Voilà le thé ! dit Ahmed en distribuant deux jolies tasses à Claire et à Sylvie, qui le remercient. Attention, c'est très chaud ! ajoute-t-il.

Autour de la table, personne ne parle, il règne un lourd silence. Cette scène s'apparente à une veillée mortuaire. Chacun ruminant encore et encore pour tenter d'élucider le mystère qui entoure la disparition de Mehdi. Tous sauf Sylvie, évidemment, qui sait parfaitement où il est et a une bonne idée de ce qui l'attend. C'est Samia qui prend la parole la première :

— J'ai le pressentiment que quelqu'un lui a fait du mal. Je ne sais pas pourquoi, mais j'ai cette idée en tête depuis ce matin. Je ne pense qu'à ça !

— Mais qui lui aurait voulu du mal ? demande Naïma.

— Je ne sais pas…

— J'y ai pensé aussi, confie Claire, mais je ne trouve personne à suspecter.

— Des racistes, dit Ahmed.

— Mais il sortait de chez notre cousin pour aller rejoindre Claire. Ce n'est pas possible, réfute Naïma qui n'adhère pas à cette hypothèse.

— Il pourrait s'être fait agresser en attendant Claire ? suggère Aïda.

— À Beaupin ? Dans ce trou paumé ? se moque sa sœur.

« Racistes », « Beaupin », ces mots résonnent dans la tête de Claire. Son cerveau est en ébullition à la recherche de suspects. *Les frères Pacé ?*

Tout le monde au village connaît ces fachos et leurs déboires avec la justice. Qui d'autre ? Qui aurait pu lui vouloir du mal ? Qui ? Papa ? Ou David ? Les deux ? Parce que si l'un a découvert notre relation, il l'aura dit à l'autre ! C'est sûr que s'ils sont au courant pour Mehdi et moi, ils vont en avoir après lui. Au moins tenter de lui faire peur. Est-ce que c'est ça ? Est-ce que quelqu'un nous a aperçus et le leur a rapporté ? Est-ce qu'ils nous ont vus ? Mais même s'ils s'en étaient pris à Mehdi, il serait avec nous maintenant. Ni mon père ni mon frère n'irait jusqu'à faire disparaître Mehdi. Papa est trop intelligent pour ça. À moins d'un accident. Un mauvais coup, une mauvaise chute… Plus elle y pense, plus Claire a un pressentiment funeste, elle aussi. Soudain retentit la chanson « Il est où le bonheur », de Christophe Maé. C'est le téléphone de Sylvie qui, gênée, s'excuse en s'extirpant de la salle à manger. Dans le couloir, elle prend l'appel. C'est François.

— Oui, répond-elle presque en chuchotant.

— Ça va ? s'inquiète son mari.

— Oui, oui, ça va. Je ne peux pas trop te parler.

Elle essaie d'étouffer le son de sa voix en couvrant sa bouche avec la main.

— Tu es où ? lui demande-t-il, surpris, lui qui pensait la trouver en rentrant chez eux, à l'instant.

Sylvie tente d'écourter la conversation.

— Je t'expliquerai.

— J'espère, parce que je n'y comprends rien. Ne tarde pas trop. N'oublie pas que tu es censée préparer le dîner de ce soir.

— Oui, oui, je rentre bientôt.

— OK. À tout à l'heure.

— À tout à l'heure.

Sylvie prend quelques secondes avant d'aller rejoindre les autres. Cette situation la stresse énormément. Elle n'a qu'une hâte, c'est de partir d'ici. Dans la salle à manger, les langues se sont déliées. Les filles évoquent chacune son tour la dernière fois qu'elles ont vu Mehdi, non sans laisser couler quelques larmes. Sylvie franchit à peine la porte de la pièce.

— Je vais vous quitter, j'ai un dîner à préparer, confie-t-elle sans qu'elle ait vraiment besoin d'un alibi, pour l'instant. Merci pour votre accueil et bon courage pour la suite.

— Merci à vous d'être venue, lui répond Ahmed, ç'a été un plaisir de vous rencontrer. Et notre porte…

— Merci de votre soutien, l'interrompt Samia qui trouve qu'il surjoue son enthousiasme.

— Je te ramène, Claire ? Hélène et Baptiste viennent dîner ce soir. Tu veux te joindre à nous ?

Sylvie sait pertinemment que sa fille n'apprécie pas beaucoup leurs amis, c'est bien pour cela qu'elle les cite. Pour lui faire passer l'envie d'être présente à ce dîner factice.

— Ça ne me dit pas trop, non.

Samia suggère alors à Claire de rester avec eux. Et même de dormir là cette nuit si elle le souhaite. Ce qui n'est pas pour lui déplaire. Mais Claire voudrait aussi confronter son père au doute qui l'obsède. Elle en a besoin. Alors, elle propose à sa mère :

— Du coup, je veux bien rentrer à la maison, pour récupérer quelques affaires. Mais tu pourras me ramener ici après ?

Ce n'est pas pour arranger Sylvie, qui n'a pas le temps de répondre puisque Aïda intervient :

— Tu n'auras qu'à m'envoyer un SMS quand tu seras prête. Je viendrai te chercher.

25

Dimanche 19 juin 2016 – 3 h 40

Dans la cabane, au milieu des bois où règne la nuit noire, la pluie bat le toit en tôle. À la lueur de la lampe à pétrole, toujours cagoulés, tous les chasseurs du soir discutent, un verre à la main, goûtant la gnôle faite maison d'Alfred. L'ambiance est festive, des rires résonnent jusqu'à l'extérieur. Mais il n'y a personne à des kilomètres à la ronde pour les entendre. Et quand bien même, le bruit des trombes d'eau qui tombent les couvrirait. Le contraste est frappant entre ces gens, complices d'un soir, qui se tiennent debout, chaudement habillés car il ne fait pas chaud, gesticulant, bien vivants, et le jeune homme totalement nu, allongé sur le sol, inerte. Pourtant, personne ne lui prête attention. Pas vraiment en tout cas. Cela fait une bonne dizaine de minutes que Mehdi n'a pas bougé, mais aucun ne s'en inquiète. Son bras droit s'ankylose, coincé sous son ventre qui l'écrase contre le sol froid, mais il est incapable de se mouvoir. Son corps, totalement endolori, ne lui répond plus. Le brouhaha environnant l'étourdit. Son mal de tête est si intense que sa vue en est troublée. *Finissez-en. Achevez-moi.* S'il en avait la force, il le leur crierait. Au lieu de ça, il parvient à peine à bouger les lèvres. Sa bouche est sèche, Mehdi a terriblement soif. Boire lui enlèverait sans doute ce goût de métal. Sa fatigue est telle qu'il peine à garder les yeux ouverts. Donc il laisse ses paupières se fermer, dans l'espoir de plonger dans le noir pour de bon. Alors qu'il se sent partir, qu'il a atteint une totale quiétude, une vive douleur vient animer son dos, qui vibre dans un claquement de cuir sec et bruyant. Puis le silence règne. François a décroché le fouet du mur de la cabane et, sans rencontrer aucune opposition, en a assené un coup à Mehdi. À présent, il a l'attention de toute l'assemblée.

— Tiens, dit-il à Cédric Pacé en le lui tendant, à toi.

Cédric, encouragé par son frère Frédéric, se saisit de l'objet au petit manche prolongé d'une longue lanière de cuir et, sans hésiter une seconde, flagelle à nouveau Mehdi. Le coup est porté un peu plus haut dans son dos, provoquant la même douleur, mais plus intense.

L'élancement se propage dans sa nuque pour finir par lui saisir la tête, attisant le mal qui le rongeait. Son bourreau, lui, se réjouit de sa performance et, après que François le lui a signifié d'un mouvement de la tête, il tend le fouet à son frangin. Celui-ci trépigne déjà, impatient de faire mieux que son cadet. Frédéric arrache pratiquement l'outil de torture des mains de Cédric, étire le bras en arrière pour prendre un maximum d'élan et déclenche le coup avec énergie. La lanière vient littéralement s'éclater, dans un claquement assourdissant, contre l'échine de Mehdi, qui se cambre brusquement dans un réflexe nerveux. Frédéric est content de lui. La réaction de son public à sa démonstration de force le satisfait. Tous ont mesuré la violence et la puissance de son geste. Il se tourne vers son voisin de gauche : c'est au tour d'Alfred de faire acter sa participation à cette séance de torture. Car c'est bien ce que François a à l'esprit en impliquant ainsi chacun de ses acolytes. Ancrer leur complicité, pour que, si à un moment l'envie se présentait de tout balancer à la police, ils repensent à cet instant où ils auront participé à la flagellation du bougnoule, et qu'ils se ravisent. Le fouet passe de main en main, laissant à chaque coup une marque rouge qui vient à se boursoufler. L'échine de leur victime en est couverte. Au moment où l'instrument arrive dans les mains d'Hélène, Mehdi est en train de suffoquer. Son dos le brûle, des picotements incessants le parcourent. S'il en avait l'énergie, il roulerait sur le dos pour tenter de les interrompre. Au lieu de ça, il ne peut qu'endurer le supplice en serrant les dents.

La pause marquée par Hélène lui laisse espérer que c'en est fini des coups. Il n'y voit rien. Sa tête est écrasée sur le sol, ses yeux sont clos. Tous les regards des autres occupants de la cabane sont sur Hélène. Même la caméra de sa meilleure amie pointe dans sa direction. Mais elle n'a pas envie de participer à ça, de se faire bourreau. Pas ainsi. Hélène tente de remettre le fouet à son mari. Baptiste, hésitant à l'attraper, jette un coup d'œil en direction de François qui l'en dissuade en faisant non de la tête. Son ami retire sa main en murmurant « vas-y, fais-le » à son épouse. Mais elle persiste à refuser, tendant le fouet en tapotant légèrement le ventre de Baptiste avec. Agacé, gêné aussi par son comportement devant tous ces gens, il repousse le bras de sa femme, chuchotant un « allez », accompagné d'un froncement de sourcils. Hélène, déçue qu'il ne la soutienne pas, peinée, les yeux humides, se résigne à le faire. Elle jette un regard noir à François, elle lui en veut de la mettre dans une telle situation. *On ne fait pas ça à ses amis*. Depuis le départ, elle ne la sentait pas, son affaire. Ou plutôt elle sentait bien que ça puait la merde à plein nez. Mais Baptiste était très emballé, lui. De plus, refuser de participer à cette chasse à l'homme, c'était prendre le risque de froisser François, et par conséquent de mettre de la distance entre eux et leurs amis. Ne plus fréquenter François ne dérangerait pas Hélène plus que ça. Mais Sylvie, c'est différent : elle l'adore. Elle souffrirait de ne plus la voir. D'un geste lent, hésitant, Hélène lève son bras et abat le fouet rapidement, avec force, y transposant sa colère. Le cuir vient déchirer la peau fragilisée par les précédents coups. Le dos de Mehdi est coupé de part en part. Une fine entaille de laquelle émerge un filet de sang. Des larmes coulent sur les joues d'Hélène. Sur celles de Mehdi également, qui agonise. *Finissez-en maintenant*, pense-t-il encore. Mais le fouet continue de tourner, chacun y passe. David puis Charles. Enfin, ne restent plus que Marie et son fils. Cette dernière s'exécute sans faire de zèle, à la surprise générale, mais sans rechigner non plus. Jésus, excité comme une puce, arrache le fouet des mains de sa mère. La lanière est couverte de sang désormais. Il ricane sans que personne sache pourquoi. Et lui pas plus que les autres. C'est nerveux. L'attente a été longue. Il a bien essayé de gratter quelques places, mais François l'en a empêché. *Il ne veut jamais rien, il est chiant.* Sauf que maintenant ça y est, c'est son tour. En général, les objets avec lesquels Jésus est susceptible de se blesser, ou de blesser les autres, lui sont proscrits. Alors ce soir, c'est jour de fête pour lui. Sans perdre une seconde de plus, il s'approche un peu de Mehdi, prépare son coup et abat le fouet de toutes ses forces. Dans le mouvement, quelques gouttes de sang giclent de la lanière de cuir qui vient claquer sur la nuque de Mehdi. François lui jette un regard noir pour lui signifier qu'il a encore fallu qu'il fasse des siennes. Même si, en réalité, ça ne fait pas de différence qu'il ait atteint sa cible à cet endroit plutôt que dans le dos comme tout le monde. Jésus l'ignore. Il fixe le corps qui gît au sol comme une bête qu'il aurait marquée au fer rouge, surpris, presque déçu, que celui-ci n'ait pas réagi au coup qu'il vient de recevoir. Pas un cri. Pas un mouvement. Pourtant, il ne fait pas de doute qu'il est toujours vivant, ses paupières tressaillent. Avant que quiconque n'essaie de récupérer le fouet, Jésus reprend de l'élan pour y aller encore plus fort. Sur les fesses ce coup-ci, délibérément. Aucune réaction. Il recommence, au même endroit, avec la même intensité. Puis tente une nouvelle fois, mais une main saisit son poignet. C'est celle d'Alfred. Jésus, comme possédé, s'agite pour tenter de s'en défaire. Il veut frapper *le bougnoule* jusqu'à ce qu'il réagisse, ou qu'il crève. Au bout d'une petite minute, fatigué de ses efforts vains, il se calme enfin, cédant le fouet à Alfred qui lâche son emprise. Jésus remue son poignet endolori par la pression exercée par *le vieux*, avant de se précipiter sur Mehdi, en préparant un gros mollard, qu'il crache sur le corps nu. Après, il sourit crânement en scrutant l'assemblée qui le dévisage. Brandissant son pouce dressé en direction de la caméra.

Sylvie n'a pas perdu une miette de son numéro. François lui a expressément demandé de filmer dans son intégralité la séance de flagellation. Tout au long de la nuit, Sylvie a enregistré leur traque par intermittence, privilégiant les moments d'action ainsi que les scènes de groupe. Demain, ou plutôt tout à l'heure, elle copiera le contenu des cartes mémoires sur le disque dur de l'ordinateur de son mari. Pour le moment, son objectif est pointé en direction du corps de Mehdi, étalé par terre. La caméra le parcourt. D'abord son visage, du sang séché, sa bouche béante, de la bave blanche au coin des lèvres, ses yeux clos, une bosse surplombée d'une croûte au milieu de ses cheveux noirs hirsutes. Ensuite, sa nuque rougie par le fouet, sa plaie pansée, son dos strié, ensanglanté, puis brièvement ses fesses marquées. Enfin, ses jambes maigres, griffées, sa cheville dont l'entaille n'est pas belle à voir, et ses pieds. Le bandage au pied droit s'est défait. Sa plante est véritablement déchirée, formant de petits lambeaux de peau. Sur le sol, le sang s'est répandu. Sylvie regarde par-dessus sa caméra comme pour s'assurer que ce qu'elle filme est réel. Elle se sent nauséeuse. Lui apparaît en tête l'image de la famille du gamin, un léger sentiment de culpabilité l'envahit. En tant que mère, elle se met alors à la place de Samia. Ce doit être horrible.

— Excuse-moi, lui dit Alfred en passant devant elle pour s'approcher de Mehdi.

François vient de signifier à son vieil ami de passer à l'action. Sylvie se recule. Cette intervention a effacé le doute qui commençait à pointer le bout de son nez. Elle se tient prête à filmer l'opération. Après l'avoir libéré de son entrave à la cheville, Alfred attrape Mehdi sous le bras pour le lever, pensant que celui-ci allait se dresser sur ses pieds, mais le jeune homme n'en a pas la force. C'est à peine s'il a conscience de ce qui se passe. Il sent juste les quatre mains chaudes qui se posent sur son corps, de chaque côté, car David a accouru pour prêter main-forte à Alfred. Mehdi n'est qu'un poids mort, totalement relâché, il n'oppose aucune résistance. Les deux hommes, qui le portent donc comme ils peuvent, commencent à avancer, le traînant derrière eux. Ses pieds raclent le béton. Ils constatent que ce n'est pas le meilleur moyen pour le déplacer. Non pas qu'ils aient pitié, bien évidemment, c'est juste qu'ils en bavent. Les frères Pacé se joignent donc à eux, attrapant ses jambes pour le porter à quatre. Ils l'emmènent ainsi dehors, ballotté, suivis par tous les autres.

26

Samedi 18 juin 2016 – 15 h 05

Sous la pluie qui n'a de cesse de tomber, Sylvie roule pour aller faire quelques courses au village voisin, à Viorne. Elle a déposé Claire chez eux en passant. Seule dans sa voiture, elle se triture les méninges. Après avoir parlé avec sa fille ce matin, c'était limpide dans sa tête : il fallait qu'elle dise tout à François. Sauf que quand elle s'est retrouvée face à lui au déjeuner, tout à l'heure, elle en a été incapable. Elle s'est ravisée et a menti à son mari, estimant que c'était mieux, finalement, qu'il ne sache pas que sa fille fréquentait *un bougnoule*. D'autant plus si c'était celui qu'ils avaient ramassé. Sur le moment, cela lui paraissait évident. À présent, elle doute. Ressassant dans tous les sens ce qui s'est passé aujourd'hui. Maintenant, il lui semble qu'il est trop tard pour faire machine arrière de toute façon.

Pendant ce temps, François est resté à la maison, lui. Confortablement allongé sur le canapé, la télé en fond ; la Belgique affronte l'Eire. D'ordinaire, il n'y a rien de tel pour l'endormir qu'un match de foot, mais là il ne peut s'empêcher de réfléchir à l'organisation de la partie de chasse de ce soir. Aussi, quand il entend la porte d'entrée se refermer, François se redresse pour voir qui est là. C'est sa fille, Claire. Il comprend tout de suite que quelque chose cloche. Elle a le visage fermé, les yeux embués, son teint est pâle, elle paraît fatiguée. François se lève du canapé pour l'embrasser.

— Ça ne va pas ? lui demande-t-il.

— Pas trop, non.

— Viens là.

Ils s'assoient tous les deux côte à côte.

— Qu'est-ce qui t'arrive ?

— C'est... euh... C'est mon petit ami, il a disparu.

Claire sait qu'elle a lâché un missile. C'était volontaire.

— Ton petit ami ? Mais je ne savais même pas que tu avais quelqu'un en ce moment. Ça fait combien de temps ?

— Un petit moment déjà.

Elle préfère rester évasive pour le ménager un peu. Qu'il ne s'énerve pas. Pas tout de suite en tout cas.

— Ah ?! Pourquoi tu ne nous l'as pas présenté ?

— Je… Je voulais attendre d'être sûre que c'était du sérieux cette fois.

— OK. Et comment il s'appelle ? Je le connais ?

— Non, tu ne le connais pas. Il s'appelle Mehdi. Il est adorable, vraiment. Il…

— Mehdi ? Il s'appelle Mehdi ?

— Oui, Mehdi. (Claire anticipe la question suivante :) Et, oui, c'est un Arabe.

— Tu le connais d'où ton bougnoule ? demande-t-il sans hausser la voix.

— C'est le copain d'un copain, répond-elle, surprise que son père reste calme. Tu peux éviter d'utiliser ce mot dégueulasse ?

— Non. Et tu me dis qu'il a disparu ? Ça n'a rien d'étonnant !

— Qu'est-ce que tu veux dire ?

— Tu sais comment ils sont… Une femme ne leur suffit pas.

— Pff… N'importe quoi ! Tu ne le connais pas, comment tu peux le juger ?

— Qu'est-ce qui te fait croire qu'il a disparu ? Peut-être qu'il t'évite. Tu sais, les garçons…

— Mais non, ce n'est pas juste moi, personne n'a de nouvelles de lui depuis hier soir. On devait aller chez ses parents pour le ramadan…

— Ne me dis pas que tu fais le ramadan ?!

— Quoi ? T'es sérieux ? Non, mais j'hallucine ! Bien sûr que non, je ne fais pas le ramadan ! Je ne suis pas musulmane.

— Pas encore… Ça commence comme ça, et tu finis avec le voile à rester à la maison…

— Mais tu n'en as pas marre de dire des conneries ?

— Surveille un peu ton langage ! Pourquoi vous alliez chez eux pour le ramadan, alors ?

— On n'y allait pas pour faire le ramadan, mais pour le repas quotidien qui rompt le jeûne.

— Je croyais qu'ils ne mangeaient pas pendant leur ramadan !

— Heureusement que si ! (Claire ricane.) Tu vois, tu parles sans connaître. Ils ne mangent qu'après le coucher du soleil.

— Ah oui, ce n'est pas si insurmontable alors.

— Ouais, enfin… faire ta journée de boulot sans boire ni manger, ça doit être chaud quand même !

— Mouais…

— Bref, il va tous les soirs chez ses parents pour la rupture du jeûne, sauf que là il n'y est pas allé. Sans les prévenir, en plus. Ce qui n'est pas du tout son genre. Moi, je l'ai attendu, mais il n'est pas venu me chercher.

— Tu l'as attendu où ? Ici ?

— Je ne suis pas folle ! Non, on avait rendez-vous dans le bourg.

— Hier soir, tu dis ? Dans le bourg ?

Le cerveau de François vient de faire la connexion.

— Oui, pourquoi ? Il s'est passé quelque chose ?

Claire a vu comme une étincelle dans les yeux de son père.

— Hein ? Non. Enfin… je ne sais pas. C'est au cas où j'entendrais parler de quelque chose… On ne sait jamais. Il a quoi comme voiture ?

— Une Clio noire.

Cette fois, dans la tête de son père, il n'y a plus de doute possible. *Ce serait vraiment une incroyable coïncidence qu'il y ait eu deux bougnoules en même temps dans le petit bourg de Beaupin.* Même si celui qu'ils ont ramassé n'était pas exactement dans le bourg, car François a bien conscience que sa fille ne souhaite pas révéler le coin où ils se retrouvaient. Dans tous les cas, cela ne change rien à ses plans. Bien au contraire. À la seule condition que Claire ne reste pas à la maison ce soir. Pour l'heure, elle lui raconte tout en détail sur la disparition de Mehdi.

— Donc là, en fait, les gendarmes ne le cherchent même pas ? tient à s'assurer François.

— A priori, non.

— Et sa famille alors, ils font quoi ? Ils le cherchent, eux, j'imagine ?

Son père marche sur des œufs, tentant d'obtenir des informations sans que cela paraisse suspect.

— Non, plus vraiment. On a déjà épuisé toutes les pistes auxquelles on avait pensé... On attend. On ne sait pas quoi, mais on attend.

— C'est dur.

François feint la compassion, refoulant l'envie qu'il a de reprocher à sa fille ses mauvaises fréquentations. Il doit faire profil bas. Maintenant qu'il sait qu'il y a peu de chances que quelqu'un soit à la recherche de leur prisonnier, François doit s'assurer que sa fille ne s'attarde pas trop ici, sans qu'elle le soupçonne de vouloir la mettre à la porte.

— Et toi ? Qu'est-ce que tu vas faire ? Tu veux passer la soirée avec nous ? Hélène et Baptiste viennent dîner.

— Non. Merci. Je vais retourner chez les parents de Mehdi. Sa sœur doit repasser me prendre dans quelques minutes. Ils m'ont proposé de dormir chez eux, je venais juste récupérer quelques affaires.

C'est en partie vrai. Claire espérait aussi que son père soit là pour le confronter, et tenter de vérifier qu'il n'était pour rien dans la disparition de Mehdi. Non pas qu'elle s'imagine qu'il aurait pu l'avoir tué, ni même kidnappé, mais il aurait pu lui mettre la pression. Lui demander de s'évaporer. Probablement qu'il aurait pu le frapper. Évidemment, David pourrait aussi être de la partie. Claire présume d'ailleurs que son frère serait, lui, capable du pire. Cependant, il ne ferait rien sans le consentement de son père, donc elle ne suspecte qu'une simple intimidation. La jeune femme est bien loin de la réalité, mais comment pourrait-elle imaginer un instant qu'un tortionnaire se tient face à elle, quand elle plonge ses yeux dans ceux de son père ?

— Elle vient te chercher ici, sa sœur ?

François n'aime guère que *ces gens* sachent où ils habitent.

— Oui. Ne t'inquiète pas, elle ne descendra pas de voiture, et elle ne rentrera pas dans la maison.

— Mmm, se contente de grommeler François pas totalement satisfait.

Pourtant pas convaincue de son innocence, Claire enlace son père pour faire bonne figure.

— Je te laisse te reposer. À demain. Je ne sais pas à quelle heure je reviendrai...

— À demain, Choupette.

À cet instant, François pense à Sylvie. *Il ne faut surtout pas qu'elle apprenne que c'est le petit ami de leur fille qu'ils ont kidnappé.* S'il ne doute pas des convictions de sa femme, de sa volonté de « rendre la France aux Français », ni de son engagement, François sait que sa fille compte plus que tout pour elle. Il se pourrait, par conséquent, qu'elle ne soit plus en mesure d'aller au bout de leur action si elle savait qui ils détiennent. *Très certainement, elle le découvrira, mais le plus tard sera le mieux.* Lui, il ne lui dira rien. Collé contre sa fille, humant son parfum, enivrant comme l'est celui des enfants pour leurs parents, caressant ses cheveux si soyeux, François lui pardonne son égarement. Pour lui, *son histoire avec ce bougnoule se termine là de toute façon.*

27

Lundi 20 juin 2016 – 8 h 30

À la gendarmerie de Nollé, Julien prend son service, pressé d'entrer en action. Si, généralement, les matins sont calmes, celui-ci promet d'être animé. Hier, Aïda, à qui il avait laissé son numéro personnel quand elle était venue avec Claire, l'a appelé pour lui demander son aide à propos de son frère. Elle lui a expliqué qu'ils étaient toujours sans nouvelles, alors que toute la famille faisait des pieds et des mains pour tenter de retrouver une trace de Mehdi. Téléphonant à tous ceux qui le connaissaient, de près ou de loin. Sondant son voisinage. Des affiches ont été réalisées par Alexis, son meilleur ami, elles seront distribuées aujourd'hui dans les commerces ou autres espaces d'affichage de Saumur, Villier, Beaupin, ainsi que des communes alentour. Claire a publié un avis de recherche sur Facebook qui a été relayé plus de cinq cents fois rien que dans l'après-midi de dimanche. Malgré tout ça, ils demeurent dans le noir total. C'est pourquoi Claire a demandé à Aïda de contacter le gendarme qu'elles avaient rencontré précédemment. Ce dernier, ne sachant pas que ce n'était pas de sa propre initiative qu'Aïda l'avait appelé, en était ravi. Même si, bien évidemment, sa compassion primait. La jeune femme lui avait alors fait part des soupçons de Claire, du fait qu'elle croyait son père capable de s'en être pris à son petit ami s'il avait appris leur relation. N'étant pas de service la veille, Julien ne pouvait rien faire sur l'instant, mais il avait promis que le lendemain, à la première heure, il s'occuperait de leur dossier, sans manquer d'avertir Aïda qu'il lui faudra de sérieux éléments incriminants pour ouvrir une vraie enquête. Donc ce matin Julien, encore plus qu'à l'accoutumée, a hâte de se mettre au travail. Pour commencer, il vérifie auprès des autres casernes de gendarmerie alentour que le jeune homme n'a pas été ramassé pour quelque raison que ce soit. Et qu'aucun trouble ou accident mêlant un individu correspondant au signalement de Mehdi n'a eu lieu. Rien. Ces éventualités écartées, tout ce qu'il lui reste est la suspicion de la petite amie du disparu à l'égard de son propre père. Julien est déterminé à aller lui rendre visite à son domicile, mais il doit pour cela convaincre sa collègue, Amelle, de l'accompagner. La simple perspective de partir faire un tour plutôt que de rester enfermée là à remplir de la paperasse suffit à la décider. À la seule condition que ce soit elle qui conduise. Julien lui cède volontiers le volant.

Quand la fourgonnette bleue entre dans la cour, stationnant derrière les deux voitures présentes, Sylvie est dans la buanderie. Percevant le bruit de moteur, elle s'approche de la petite fenêtre. Lorsqu'elle voit le véhicule de la gendarmerie, son cœur se met à battre la chamade. *Ils viennent pour nous arrêter*, pense-t-elle aussitôt. Elle reste figée, en silence, pour ne pas se faire remarquer. En descendant de voiture, Julien repère les voisins, qui sont déjà sur le pas de leur porte. Par ici, les commérages vont bon train, et le voisinage peut s'avérer plus efficace que certains systèmes de sécurité. Ces deux-là pourraient lui être utiles. *Mais chaque chose en son temps. D'abord, interroger François Depambour. Après, on verra.* Julien actionne la sonnette. Aucune réaction à l'intérieur. Nouvelle tentative. François, qui est dans son bureau, pensait que Sylvie irait ouvrir. Étonné que ce ne soit pas le cas, il se résigne à y aller, sans savoir qui se tient derrière la porte. Ça sonne à nouveau. Constatant l'impatience de son visiteur, François ne prend pas le temps, comme il le fait à l'accoutumée, de jeter un œil par la fenêtre de la cuisine. Sinon, il aurait vu la voiture bleue, il aurait su qui lui rendait visite, et aurait pu contrôler sa réaction en ouvrant la porte d'entrée. Au lieu de ça, il ne peut contenir sa surprise en découvrant les deux gendarmes sur son palier qui le saluent :

— Bonjour. Monsieur François Depambour ? demande solennellement Julien.

— Bonjour. Oui, c'est moi.

— Excusez-nous de vous déranger. Si vous le permettez, nous aurions quelques questions à vous poser.

Julien se montre très courtois.

— Qu'est-ce qui se passe ? feint de ne pas comprendre François, espérant que leur présence ne soit qu'une coïncidence.

Même s'il n'y croit pas beaucoup.

— C'est à propos d'une disparition, précise Amelle.

— Une disparition ?

François n'est pas mauvais comédien, il en est convaincu. Cela ne fait aucun doute pour lui qu'il peut duper ces deux bleus. *En revanche, s'ils sont bien là pour la disparition du bougnoule, deux questions se posent : est-ce qu'ils savent que c'était le copain de Claire ? Et est-ce qu'ils savent qu'elle m'en a informé ?*

— Oui, la disparition d'un jeune homme : Mehdi Allouache. Ça vous dit quelque chose ? demande Julien.

— Le petit ami de votre fille, ajoute Amelle après quelques secondes de flottement.

Julien la fusille du regard.

— Ah ! Oui, ma fille m'en a parlé, en effet.

Il n'a pas d'autre choix que de le confesser à présent.

— Je vous avoue que je n'ai pas pris ça très au sérieux.

— Ah bon ? s'étonne Amelle. Pourquoi ?

— Bah, vous savez, les jeunes… L'amour… Je pensais qu'il referait surface après avoir dessoûlé. Ou de retour d'une virée entre copains. Un truc de ce genre, quoi !

— Il se pourrait que ce soit plus grave que ça, glisse Julien, conscient que cette affirmation n'est pas réellement fondée.

Toutefois, sans savoir dire quoi, quelque chose chez François ne lui plaît pas.

— Comment ça, plus grave ?

S'il avait plus d'éléments, cela pourrait lui être utile.

— Vous connaissiez l'existence de ce petit ami, monsieur Depambour ?

— Je ne comprends pas.

— Saviez-vous que votre fille avait un petit ami ?

— Oui, elle me l'a dit samedi.

François fait mine de ne pas avoir saisi la question.

— Avant cela, est-ce que vous étiez au courant ?

Julien a perçu la mauvaise foi de celui qu'il interroge.

— Non. Je n'étais pas au courant. Pas pour celui-ci.

— Comment ça, pas pour celui-ci ? intervient l'autre gendarme.

— Je n'étais pas au courant pour ce petit ami en question. Mais il faut dire que ma fille les collectionne. J'ai parfois du mal à suivre, ajoute-t-il en se fendant d'un sourire.

François a conscience qu'il fait un peu passer Claire pour une traînée, *mais elle l'a bien cherché après tout. Qu'est-ce qu'elle avait besoin de s'amouracher d'un bicot ! De ce bicot.*

Julien décide de pimenter l'entretien.

— Donc vous ne saviez pas que votre fille sortait avec un Arabe ? Depuis plusieurs mois déjà.

— Puisque je vous dis que je ne connaissais pas l'existence de ce... garçon.

En s'emportant, il a bien failli désigner Mehdi d'un terme injurieux. Ce qui aurait sans doute plu aux deux flics. *Ne surtout pas se trahir.*

— On vous croit, tente de le calmer la jeune gendarme.

— Oui, mais admettons que vous ayez découvert que votre fille entretenait une relation amoureuse avec un Arabe, comment auriez-vous réagi ?

Julien ne lâche pas le morceau, il veut pousser son interlocuteur dans ses retranchements. Qu'il leur donne un os à ronger.

— J'en ai assez. Si vous voulez me poser davantage de questions, vous n'avez qu'à me convoquer à la gendarmerie pour faire une déposition en bonne et due forme, mais pour l'heure nous en avons fini. Je vous souhaite une bonne journée et vous dis au revoir.

Les deux gendarmes, étonnés de l'aplomb avec lequel François les congédie, tournent les talons pour remonter dans leur voiture. Au moment de sortir de la cour, Julien fait signe à sa collègue, qui a repris le volant, de se garer dans le chemin qui mène chez les voisins, restés à leur porte à les épier. Tous deux descendent de la fourgonnette, et avancent jusqu'à ceux que Julien présumait être un couple. En les voyant de plus près, le doute le gagne.

— Bonjour. Je suis le gendarme adjoint de police judiciaire Foucher et voici ma collègue, la gendarme APJ Lomme.

Julien, en se présentant ainsi, sait que cela peut impressionner une certaine catégorie de la population, dont ces deux-là, il en a le sentiment, font très probablement partie.

— Bonjour, lâchent en chœur Marie et Jésus, visiblement intimidés.

— Vous profitez du soleil ? les taquine Julien, le ciel étant couvert et menaçant. Alors, nous faisons une enquête à propos d'une disparition, vous voulez bien répondre à quelques questions ?

Circonspects, ils opinent tous deux de la tête. Marie, qui a un peu plus de jugeote que son fils, a compris de quoi il retournait dès qu'elle les a vus dans la cour de François. Jésus, lui, s'amuse de leur présence.

— Vous ne nous demandez pas qui a disparu ? Vous êtes déjà au courant ? reprend Julien.

— Bah si ! Qui c'est qu'a disparu ?

Marie sait qu'il va falloir la jouer fine. Elle sait aussi que ce n'est pas son fort.

— Moi, je sais ! s'écrie Jésus, fier de lui.

— Tais-toi donc ! lui assène sa daronne. Tu ne sais rien du tout, toi !

— Si, je sais !

— Tais-toi, je te dis ! Tu vas écouter ta mère, oui ?

Les gendarmes tentent de garder leur sérieux en assistant à cette scène puérile. Au moins, les voilà fixés, eux qui se demandaient quelle était la nature de leur relation, à ces deux-là. Même si elle dépasse largement ce lien, en réalité.

— Alors, allez-y, s'adresse Julien à Jésus, dites-nous ce que vous savez.

Avant de lui répondre, Jésus lance un regard à Marie pour la narguer.

— Je l'ai vu à la télé, qu'y a un mec qui a disparu. Même qu'il a tué toute sa famille !

— Ah ?! Oui, d'accord, mais ce n'est pas la personne que nous recherchons.

En réprimant un sourire, Julien tente de ne pas se moquer. Il pense avoir saisi à quel personnage il a affaire. Encore une fois, il est loin du compte.

— Tu vois que t'aurais mieux fait de te taire ! jubile Marie, amusée et soulagée.

Parce qu'elle avait bien peur qu'il ne lâche le morceau, *l'abruti*.

— Non, nous recherchons un jeune homme qui a disparu ce week-end. Vous connaissez bien vos voisins ? les interroge Julien, en désignant la maison de Sylvie et François.

— Pour sûr !

— Le petit ami de leur fille…

— Claire ! s'excite Jésus sans raison apparente.

— Oui, Claire. C'est son petit ami qui a disparu. Vous le connaissez ? Vous l'avez déjà aperçu ?

— C'est un nouveau ?

Pour Marie, ça ne peut être que ça, sinon elle serait au courant. Elle l'aurait vu. Ou Jésus lui en aurait parlé.

— Non, cela fait quelques mois que ça dure. Le jeune homme conduit une Renault Clio noire. Ça vous parle ?

Les voisins de Claire sont dubitatifs. Comment se pourrait-il qu'ils n'aient rien remarqué ? Ils en ont vu défiler quelques-uns, des garçons. *La petite a du succès.* Aux premières loges, Marie et son fils les découvrent parfois avant les parents de Claire. Cependant, cela fait un moment qu'aucun prétendant n'a traîné dans les parages. En y pensant, Marie trouve même ça louche.

— Une voiture noire ?

Jésus fait mine de réfléchir.

— Oui.

— Toute noire ?

— Oui. (À la tête que fait Jésus, Julien s'attend à obtenir une information.) Ça vous dit quelque chose ?

Fronçant les sourcils, Jésus marque un temps d'arrêt en se frottant le menton. Il mime ces acteurs, dans les séries policières à la télé, quand ils réfléchissent.

— Non, lâche-t-il finalement, désespérant Julien.

— À quoi qu'il ressemble, le bougre ?

Marie est un peu paumée. Elle, qui croyait qu'ils cherchaient celui qu'ils ont chassé, pense désormais à tort qu'elle s'est trompée.

— Vingt-cinq ans, grand et sec, cheveux noirs, type maghrébin…

— C'est quoi « maghrébin » ? s'interroge Jésus qui a peu de vocabulaire.

— Maghrébin ? C'est arabe, si vous préférez, lui répond la collègue de Julien, Amelle, qui était restée spectatrice jusqu'alors.

— Un bougnoule ? Son copain, à Claire, c'est un bougnoule ?

Cette information a le don d'irriter Jésus.

— Vous ne devez pas utiliser ce mot, monsieur. C'est insultant, le reprend Amelle, révoltée, qui par ailleurs a une grand-mère algérienne. Vous savez que nous pourrions vous adresser une contravention pour ça ? Et le dire en public vous rend passible d'une peine de prison. Alors…

— Oui, l'interrompt Julien qui, même s'il est à cent pour cent d'accord avec elle, préférerait qu'ils en reviennent à l'enquête. Il ne faut pas prononcer de mots pareils.

— Je suis chez moi, je dis ce que je veux ! s'entête Jésus. Ici, on n'aime pas les bougnoules ! Hein, la Marie ?!

— Tais-toi, bon Dieu ! l'engueule sa mère, excédée, qui prend conscience que l'Arabe qu'ils ont chassé était peut-être bien le nouveau chéri de la petite voisine.

— Alors, pourquoi vous n'aimez pas les... Arabes ? s'intéresse Julien, espérant toujours trouver une piste à explorer.

— Parce que c'est pas des Français ! Faut qu'ils rentrent chez eux ! Même François, il le dit !

Désobéissant à sa mère, Jésus l'ouvre plus encore.

— François ? Votre voisin ?

— Bah oui ! François, il dit comme moi. David aussi.

— C'est qui, David ?

— Le fils à François, répond Jésus comme si c'était une évidence.

— Et si François et son fils savaient que le petit ami de Claire est arabe, reprend Amelle qui se sent soudain plus concernée par cette enquête officieuse, ils ne seraient pas contents ?

— Bah non ! Ils seraient pas contents du tout !

— Est-ce qu'ils pourraient lui faire du mal, au garçon ?

— Ah oui ! Ça oui !

Ces propos viennent corroborer la suspicion de Claire à l'égard de son père. Julien se réjouit d'avoir une piste à suivre. Même s'il sait que si un élément probant, une preuve de culpabilité faisait surface, l'affaire ne serait plus de son ressort, mais de celui de la gendarmerie de Saumur. Marie, quant à elle, ne dit plus un mot depuis un moment. Son fils est en roue libre. Elle tente de trouver un subterfuge pour se débarrasser des gendarmes, d'inventer une diversion ou un moyen de faire taire *ce foutu moulin à paroles* qu'elle a engendré, mais n'y parvient pas. Si François venait à apprendre tout ce qu'il a confessé, Jésus passerait un sale quart d'heure, elle en est sûre. Et elle en prendrait aussi pour son grade.

— Alors, est-ce que vous savez si François était chez lui, vendredi soir, aux alentours de 20 heures ?

— Ça non, on ne sait pas, s'empresse de répondre Marie avant que son fils ne fasse encore une bourde. À c't'heure-là, on est devant la télé !

— Qu'est-ce que vous regardiez ?

— Le journal de 20 heures, comme tous les soirs.

En posant cette question, Amelle a une idée derrière la tête. Les aider à se replonger dans leur soirée de vendredi, une soirée ordinaire, pour mieux en extraire un événement, une chose extraordinaire. Elle demande alors à Marie ce qu'ils ont mangé, quel temps il faisait, qu'est-ce qu'ils ont regardé après le JT. Et quelques autres questions encore, pour finir par :

— Vous n'avez rien remarqué d'anormal ce soir-là ? Un bruit ? Une voiture ? Vous n'avez pas jeté un œil par la fenêtre et vu quelque chose de bizarre ? Vous n'êtes pas sortis ?

— Ah ! Moi ! se réveille Jésus.

— Oui ?

Le poisson a mordu, Amelle n'a plus qu'à ferrer.

— J'étais dehors pour pisser ! François, il est sorti en courant, il est monté dans sa voiture, et il est parti vite. J'ai fait salut, mais il m'a même pas répondu !

— Très bien ! le félicite Julien, ce qui le flatte. Vous ne savez pas quelle heure il était ?

Jésus gonfle ses joues et fait un bruit de pet avec la bouche pour signifier que non.

— Et vous ne l'avez pas entendu ou vu revenir ?

— Moi, je dors, la nuit !

— D'accord.

Pensant avoir fait le tour des questions qu'il avait à leur poser, Julien entreprend de les laisser.

— Je crois qu'on vous a assez dérangés, dit-il en sondant du regard sa collègue qui acquiesce. Je vais prendre vos noms au cas où... Vous êtes ?

— Marie Tebude.

— MA BITE RUDE ! s'esclaffe Jésus.

C'est ainsi que sa mère est surnommée au village par quelques-uns.

— Et vous ?

Julien s'adresse à Jésus en se retenant de rire. Non pas qu'il trouve la contrepèterie particulièrement drôle, mais le personnage qu'il a face à lui, si.

— Jésus Tebude, répond-il fièrement, ayant repris son sérieux.

— Parfait. Nous vous remercions du temps que vous nous avez accordé. Je vous laisse mon numéro de téléphone, appelez-moi si un souvenir vous revient, ou si vous découvrez quelque chose en rapport avec ce dont on vient de parler : le jeune homme disparu, le petit ami de votre voisine, Claire. Merci. Bonne journée. Au revoir.

Dans la voiture, sur le chemin du retour vers la gendarmerie de Nollé, Amelle et Julien échangent leurs ressentis en se remémorant toutes les informations qu'ils viennent de récolter. Leur visite n'a pas été inutile, ils sont d'accord là-dessus. Leur intuition leur dit qu'il y a quelque chose de louche dans cette disparition. Pour Julien, cela va plus loin, il pense que le pire pourrait être arrivé à Mehdi. Mais même le pire qu'il imagine n'est rien comparé à ce qu'a vécu le jeune homme cette nuit-là.

28

Lundi 20 juin 2016 – 14 heures

Depuis l'*iftar* de samedi soir, Claire n'a rien avalé. Elle vit au rythme de la famille de Mehdi, chez qui elle demeure depuis qu'elle a quitté son père, il y a deux jours, le doute en tête. Elle, pourtant si gourmande, n'a plus d'appétit. Du tout. Heureusement, au moins elle s'hydrate. Samia y veille. Ce n'est pas faute d'essayer, non plus, de lui faire avaler quelque chose. Mais Claire s'y refuse catégoriquement. Comme si se faire du souci pour son fils ne suffisait pas, voilà que Samia s'en fait pour sa belle-fille. Car, quoi qu'il soit arrivé à Mehdi, désormais Claire fait partie de la famille. La première fois que Mehdi l'a amenée à la maison et présentée à ses parents, Aïda était là, elle connaissait déjà Claire. Cela ne faisait même pas deux mois qu'ils sortaient ensemble. Samia et Ahmed n'avaient rencontré qu'une seule des conquêtes de leur fils auparavant, alors qu'ils étaient au courant de leur existence pour la plupart. Aussi, tous deux avaient pressenti que c'était de bon augure que leur petit dernier soit si impatient d'introduire celle-ci dans la famille. Claire appréhendait un peu de les rencontrer, mais avait très rapidement été mise à l'aise et intégrée. Une famille unie, soudée, bienveillante, tolérante, ouverte… Bref, une famille aimante. *Une vraie famille.* Depuis ce premier jour, le dimanche 14 février 2016 – ils célébraient l'anniversaire de Mehdi, né le jour de la Saint-Valentin –, Claire fait partie des leurs et ils font partie des siens. Il ne s'est pas passé une semaine sans qu'elle les voie. Aujourd'hui, tous sont réunis autour de la table de la salle à manger de la maison familiale de Villier. Tous, sauf Mehdi qui occupe chacune de leurs pensées. Hantés par ces questions qui restent en suspens : *Qu'est-ce qui lui est arrivé ? Où est-il ? Dans quel état ? Est-il vivant ? Blessé ? Mort ?* Ne rien savoir est pire que tout. L'espoir qui demeure, malgré la volonté de s'en défaire, est un poison, un mal qui les ronge.

Dans la tête de Claire, assise, le menton posé sur ses genoux remontés contre sa poitrine, une idée noire se répand : son père est coupable. Quand Julien, le gendarme de Nollé, a rappelé Aïda tout à l'heure pour faire le compte rendu de sa visite à François puis à ses voisins, celle-ci avait mis le haut-parleur après qu'elles s'étaient isolées toutes les deux dans une des chambres de la maison. Pour le moment, elles ont préféré garder pour elles les soupçons de Claire à l'égard de son père, pour la même raison que Julien ne peut se prononcer quant à l'implication de celui-ci dans la disparition de Mehdi : il n'y a pas de preuve. Ni de témoignage direct. Cependant, le gendarme a reconnu être intrigué. Sans faire de promesse inconsidérée, il a malgré tout assuré qu'il ne lâcherait pas l'affaire. Claire jette un œil à Aïda, assise à sa droite, plongée dans ses pensées. La plus jeune sœur et la plus proche de Mehdi – forcément, ils n'ont même pas un an d'écart. Aïda se remémore la soirée de jeudi, ici, chez ses parents, avec Claire et son frère. Tous trépignaient d'impatience que sonne 22 heures, pour enfin pouvoir manger. D'autant que les senteurs qui provenaient de la cuisine leur mettaient l'eau à la bouche. « Si M'ma faisait *Top Chef*, elle les fracasserait tous ! » Les rires emplissaient la pièce, Mehdi racontait comment, la veille, un de ses collègues avait malencontreusement mis son pied dans son bac à peinture. Le plus drôle était que ce dernier était revenu le lendemain avec les mêmes chaussures, sauf que désormais l'une n'était plus blanche mais pourpre. Qu'est-ce qu'ils avaient ri ! Mehdi n'avait pas son pareil pour raconter les histoires, il tenait ça de son père. Ahmed est un maître en la matière, tout le monde lui réclame toujours une anecdote, une histoire, un souvenir. Au moment présent, il n'a évidemment pas le cœur à rire. Il en vient même à douter qu'il l'ait à nouveau un jour. Alors qu'il fixe du regard le bouleau qui au-dehors oscille sous le vent, Ahmed revoit Mehdi à son chevet, quand il était hospitalisé. Ce foutu cancer avait bien failli avoir sa peau, dont les médecins ne donnaient pas cher. Après s'être longtemps battu sans que cela porte ses fruits, il avait voulu abandonner. On le disait quasiment condamné, pourquoi s'entêter ? Autant se laisser partir. C'était tellement plus facile. Mais Mehdi, qui l'avait senti, l'avait pris entre quatre yeux pour lui ordonner de continuer de se battre. En se remémorant cet instant qui restera gravé en lui à jamais, une larme coule le long de sa joue. Comme ce jour-là d'ailleurs. De son pouce, il l'essuie discrètement comme il l'avait fait sur son lit d'hôpital, pensant que son fils ne l'avait pas vu. Mais Mehdi avait juste fait semblant de n'avoir rien remarqué.

Naïma, elle, n'a pas ce réflexe. La sœur aînée de Mehdi pose la main sur la cuisse de son père pour lui témoigner son soutien. Ils échangent un bref regard puis elle se replonge dans ses souvenirs. Un samedi après-midi, elle avait seize ans, son petit ami, un certain Fabien, la raccompagnait chez elle sur son scooter. Mehdi était à la maison avec Aïda. Leurs parents étaient partis chez une de leurs tantes. Naïma était blottie dans les bras de son copain. Appuyés sur le deux-roues, ils ne cessaient de s'embrasser. Soudain, la porte d'entrée du pavillon s'était ouverte, le garçon avait levé les yeux et vu Mehdi sortir. Naïma se souvient du regard de Fabien qui lui avait fait prendre conscience que quelque chose clochait. Comme elle faisait dos à la porte, elle tourna la tête et vit son petit frère se ruer sur eux. Torse nu, le gamin de onze ans brandissait une batte de base-ball, et sommait celui qui avait osé poser les mains sur sa sœur de dégager d'ici. Et vite ! L'autre, plutôt pétochard, n'avait pas eu besoin que le môme le répète. Il avait sauté sur son scooter, mis un coup de kick et déguerpi. Sur le coup, Naïma était en colère. Mais en y resongeant aujourd'hui, un léger sourire se dessine sur ses lèvres. Sa mère le perçoit. Elle pense un instant lui demander pourquoi, mais il disparaît en quelques secondes. Le visage de Naïma redevient sombre. Samia voudrait avoir la force de prendre sa fille dans ses bras pour la réconforter, mais elle en est incapable. Son corps semble en veille, il ne répond plus. Une irrépressible lassitude l'a envahie. Sa tête lui pèse, elle a froid. La fatigue, l'angoisse, la tristesse... C'est à peine si elle parvient à lever le bras pour essuyer ses larmes avec son mouchoir. Comme si le bout de tissu pesait plusieurs kilos. Heureusement qu'elle n'était pas dans cet état à la naissance de Mehdi, songe-t-elle, sinon elle aurait eu bien du mal à porter dans ses bras son bébé de quatre kilos.

Le fils tant souhaité. Aussi bien par Samia que par Ahmed. Après leur premier enfant, Naïma, qu'ils espéraient déjà être un garçon, ils avaient attendu pour en faire un second que Samia ait trouvé du travail. Bien évidemment, elle et Ahmed désiraient un gars, mais ce fut une nouvelle fille, Aïda. Depuis toujours, ils s'étaient mis d'accord sur le fait qu'ils auraient trois enfants. Donc, mathématiquement, il leur restait encore une chance sur deux d'avoir un fils. Et tous deux voulaient que le troisième soit plus rapproché de la deuxième que ne l'étaient leurs deux aînées entre elles. Ce qu'ils n'avaient pas prévu, en revanche, c'est un retour de couches qui devait séparer les deux accouchements de quelques mois à peine. Cette grossesse-surprise allait leur donner ce fils tant espéré. Enfin, ils l'avaient, leur garçon ! Celui qui deviendrait très vite le chouchou de toute la famille, celui à qui on passerait tout : le petit prince. Beaucoup d'enfants auraient profité d'un tel statut. Pour faire les quatre cents coups, pour repousser chaque fois un peu plus les limites. Mais pas Mehdi. Au contraire, lui n'avait qu'une ambition, c'était d'être à la hauteur de son statut, de satisfaire l'attente qui en découlait, de rendre fiers les siens de ce qu'il était et de ce qu'il faisait. À la maison, en participant activement et volontairement aux différentes tâches. À l'école, en ayant un comportement exemplaire, en travaillant d'arrache-pied pour combler ses lacunes et obtenir les meilleures appréciations possible. Au judo, pour passer ses ceintures, rapporter un maximum de médailles et de coupes. Aucun écart à déplorer dans son parcours, excepté peut-être dans ses relations avec les filles. Mehdi était un tombeur de naissance. Il en avait souvent joué, sans en abuser évidemment, et n'avait pas toujours été ni honnête ni gentleman avec la gent féminine. Enfin ça, c'était jusqu'à ce qu'il craque pour Claire, car depuis, le don Juan filait droit. Toute la famille avait bien remarqué qu'un changement s'était opéré. De renard, Mehdi était quasiment devenu un canard. Ainsi, dans la salle à manger de chez ses parents, tous les siens pensent fort à lui. Pour qu'il soit un peu avec eux, sans doute.

Tous murés dans leur silence. Seul le tic-tac de la pendule se fait entendre. Leur rappelant que chaque seconde qui passe réduit davantage les chances de le retrouver vivant. Voire de le retrouver tout court.

29

Lundi 20 juin 2016 – 23 h 30

Cloîtrée dans sa chambre, Claire ne veut voir ni son père ni son frère. Déjà qu'elle n'était pas très emballée à l'idée de revenir à la maison... Mais Samia et Ahmed ont lourdement insisté. Non pas que ça les dérangeait qu'elle reste chez eux, au contraire, ça leur faisait de la compagnie. Même si Aïda y demeure pour le moment. C'est surtout que, en tant que parents, ils ont expliqué qu'ils pouvaient aisément s'imaginer la peine que cette séparation devait causer aux proches de Claire. Tout spécialement à sa mère, « qui a l'air si gentille », selon Samia. Alors, Claire s'est résignée. C'est vrai que Sylvie était heureuse de la voir rentrer. L'émotion l'a submergée, elle n'a pu contenir ses larmes en serrant fort sa « puce » dans ses bras. Elle en était arrivée à douter que sa fille revienne un jour, se faisant beaucoup de souci pour elle, et espérant qu'elle parviendrait à surmonter la peine causée par la disparition de son petit ami. Cependant, les retrouvailles ont été brèves, François est rentré peu de temps après l'arrivée de Claire. Tout sale, il puait la transpiration. Après avoir déposé un baiser sur les lèvres de sa femme et un autre sur la joue de sa fille, peu réceptive, il s'est rué sous la douche sans un mot pour aucune. Claire s'est alors empressée de se confectionner un petit plateau-repas pour filer dans sa chambre. Rien de très copieux, mais au moins elle a retrouvé un peu d'appétit. La télé est allumée pour rompre le silence trop pesant, elle n'y prête quasiment pas attention. Installée sur son lit, son smartphone dans une main, sa tablette posée sur ses cuisses, Claire échange des messages. Elle converse notamment avec ses meilleurs amis, Jaja et Al, ainsi qu'avec Aïda, qui est plus que sa belle-sœur. Dans le même temps, elle surveille la page Facebook intitulée « Aidez-nous à retrouver Mehdi », qu'elle a créée pour sensibiliser les gens et tenter de récolter d'éventuelles informations. Une seule publication a été postée sur la page. Une photo du jeune homme accompagnée d'un texte :

Vendredi 17 juin 2016 – Mehdi, 25 ans, a été déposé à son domicile, rue Bouju à Saumur, par un collègue vers 17 h 15. Il

n'est vraisemblablement ressorti que vers 19 heures pour se rendre chez son cousin qui habite près du lycée Jean-Bertin. Mehdi en est reparti aux alentours de 19 h 30. Il devait aller chercher sa petite amie à Beaupin, à côté du cimetière, à 20 heures. Mais, quand celle-ci est arrivée, il n'était pas là et personne ne savait où il était passé. Depuis, famille et amis sont sans nouvelles. Sa disparition a été signalée à la gendarmerie.

Mehdi roule dans une Clio II société, de couleur noire. Il est grand, fin, a les cheveux noirs et les yeux marron.

Si vous avez des informations, quelles qu'elles soient, merci de nous en faire part. Et partagez ce message un maximum. Aidez-nous à retrouver Mehdi.

La publication a été relayée plus de huit cents fois déjà et les commentaires pleuvent. La très grande majorité est consacrée à des témoignages de soutien : « bon courage » ; « bonne chance » ; « je vous souhaite de le trouver rapidement »… Quelques messages racistes sont à déplorer : « ça fera toujours un Arabe en moins » ; « j'espère qu'il est retourné dans son pays »… Ceux-là heurtent profondément Claire. D'autant que ce sont des propos que pourrait tenir son père. Et son frère aussi. Enfin, sous la publication Facebook, Claire trouve également quelques informations. Un certain David Dada écrit : « Quand j'y suis passé sur les coups de 20 heures, il y avait une voiture garée à côté du cimetière, sur le chemin qui le longe. Elle était noire, mais je ne sais pas si c'était une Clio. » Geneviève Albert témoigne : « Je promenais mon chien vers 20 heures et j'ai vu deux voitures sortir du chemin qui longe le cimetière. Elles ont traversé la route de Viorne pour aller dans le chemin en face. » Claire les remercie tous deux puis s'empresse d'envoyer un texto à Aïda pour lui faire part de ces nouveaux éléments. *Mehdi était bel et bien venu la chercher. Sauf que le temps qu'elle arrive il avait disparu. Si sa voiture était l'une des deux que la dame a vues, qui était dans l'autre ? Et où sont-ils allés ? Pour quoi faire ?* Toujours plus de questions sans réponses. Claire envoie un message à cette dénommée Geneviève pour tenter d'en savoir plus. *Au moins s'assurer, si possible, qu'il s'agissait bien de la voiture de Mehdi. Et éventuellement avoir plus de détails sur l'autre véhicule. La marque, le type, la couleur…* Son portable vibre, c'est un SMS :

Aïda : *Je viens de lire ça. J'envoie un message à Julien, le gendarme, pour lui dire. T'as reparlé à ton père ?*

Claire : *Non. J'avais pas envie de le voir.*

Aïda : *Il faut qu'on sache…*

Claire : *Je sais. Je vais voir ce que je peux faire…*

Aïda : *OK. Tu me tiens au jus. Bisous.*

Claire : *Oui. Bisous.*

Elle prend quelques instants pour réfléchir au moyen d'obtenir des informations de son père sans qu'il se braque. Il faut indéniablement qu'elle se montre plus maligne que lui. Son portable vibre encore. C'est un nouveau message, sur Facebook Messenger.

Geneviève Albert : *Bonsoir, je ne saurais vous dire la marque ni le modèle des deux voitures que j'ai vues ce soir-là, mais elles étaient quasiment de la même taille, et de couleur sombre, possiblement noires. Je vous souhaite de tout cœur de retrouver votre ami. Bonne soirée et bon courage.*

Claire espérait obtenir plus de détails de cette dame, qu'elle remercie tout de même d'avoir pris le temps de lui répondre. Les gendarmes auront peut-être envie de l'entendre et, qui sait, ils pourraient parvenir à récolter d'autres informations. Ou en tout cas, son témoignage pourrait, à terme, corroborer une version des faits. Pour le moment, c'est encore bien flou. Claire doit se creuser la tête : comment savoir si son père est impliqué ? Une idée surgit comme un flash. *Son ordinateur portable !* Il y consigne tous ses faits et gestes : ses rendez-vous, ses parties de pêche, de chasse, ses sorties… Il faut qu'elle se le procure. Claire se lève de son lit et ouvre la porte de sa chambre en prenant soin de faire le moins de bruit possible. Dans celle de ses parents, la télé est en marche, le son parvient jusqu'à elle. Il n'y a aucune lumière allumée, dans aucune pièce. Le bureau de son père semble désert. Claire s'en approche sur la pointe des pieds. Mais, au moment où elle appuie sur la poignée, la porte de la chambre parentale s'ouvre. Furtivement, elle se faufile à l'intérieur du bureau, restant immobile dans le noir complet. Paniquée, elle prie pour que ce ne soit pas son père qui vienne là. La personne passe dans le couloir sans s'arrêter. Claire perçoit le son du frigo qui s'ouvre, le tintement d'un verre. Quelques secondes s'écoulent, sans un bruit. Ce qui n'est pas pour la rassurer. Puis la personne repasse devant le bureau, une porte se ferme, Claire peut souffler. Pour s'orienter dans la pièce, elle utilise la lumière émise par l'écran de son téléphone. L'ordinateur portable de son père est sur son bureau. Elle s'installe dans le fauteuil en cuir, ouvre le PC et l'allume. *La première chose à vérifier est son agenda.* À la date d'aujourd'hui est inscrit, pour l'après-midi : NETTOYAGE. Claire ne se pose pas de questions, convaincue que ça n'a rien à voir avec la disparition de Mehdi. La page de la journée de la veille, dimanche donc, est vierge. Sur celle de samedi, en revanche, plusieurs choses sont notées :

8 h 00 : préparation

Préparation de quoi ? Claire se le demande. Sans s'y attarder toutefois.

9 h 00 : aller chez Alfred +

Rien d'étonnant, les deux hommes passent beaucoup de temps ensemble. Ce « + » intrigue Claire, mais toujours rien d'intéressant.

10 h 00 : envoyer convocation

À propos de quoi ? Claire l'ignore.

Début d'après-midi : réunir matériel. Voir liste dans téléphone.

Tout ça reste bien mystérieux pour Claire qui ne peut se douter que tout est lié.

Milieu d'après-midi : aller le voir.

Aller voir qui ? Mehdi ? Le pape ? Cela commence à l'agacer.

C'est tout pour la journée du samedi. Claire s'étonne que le dîner auquel ses parents ont convié leurs meilleurs amis ne soit pas inscrit. C'est typiquement le genre d'événements qu'il consigne dans son agenda d'ordinaire. *Un oubli ?* Il y a peu de chances. Car, même s'il avait omis de l'y noter avant – afin de se le rappeler, justement –, il l'aurait ajouté le lendemain pour pouvoir en retrouver la date, si nécessaire, et en garder une trace. Mais là, rien. *C'est bizarre.* Bizarre, mais pas suspect pour autant. Surtout que Claire ne s'attendait pas particulièrement à trouver un élément de réponse sur la page du samedi de l'agenda de son père, mais plutôt sur celle du vendredi. Puisque c'est ce soir-là qu'a disparu Mehdi. Elle passe donc à la journée de la veille. À la soirée plus exactement. Mais rien n'y est consigné. Rien après 18 h 30, et son dernier rendez-vous au cabinet vétérinaire pour un doberman avec une boule à la patte.

Claire est extrêmement déçue. Mais tant qu'elle est sur l'ordinateur de son père, ce qui est une occasion unique, elle jette un œil à son historique Internet. Juste pour voir quelles sont les dernières recherches qu'il a effectuées et les derniers sites qu'il a visités. *On ne sait jamais…* Claire a beau faire défiler les sites consultés ces derniers jours, elle ne trouve aucune information exploitable. Pas de recherche du type : comment faire disparaître un corps. Pas de réservation sur un vol pour l'autre bout du monde, pour fuir la justice française. Pas non plus de recherche de coordonnées d'un très bon avocat. Rien. Alors, malgré la résignation qui pointe, Claire fouine dans les différents dossiers de l'ordinateur. Au cas où. Ceux qui ont trait au professionnel n'ont aucun intérêt, elle les survole. Dans Documents, les titres des fichiers ne donnent pas envie de les ouvrir. Dans Musique, seuls les morceaux présents à l'origine sont répertoriés. Dans Images, Claire s'attarde sur des photos de vacances, de repas de famille. Il y a aussi pas mal de photos de chasse. Après en avoir brièvement passé en revue l'intégralité, elle ouvre le dossier Vidéos. Plusieurs sous-dossiers apparaissent. Depuis que sa mère a sa GoPro, *elle se prend pour Spielberg.* Enfin, sans les effets spéciaux... Claire survole le dossier Famille, même si quelques vidéos la font sourire. Elle fait abstraction du dossier Brigitte, du nom de leur chatte, en référence à Brigitte Bardot, dont Sylvie est complètement gaga. Dans Divers, il n'y a rien de bien intéressant non plus. Reste le dossier Chasse que Claire ouvre sans grande conviction. Ce dossier est divisé en de nombreux autres dont chaque nom est composé du mot Chasse suivi d'une date, probablement celle de la chasse en question, au format JJMMAA. Le premier de la liste s'intitule donc Chasse 090116. Sylvie venait de recevoir sa caméra pour Noël, c'était la première partie de chasse depuis les fêtes. On y voit, en plan fixe, les chasseurs réunis à discuter. Claire avance dans la vidéo. Ça bouge, cette fois. Vraisemblablement en pleine course, Sylvie filme les chiens qui se jettent sur un sanglier couché sur le sol, déjà inerte. Une vingtaine de clébards qui mordent dans la chair de la bête tuée et la tiraillent de part en part.

C'en est trop pour Claire qui ferme le lecteur vidéo. Alors qu'elle s'apprêtait à sortir de ce dossier, et se résignait à l'idée de ne rien trouver d'utile dans l'ordinateur, elle remarque un détail qui l'interpelle. Le dernier sous-dossier porte un nom erroné, ou différent des autres qui sont classés par dates de création, puisque celui-ci s'intitule Chasse 160618. *C'est peut-être une faute de frappe*… D'autant qu'il a été créé la veille. Sa curiosité attisée, Claire veut voir ce qu'il contient. Plusieurs fichiers vidéo le composent. Elle lance la lecture du premier. Il fait nuit, les lumières sont artificielles. Des lampes de poche, semble-t-il. *De la chasse de nuit ? C'est du braconnage.* Elle n'en aurait jamais cru son père capable. Lui, si passionné. Mais elle ne l'aurait surtout jamais cru capable de ce qu'elle est sur le point de découvrir.

Un groupe de personnes forme un demi-cercle qui fait face à la caméra. Leurs lumières pointées dans sa direction ne permettent de distinguer que de sombres silhouettes. Alors la caméra, donc sa mère, en déduit Claire, se déplace pour ne plus filmer ces gens de front mais de côté. Les formes se dessinent à mesure qu'elle se rapproche. Claire reconnaît en premier Alfred, puis David, son frère. *Ces deux-là sont certainement Hélène et Baptiste.* Le meilleur ami de son père est identifiable à sa petite taille et ses larges épaules. *Là, ce sont les frères Pacé*... Claire s'étonne de ce casting sans queue ni tête. Elle n'est pas au bout de ses surprises ! *Qu'est-ce qu'elle fout là ?* s'interroge-t-elle, quand apparaît à l'écran ce bout de femme *avec son gros bide. La Marie ?! Avec son abruti de fils ?!* Décidément, Claire est complètement larguée. Que peuvent bien faire ses parents, en pleine nuit, visiblement dans les bois, avec tous ces gens ? Elle avance un peu dans la vidéo. La caméra est focalisée sur l'arrière de la Kangoo de son père. À la lumière des lampes, on y devine une forme qui s'anime. *Qu'est-ce que c'est que ça ?* Aussitôt, elle prend conscience que c'est quelqu'un que les deux autres tentent de faire sortir de la voiture. Un hurlement retentit, la personne est violemment extraite de la Kangoo. *C'est un homme.* Il n'y a pas de doute possible, il est complètement nu. Claire reconnaît ce corps. Malgré le choc, elle réussit à contenir un cri en posant les mains sur sa bouche. Seul un léger gémissement s'en échappe. Les larmes, elles, coulent librement, à flots. La vidéo se poursuit. La caméra se fixe un instant sur le visage de Mehdi, terrifié, avant de passer de nouveau en revue chacun des protagonistes présents. Désormais, ils portent tous une cagoule sombre. Claire a peur de voir la suite toute seule. Et puis il y a le risque de se faire surprendre. Elle stoppe donc la lecture du fichier. Le premier d'une longue série. Impossible d'emporter l'ordinateur de son père. Il se rendrait compte très vite de sa disparition. *Il faut que je fasse une copie des vidéos.* Elle doit aller chercher son disque dur externe, puis revenir dans le bureau faire cette copie. Ou emporter l'ordi dans sa chambre, faire la copie, et le remettre à sa place. Claire choisit la première option. Elle sort de la pièce en toute discrétion. La maison semble endormie, elle rejoint sa chambre et ferme derrière elle. Toujours sans allumer, juste à la lueur de son téléphone, elle récupère son disque dur. Mais, alors qu'elle pose la main sur la poignée, s'apprêtant à ressortir, Claire entend le bruit de la porte d'entrée qui se referme. C'est David, son frère, qui rentre. Claire éteint l'écran de son téléphone et relâche doucement la poignée. Tapie dans le noir, elle n'a qu'à attendre que celui-ci aille se coucher. Ou, au moins, qu'il rejoigne sa chambre, à l'autre bout du couloir. De la lumière filtre sous la porte, David est dans la cuisine. Le frigo qui s'ouvre, le tintement des bouteilles qui s'entrechoquent puis le bruit du tiroir à couverts ne trompent pas. Claire devine qu'il se prépare un encas. Mais cela ne fait que retarder un peu ses plans. *Pourvu qu'il ne voie pas la lumière dans le bureau, et qu'il n'y aille pas !*

Sitôt qu'il aura éteint la cuisine, il se pourrait qu'il remarque la lueur de l'écran du PC sous la porte du bureau. Quelques minutes plus tard, quand David s'apprête à se rendre dans sa chambre pour engloutir son « dîner », il allume par précaution le couloir avant d'éteindre la cuisine. Aucun risque alors qu'il découvre quoi que ce soit. Claire entend les pas de son frère s'éloigner puis une porte se fermer. *Ouf ! C'est bon ! Je retourne là-bas, je fais la copie et je me casse de cette baraque de cinglés !* Une fois sortie de sa chambre sur la pointe des pieds, prête à entrer dans le bureau, elle voit la porte de la chambre de son frère s'ouvrir. David en sort avant qu'elle n'ait le temps de se cacher. Les voilà nez à nez. Heureusement, Claire a le réflexe de dissimuler discrètement son disque dur dans son dos.

— Tiens ! T'es là ? chuchote-t-il, sans un bonjour.

— Ouais.

— Ça va ?

Comme s'il en avait quelque chose à foutre ! Claire se contente de hocher légèrement la tête.

— Papa m'a dit pour ton copain qui a disparu. Tu l'as retrouvé ?

Est-ce qu'il est en train de sourire ? Putain ! Je ne sais pas ce qui me retient de lui foutre une baffe. Quel connard ! Elle lui fait brièvement signe que non. *De nous deux, si quelqu'un sait où est Mehdi, c'est toi.*

— Tu fais quoi, là ? l'interroge David sans même simuler un peu de compassion.

— Je vais aux chiottes. Pourquoi ? Tu veux venir avec moi ? répond-elle sèchement.

— Non, lâche-t-il, dépourvu de repartie.

Alors que Claire parcourt le couloir, n'ayant plus d'autre choix que de se rendre aux toilettes qui sont situées à côté de la chambre de son frère, celui-ci l'interpelle :

— Hé ! Un de perdu, dix de retrouvés ! lui lance-t-il avec un large sourire.

Plus que la colère, c'est la peine qui envahit sa sœur. Elle tourne les talons sans un mot pour aller s'isoler dans les W-C. Là, elle peut laisser les larmes couler. Il aurait trop aimé qu'elle craque face à lui. *Pas question de lui faire ce plaisir.* Le temps de sécher ses yeux et d'envoyer un texto à Aïda pour qu'elle vienne la chercher le plus vite possible, David a regagné sa chambre. Claire sort des toilettes et se dépêche de retourner dans le bureau de son père. Elle branche son disque dur sur le PC resté allumé pour faire une copie complète du dossier intitulé Chasse 160618. C'est à ce moment qu'elle comprend qu'il n'y a probablement pas d'erreur dans ce titre. C'est juste que la date, 18/06/16, est écrite à l'envers. Cela correspond à la date de samedi. *Si c'est bien ça, alors ils l'ont kidnappé vendredi ?* Claire a du mal à concevoir que c'est possible. *C'était prémédité ? Ils avaient préparé leur coup ?* Si ces vidéos apportent incontestablement des réponses, elles soulèvent aussi bon nombre de questions. La copie prend du temps. Plus que ce qu'elle avait imaginé. *Pourvu que personne ne vienne !* Il reste encore une dizaine de minutes à l'ordinateur pour procéder au transfert, quand Claire reçoit un message d'Aïda pour lui signifier qu'elle est devant chez elle à l'attendre. Une fois le dossier copié, elle éteint le PC de son père, sort du bureau avec précaution, rejoint sa chambre pour glisser quelques fringues dans un sac en toile, et quitte la maison familiale pour retrouver Aïda et partir d'ici. *Loin de ces malades.*

30

Mardi 21 juin 2016 – 3 h 30

Aïda et Claire sont arrivées à la gendarmerie de Nollé. Depuis qu'elles ont vu les vidéos, les images tournent en boucle dans leurs têtes. L'humiliation que ces ordures ont fait subir à Mehdi, la peur qui était la sienne pendant cette traque à travers les bois, les souffrances qu'il a dû surmonter, son épuisement, sa lente agonie, les tortures… Tout, elles ont tout vu. Tout vécu comme si elles y étaient. Comme si elles ne faisaient qu'un avec Mehdi. Pendant de longues minutes, après le visionnage, Claire et Aïda sont restées muettes, sous le choc. Peinant à prendre conscience que toute cette horreur était réelle. Elles se sont jetées dans les bras l'une de l'autre, pleurant toutes les larmes de leur corps. Dévastées par tant de violence. Chacune la tête enfouie dans l'épaule de l'autre, pour étouffer le plus possible leurs sanglots.

Elles sont restées un moment ainsi, sans relâcher l'étreinte. Ensuite, quand elles ont émergé de leur état de choc, que leur esprit s'est désembué, elles se sont demandé ce qu'elles devaient faire de ces vidéos, ainsi que des informations que celles-ci fournissaient. D'un commun accord, elles ont décidé de se rendre directement à la police. Jugeant plus sûr de ne pas trop propager cette information, pour préserver les chances de coincer *ces fils de putes*, et de retrouver Mehdi. Vivant, elles l'espèrent.

Elles font leur entrée dans la caserne de Nollé, où les attendait le jeune APJ, qu'Aïda avait prévenu de leur arrivée.

— Vous voulez un café ? leur propose Julien en passant la tête dans l'encadrement de la porte.

— Non merci, déclinent d'une voix les deux jeunes femmes.

— OK. Trente secondes et je suis à vous.

Très vite, le voilà qui les rejoint, un mug à la main.

— Alors ? Vous avez du nouveau ? leur demande-t-il avant même de s'asseoir derrière son bureau.

— Oui, répond simplement Claire en lui tendant son disque dur qui contient les vidéos qui incriminent, entre autres, ses parents et son frère.

Le gendarme se saisit de l'objet pour le brancher à son PC.

— C'est dans le dossier Chasse 160618. Je l'ai copié à partir de l'ordi de mon père.

— 16 06 18 ? s'interroge Julien.

— C'est la date à l'envers : 18 06 16. Enfin, c'est ce qu'on en a déduit.

Julien se contente d'acquiescer d'une moue qui prend acte de leur perspicacité. Il lance la lecture de la première vidéo. Claire la commente, en nommant, à leur apparition, les personnes présentes qu'elle reconnaît. Quand l'homme nu est tiré hors de la voiture de François, Aïda intervient :

— C'est mon frère ! C'est Mehdi !

Le jeune gendarme est sous le choc. Lors de sa maigre expérience, il n'a jamais eu affaire à un tel cas. Même cette gendarmerie n'a probablement jamais été confrontée à cela. Regarder tous les fichiers copiés prendrait trop de temps, alors, à la fin de cette vidéo, Aïda et Claire lui expliquent, sans trop entrer dans les détails, le contenu des suivantes. Elles lui disent pour la traque, le chien, l'arc, la capture, la cabane, le fouet, puis l'invitent à visionner le dernier enregistrement. Celui-ci démarre dans le chalet : Mehdi, nu, est couché sur le béton taché de sang. Son dos porte les stigmates de sa flagellation. Inerte, on pourrait croire qu'il est mort.

Sauf qu'en observant bien, on arrive à voir qu'il respire. Deux personnes s'approchent de lui pour le déplacer. Claire désigne au gendarme, de son doigt sur l'écran, son frère et Alfred. Ils tentent, en vain, de faire avancer le corps complètement las. Deux comparses leur viennent alors en aide, et ils parviennent finalement à sortir Mehdi de la cabane. Tous les autres cagoulés les suivent dehors. Des phares de voiture s'allument dans la nuit. C'est sur cette image que se termine la vidéo. La dernière de la série qui couvre toute cette nuit d'horreur qu'a vécue Mehdi.

Julien est abasourdi. Quelques instants lui sont nécessaires pour s'en remettre. Il est incapable de prononcer le moindre mot. Pourtant, il sait ce qu'il doit leur dire, même si ça ne l'enchante pas :

— Je ne vais pas pouvoir poursuivre cette enquête… commence Julien.

— Quoi ?

Aïda et Claire ne comprennent pas comment cela peut être possible.

— Vous ne m'avez pas laissé finir ma phrase, les rassure-t-il. Je ne vais pas pouvoir poursuivre cette enquête, car elle n'est plus de mon ressort. Au vu de ces nouveaux éléments, une enquête judiciaire va être ouverte. Le procureur va être averti et c'est la gendarmerie de

Saumur qui va prendre le relais. Des moyens – Julien se reprend –, plus de moyens vont être mis en œuvre. Les choses vont bouger, rapidement. Vous pouvez être sûres que tout va être mis en œuvre pour retrouver Mehdi le plus rapidement possible. En espérant qu'il soit encore vivant.

31

Mardi 21 juin 2016 – 8 h 58

L'officier de police judiciaire Philippe Chantôme, en poste à la gendarmerie de Saumur depuis cinq ans, envoie des collègues interpeller les personnes qui ont été identifiées dans les vidéos recueillies comme preuves. En effet, Aïda et Claire sont venues quelques heures plus tôt faire leur dépôt de plainte en bonne et due forme. Dans la foulée, l'officier l'a transmise au procureur de la République qui a ordonné l'ouverture d'une enquête judiciaire. Claire a identifié tous les protagonistes : ses parents et son frère ; le vieux, Alfred Potin ; les meilleurs amis de ses parents, Hélène et Baptiste Vales ; ses voisins, Marie et Jésus Tebude ; le pote de son frère, Charles Lesage ; les deux frères Pacé. Elle a fourni les adresses de chacun, leurs lieux de travail pour ceux qu'elle connaissait, et même les numéros de téléphone de la plupart des suspects. Les gendarmes vont donc procéder, rapidement si tout se passe bien, à onze arrestations. *Il n'y a pas de temps à perdre ! Chaque minute compte.* L'officier Chantôme a fait une demande de commission rogatoire pour aller perquisitionner la cabane. Claire a été catégorique : elle est la propriété d'Alfred Potin. Elle en a ensuite donné la localisation. Ce sont des collègues de la brigade de Nollé, plus proche du lieu, qui vont ramasser Alfred pour les accompagner là-bas. *Dans l'espoir que la victime soit sur place, et en vie.*

Le Groupe d'investigation cynophile de Feneu a été appelé en renfort. Cette brigade canine est spécialisée dans la recherche de restes humains ou de traces de sang. *Dans l'hypothèse où Mehdi, vivant ou mort, serait quelque part aux abords de la cabane.* La jeune femme a également reconnu la Renault Kangoo de son père comme étant le véhicule qui a transporté la victime. L'officier en a référé au commandant de brigade. Celui-ci a fait dépêcher les TIC (techniciens en identification criminelle) d'Angers – cette unité s'apparente aux « experts » de la série télé du même nom – pour qu'ils aillent inspecter la cabane, puis le véhicule de François Depambour.

Les TIC seront là dans une heure environ. Les gendarmes ont également le sésame pour fouiller le domicile des Depambour. Les suspects ont déjà eu deux jours pour effacer toutes leurs traces. *Ils n'auront pas une minute de plus !* En attendant, l'OPJ poursuit ses investigations, peu productives, sur les présumés kidnappeurs, tortionnaires, et peut-être même assassins, de Mehdi. Jusqu'alors, aucun n'a de casier judiciaire à part Charles Lesage, identifié comme l'archer dans les vidéos, pour possession de marijuana. C'était il y a quatre ans. L'officier Chantôme ne s'en souvient pas, c'est pourtant lui qui avait alors proposé une composition pénale à Charles, lui évitant ainsi un procès. Ce dernier n'avait eu qu'à régler une simple amende. Bref, rien d'intéressant. Le gendarme doute que cette nouvelle affaire soit liée à un trafic de drogue. Le caractère raciste semble évident. Toutefois, il ne faut pas tirer de conclusions hâtives. *S'en tenir aux faits et aux preuves.* Ne reste plus qu'à vérifier le cas des frères Pacé, Cédric et Frédéric. *Là, il y a de la lecture.* Ces deux-là ne sont pas jumeaux, mais leurs casiers sont quasi identiques. Ils sont actuellement en sursis à la suite d'une plainte pour coups et blessures. Un retrait de permis depuis un an pour Frédéric, coupable de récidive de conduite en état d'ivresse. D'autres faits de violence remontent à quelques années en arrière. Leur proximité avec des mouvances d'extrême droite y est notée. *Ceux-là correspondent parfaitement au profil de cette affaire.* Qui plus est, la Peugeot 206 de Cédric Pacé pourrait coïncider avec la description d'un témoin que Chantôme doit recevoir le lendemain matin : celui-ci a vu se suivre deux voitures de même gabarit, près du lieu de rendez-vous de Mehdi et Claire, le soir de la disparition. L'officier imprime les casiers judiciaires pour les joindre au dossier qu'il constitue, y ajoutant en marge ses réflexions. Il se repasse ensuite les vidéos à la recherche de détails. Son idée : ne pas confier aux suspects qu'il possède ces vidéos, pour tenter de les déstabiliser en évoquant ces détails. Des interrogatoires, il en a mené dans sa carrière. Face à de plus malins que ceux-là, il en est convaincu. La composition de la bande semble improvisée tant elle est disparate : différences de statut social, d'âge, de sexe… Certains apparaissent à l'écran fébriles par moments quand d'autres se montrent beaucoup plus vils. Pourtant, il ne fait aucun doute pour lui que tout était prémédité. *Tous devaient savoir, en posant le pied dans cette forêt ce samedi soir, dans quoi ils s'engageaient, c'est sûr. Et celui qui a orchestré ça n'a sans doute pas choisi ses complices au hasard. Si c'est François Depambour, comme le pense sa fille – et ça se tient –, alors il a convié ses voisins pour qu'ils se servent réciproquement d'alibi.*

Ensuite, les autres sont des amis des parents ou du fils Depambour. À part les frères Pacé. Mais, étant donné leur idéologie nazie, leur participation à un crime raciste n'est pas étonnante. Même si ça n'explique pas comment ils s'y sont retrouvés mêlés.

32

Mardi 21 juin 2016 – 9 h 40

Les premiers suspects sont arrivés. L'ordre dans lequel ils seront tous interrogés a une importance. C'est pourquoi François Depambour, le supposé cerveau du crime, doit forcément être le dernier à passer. Le but étant de recueillir le plus d'éléments possible au fil des heures pour tenter de déstabiliser celui-ci à la fin. Parce que la tête pensante d'une bande, même improvisée comme celle-ci, est toujours la personne la plus dure à affronter. Le genre qui connaît ses droits, sent les pièges, ne mord pas à la pêche aux infos, et a réponse à tout. Il est temps pour le gendarme d'entamer cette longue journée d'interrogatoires. Il est convaincu qu'ils ne seront pas vains, mais chaque heure qui passe réduit les chances de retrouver Mehdi vivant. Les premiers qui font face à l'OPJ Chantôme sont les voisins des Depambour,

Marie et Jésus Tebude. *Jésus-Marie !* pense-t-il en contenant un sourire. *Qu'est-ce que c'est que cet accoutrement ?* Marie est vêtue de son survêtement fétiche, vert pétant, qui est presque aussi vieux que son fils. Elle le porte harmonieusement aujourd'hui avec des bottes rouges. Jésus arbore une veste trois-quarts en skaï noir par-dessus son jean très délavé, taché de marron à plusieurs endroits, qui tombe sur ses chaussettes noires portées avec des claquettes jaunes. *Un mélange entre les Bodin's et Achille Zavatta.* Le gendarme les prie de s'asseoir face à lui, à son bureau. Penauds, les deux s'exécutent, ils n'en mènent pas large.

— Vous êtes à partir de maintenant, c'est-à-dire 9 h 42, placés en garde à vue pour une durée minimale de vingt-quatre heures. Les motifs sont : enlèvement, séquestration, torture et actes de barbarie. Vous avez le droit de garder le silence. Vous avez droit à un avocat. Si vous n'en avez pas, il vous en sera commis un d'office. Vous avez le droit de prévenir un proche et votre employeur. Enfin, si vous le désirez, vous avez le droit d'être examinés par un médecin. Est-ce que vous avez compris ?

— Oui… répondent les deux suspects, ni convaincus ni convaincants.

— Bien. Vous pouvez aussi répondre librement à quelques questions... Vous savez pourquoi vous êtes ici ?

— Non, rétorque Marie après avoir échangé un bref regard avec son fils. Pourquoi ?

— Vous ne répondez pas, monsieur ? Vous savez pourquoi, vous ?

— Euh... hésite Jésus, qui jette un coup d'œil à sa mère. Non.

— D'accord. Je vais vous expliquer. Vendredi 17 juin au soir, un jeune homme, Mehdi Allouache, a disparu. Vous en avez entendu parler ? les interroge-t-il, tout en sachant que ses collègues de la gendarmerie de Nollé se sont entretenus avec eux à ce sujet : c'est un test.

— Non ! répond spontanément Jésus en secouant la tête énergiquement.

— Mais si, Jésus, rappelle-toi ! Les gendarmes sont venus nous voir pour nous demander, déjà.

— Ah ! Oui ! Oui, oui ! Si.

— Et qu'est-ce que vous leur avez dit ?

Ça aussi, l'officier Chantôme le sait.

— Bah... Pas grand-chose, hein ?

Marie s'adresse à son fils qui se contente de secouer la tête de nouveau.

— Vous ne savez rien de cette disparition ?

— Non.

— Vous n'avez rien vu d'anormal le soir du vendredi 17 juin ?

— Non. Pas que je me souvienne, répond Marie alors que Jésus se terre dans son silence.

— Monsieur, demande le gendarme à Jésus, vous avez dit que vous aviez vu votre voisin, François Depambour, sortir de sa maison en courant puis partir en voiture. Non ?

— Oui.

— Quelle voiture est-ce qu'il a prise ?

— La blanche.

— La Renault Kangoo, c'est ça ?

— Moi, je connais pas les bagnoles.

— OK. Et vous n'avez rien vu d'autre ? Vous ne l'avez pas vu revenir après ?

— Non.

— Vous aviez dit qu'il était sur les coups de 20 heures, c'est ça ?

L'officier Chantôme bluffe. Jésus n'a jamais rien dit de tel.

— Oui, par là, répond spontanément Jésus sans même être sûr que c'est vrai.

Tout ce qu'il souhaite, c'est en finir au plus vite. Au grand dam de sa mère.

— Très bien. (Le gendarme marque une pause, il sait combien les silences sont un atout.) Il se trouve que le jeune homme qui a disparu ce soir-là, Mehdi, a vraisemblablement été kidnappé vers 20 heures. Ça correspondrait avec la sortie de François Depambour ?

L'officier s'adresse exclusivement à Jésus, qu'il sent plus fébrile que sa mère.

— Je sais pas…

— Bah ! vous me dites que votre voisin est parti en voiture vers 20 heures et la victime a disparu vers 20 heures. Ça pourrait donc correspondre, non ?

Jésus se contente de hocher la tête pour confirmer.

— Il faut que vous me répondiez par oui ou par non.

— Oui, lâche-t-il du bout des lèvres.

— On est d'accord.

— Pourquoi tu dis ça, Jésus ? lui reproche sa mère. Il ne sait même pas ce qu'il dit. Faut pas l'écouter, monsieur l'inspecteur.

— J'ai rien dit ! Y a pas que toi qui sais ! Moi aussi je peux parler ! Pourquoi tu veux jamais me laisser parler ?

— Tais-toi ! lui ordonne Marie.

— Toi, tais-toi !

— OK, on va se calmer, d'accord ? Chloé ? (L'officier s'adresse à sa collègue qui est à côté.) Tu peux emmener madame dans l'autre pièce, s'il te plaît ?

Cette petite dispute ne pouvait pas mieux tomber. Il était prévu de les séparer, mais c'est mieux que cela paraisse improvisé et imposé par la situation. *C'est parfait !* À présent, la mère va s'inquiéter de ce que son fils va bien pouvoir raconter. Ce qui va fragiliser sa carapace. Quant au fils, défait de ses chaînes, il ne devrait pas falloir le pousser beaucoup pour que sa parole se libère.

— Votre mère vous traite toujours comme un enfant ?

— Elle est chiante ! Je suis plus un gamin, moi ! J'ai quarante-cinq ans.

— Je comprends. Ça doit être énervant. Vous êtes assez grand pour savoir ce que vous avez à faire.

— Bah oui !

— Et vous avez le droit de dire ce que vous voulez. Comme tous les autres adultes.

— Ouais !

— Vous ne faites pas toujours ce qu'elle vous demande de faire, si ?

— Non, des fois je dis que je suis pas d'accord, et je le fais pas.

— Et vous, ça vous arrive de lui demander de faire quelque chose, à votre mère ?

— Euh… Pas trop.

— Mais quand vous lui demandez, elle le fait ?

— Prtt…

Jésus fait un bruit de pet avec la bouche.

— C'est quoi la dernière chose qu'elle vous a demandé de faire ?

— Je sais plus.

— C'est elle qui vous a demandé de venir pour la partie de chasse de samedi soir ?

— Non, c'est François.

Bingo ! L'officier doit profiter de la brèche pour s'infiltrer avant qu'elle ne se referme.

— Et François, il vous parle comme à un adulte ?

— Des fois, il est gentil, mais aussi il me parle mal. Je suis pas son chien !

— Il ne doit pas être très sympa ? Sa fille, Claire, elle, elle a l'air gentille.

— Ah oui ! Elle est gentille, Claire. Et elle est belle.

— Vous l'aimez bien ?

— Oui, répond Jésus avec un sourire malsain.

— Vous savez que c'était son petit ami que vous avez chassé samedi soir ? Vous croyez qu'elle va être contente de l'apprendre ?

— Non, mais moi je savais pas. C'était un bougnoule !

— Le garçon que vous avez chassé, c'était un « bougnoule » ?

— Bah oui, c'est pour ça !

— C'est pour ça que vous l'avez chassé ?

— Oui. Parce qu'y en a trop, de bougnoules, en France ! Ils ont qu'à retourner chez eux.

— C'est quoi pour vous un « bougnoule » ?

— Bah ! Un Arabe !

— OK. Et vous trouvez qu'il y en a trop en France ?

— Oui… (Jésus est surpris par cette question, la réponse lui semble logique.) Même que c'est François qui le dit ! ajoute-t-il comme si cela rendait l'information irréfutable.

— D'accord. Et donc c'est pour ça qu'il vous a demandé de venir à la chasse de samedi soir ?

— Oui.

L'officier Chantôme marche sur des œufs, il le sait. Il tente une nouvelle amorce pour harponner le poisson.

— C'était dans la journée de samedi qu'il vous l'a demandé, c'est ça ?

— Euh… Oui, samedi matin. On buvait notre café avec maman.

— Samedi matin, c'est bien ça. Mais vous ne saviez pas que c'était le petit ami de Claire, hein ?

— Ah non ! Non, non ! Ça, je savais pas.

— Vous ne saviez pas non plus qui il y aurait d'autre, le samedi soir, pour la chasse ?

— Non.

Le gendarme tente une attaque frontale.

— Vous connaissiez les autres gens qui étaient là, samedi soir ?

— J'en ai un peu marre, là, de répondre à toutes ces questions. Ça me fatigue la tête.

— Ah ?! Pardon. Comme vous m'avez dit que vous étiez un adulte… C'est pour ça, je vous parle comme à un adulte. Mais je peux demander à votre mère de répondre à votre place…

— Bon… Encore quelques questions, mais après c'est fini !

Jésus aime être brossé dans le sens du poil.

— Comme vous voulez, c'est vous qui décidez. Donc, vous connaissiez les autres gens présents samedi pour chasser le petit ami de Claire ?

— Pas tous.

— Il y avait votre voisine. Comment elle s'appelle déjà ?

Il fait mine de chercher dans ses papiers.

— Sylvie.

— Ah oui ! Sylvie. Son fils…

— David.

— Les amis de François et Sylvie, euh…

L'officier feint encore de ne pas savoir.

— Je sais pas comment ils s'appellent.

— D'accord. Qui il y avait d'autre ? Euh…

— Le vieux Alfred.

— Oui. Les deux frères, là…
— Frédéric et Cédric.
— Frédéric et Cédric Pacé, c'est ça ? Hein ?
— Ouais. Et le fils du docteur aussi.
— Charles Lesage ?
— Oui. Et c'est tout, je crois.

À ce stade, l'identification de toutes les personnes sur les vidéos a été confirmée. C'est déjà une très bonne chose. En effet, le juge d'instruction chargé de l'affaire ne se satisfait pas des films. D'autant que ce ne sont que des copies. Pour lui, il faut impérativement se saisir des fichiers originaux pour pouvoir les exploiter. Car c'est toujours délicat d'utiliser ce type de pièces à conviction. L'avantage, ici, c'est que ce ne sont pas des vidéos réalisées à l'insu des présumés coupables. D'une, ils ont visiblement été filmés de leur plein gré, et de deux, la personne qui filme est des leurs. Ensuite, pour pouvoir aller plus loin dans cette affaire, il était important qu'au moins un des protagonistes impliqués corrobore l'identité de ses complices. C'est chose faite. À présent, l'officier Chantôme souhaite avoir la confirmation que François Depambour est celui qui a orchestré tout ça. Mais il voit bien que Jésus tape du pied, qu'il perd patience. Le suspect est particulièrement agité.

— Vous voulez boire quelque chose ? Un café ? Un Coca ?

— Je veux bien un Coca, répond Jésus, retrouvant le sourire, content comme un enfant.

— Je vais vous chercher ça.

L'officier se lève pour se rendre au distributeur de boissons. En passant, il fait signe à Chloé, l'APJ qui interroge Marie, de le rejoindre. Comme il s'en doutait, cette dernière n'est pas très bavarde. Il confie à son adjointe ce que lui a déjà donné Jésus. Ensuite, il demande à Chloé de le révéler à sa mère, « pour tenter de la faire réagir », et d'ajouter, même si ce n'est pas vrai, qu'il « soupçonne son fils d'avoir tué Mehdi Allouache ». Après s'être assuré que Chloé avait bien tout compris, l'officier Chantôme retourne porter son Coca à Jésus. Pendant que celui-ci l'ouvre, il le rassure :

— Plus que deux ou trois questions et, si vous répondez bien, j'en aurai fini avec vous.

Jésus hoche la tête tout en buvant à la canette.

— Vous m'avez dit que c'est François Depambour qui vous avait invité à cette chasse. Est-ce que c'est lui qui a invité tous les autres aussi ?

— Je sais pas. Il a rien dit.

— D'accord.

L'officier réfléchit un instant puis poursuit sa quête de réponses.

— Vous savez où était le jeune homme avant qu'il ne soit conduit dans les bois pour la chasse ?

— Non.

Jésus est de plus en plus tendu. C'est trop de stress pour lui.

— Peut-être à la cabane où vous êtes allés à la fin ? tente le gendarme.

Mais ses mots ne sont plus que des sons diffus dans la tête de Jésus dont les sens sont altérés. Soudain, son corps se raidit, ses membres convulsent et ses yeux se révulsent. Jésus perd connaissance et tombe de sa chaise. Son corps s'étend de tout son long sur le carrelage, inerte. L'officier Chantôme se lève précipitamment de son fauteuil. Voyant très distinctement que Jésus respire, l'OPJ tente de le faire réagir, en vain. Jésus demeure inconscient. Il ordonne alors à ses collègues présents d'appeler les secours, tandis qu'il le place en position latérale de sécurité.

Jésus a été conduit à l'hôpital. Quand les médecins le jugeront possible, il rejoindra sa mère en cellule. *En voilà déjà deux hors d'état de nuire !* Et dans l'incapacité de prévenir leurs complices. Quand, à la fin de la journée, tous seront passés au gril, ils seront déférés devant le juge d'instruction qui les mettra sans aucun doute en examen, et ordonnera leur placement en détention provisoire. Brièvement, l'officier Chantôme s'entretient avec son adjointe, Chloé, pour recueillir les éléments fournis par Marie.

— Elle t'a dit où se trouve la victime ?

— Malheureusement non. Elle n'a pas su, ou voulu me dire où est Mehdi à présent. Ni s'il est toujours en vie.

Une question intriguait Chantôme jusque-là : où était Marie pendant la traque ? En effet, elle apparaît sur la première vidéo, celle avant le début de la chasse à l'homme, pour refaire surface à la fin, quand ils sont tous dans la cabane. Mais, entre-temps, elle est la seule personne qu'on ne voit pas une fois à l'écran.

— Elle m'a dit qu'elle était restée près des voitures, raconte Chloé. Qu'elle n'était pas en état de crapahuter dans les bois. Je lui ai alors demandé si ça ne la gênait pas d'être mise à l'écart, de ne servir à rien. Tu te doutes bien que ça ne lui a pas plu. Donc elle s'est vantée qu'elle était chargée d'une mission : c'est elle qui était préposée au lâcher de chien.

— OK. Bien joué !

— Merci.

L'officier jette un œil par la fenêtre.

— Voilà les prochains ! Je prends la femme, tu t'occupes de l'homme.

33

Mardi 21 juin 2016 – 10 heures

En route pour perquisitionner la cabane, les gendarmes de Nollé, Julien et un collègue, appelés en renfort par l'OPJ Chantôme, font un détour chez Alfred pour l'embarquer. En espérant qu'il n'ait pas déjà eu vent de l'arrestation des voisins des Depambour. Ni pu prévenir ses complices, notamment François Depambour. C'est le doberman qui accueille les gendarmes à leur arrivée. Claire les avait renseignés sur le fait que le chien de la vidéo appartenait au doyen de la bande de criminels. *Le molosse sera sans aucun doute piqué.* Pour le moment, il les empêche de passer le portail. Alfred vient à leur rencontre. Il n'est pas surpris de découvrir les gendarmes. Et c'est sans rechigner qu'il les accompagne, montant à bord du véhicule de patrouille. Sur le trajet, celui-ci ne dit pas un mot. Et quand Julien lui explique de quoi il retourne, il feint de ne pas comprendre ce qui se passe. Dans le bourg de Beaupin, le fourgon des TIC les attendait, stationné sur le parking devant l'école. Il démarre à la vue de la voiture bleue pour la suivre, à vive allure, jusqu'à la cabane au milieu des bois. Très vite arrivés sur place, les gendarmes pressent alors Alfred pour qu'il ouvre la porte de la cabane. Si Mehdi est resté là ces derniers jours, il risque d'être dans un sale état. *Pourvu qu'il soit encore en vie !* Alfred a déverrouillé la porte et s'apprête à l'ouvrir.

— Stop ! ordonne Julien. Reculez maintenant !

Le gendarme ouvre la porte, la lumière extérieure s'infiltre dans la cabane, chassant l'obscurité. Il passe une tête. Une odeur étrange en émane. L'intérieur lui est familier. Rien n'a bougé, tout est comme dans la vidéo. La grande table au centre. La lampe à pétrole suspendue. Le béton et l'anneau auquel était fixée la chaîne qui entravait la victime. Malheureusement, Mehdi n'est pas ici ! C'est une immense déception pour les gendarmes. *Où est-il ? Qu'est-ce que ces psychopathes en ont fait ?* Le temps qui passe ne joue pas en leur faveur.

— Veuillez rester à l'extérieur, ordonne le gendarme à Alfred. Allez-y ! lance-t-il ensuite aux techniciens en identification criminelle.

Les TIC, dans leurs combinaisons blanches, entrent pour se mettre au boulot. Le gendarme appelle son collègue de Saumur, l'OPJ Chantôme, afin de le tenir au courant. En attendant de nouvelles instructions, il demeure à la porte le temps de l'intervention des techniciens. À quelques centimètres de là où était enchaîné Mehdi, une grosse tache foncée jonche le sol. Un des experts est sur le coup :

— Quelqu'un a tenté de faire disparaître cette tache, affirme-t-il.

— Du sang ? questionne le gendarme.

— Possible. Voyons ça !

Le technicien se saisit d'un flacon de Bluestar.

— C'est un révélateur de traces de sang lavées ou effacées. Une chimiluminescence se crée au contact de l'hémoglobine : une lumière bleue.

Il vaporise son produit sur toute la tache, avant de demander qu'on ferme la porte pour plonger la cabane dans l'obscurité quasi complète. Comme par magie, la tache s'illumine. La porte peut être rouverte. Le technicien procède alors à quelques prélèvements.

— Je ne veux surtout pas vous dire comment faire votre job, mais si vous pouviez vérifier la présence d'empreintes sur l'anneau de fer pris dans le béton, à côté de vous… La victime y était attachée par une chaîne.

Pendant que les techniciens poursuivent leur travail, les gendarmes font le tour de la cabane, fouinent aux alentours, craignant de découvrir une petite parcelle de terre retournée. Une tombe. Le Groupe d'investigation cynophile et ses chiens ne seront là que dans l'après-midi. De ce qu'il voit, Julien doute qu'ils trouvent quoi que ce soit ici.

Quand les TIC en ont fini à l'intérieur, il en profite pour pénétrer dans la cabane. Par flashs, la vidéo de la séance de torture se mêle à l'instant présent. Le gendarme voit Mehdi allongé sur le sol, inerte. Il entend les coups de fouet. C'est comme s'il y était. *Mais oui ! Le fouet !* Il scrute chaque recoin à la recherche de l'objet du supplice, en vain. Il n'est pas ici. Pas plus que la chaîne qui entravait Mehdi. Rien. Il ne reste rien de compromettant. Déçu, il retourne à l'extérieur. En baissant les yeux, il aperçoit une gamelle de chien. Le temps de relever la tête et de faire un pas, il percute : *il y a une gamelle de ce type à côté de Mehdi, dans la vidéo.* Aussitôt, il demande à ce que des empreintes soient prélevées dessus, et à ce qu'elle soit mise sous scellés. Quelques minutes plus tard, la porte de la cabane à présent barrée du ruban jaune de la gendarmerie jusqu'à la probable reconstitution, tout le monde est remonté en voiture et quitte le bois. Alfred va être conduit à la gendarmerie de Saumur pour être placé en garde à vue.

34

Mardi 21 juin 2016 – 10 h 25

Les meilleurs amis de Sylvie et de François font leur entrée dans la gendarmerie de Saumur. Les gendarmes ont été les chercher sur leur lieu de travail. Le couple a dû fermer sa boulangerie. L'officier Chantôme, quant à lui, vient de terminer sa conversation téléphonique avec le commandant de Nollé. Sa caserne étant la plus proche de Beaupin, commune sur laquelle se trouve la cabane, il sera chargé d'organiser la battue, avec un appel à bénévoles, pour ratisser la forêt. Les gendarmeries alentour vont être mises à contribution également. L'officier Chantôme compte bien utiliser tous les moyens à sa disposition pour retrouver Mehdi. *L'horloge tourne !* Pour l'heure, il se présente, et présente sa collègue, au couple de suspects. L'OPJ les avise de leur placement immédiat en garde à vue, il les informe de leurs droits, puis invite

Baptiste à suivre sa collègue tandis qu'il convie Hélène à venir avec lui. Le couple échange un bref regard médusé. Hélène, déjà inquiète avant d'arriver, commence à paniquer. Au moment de partir, son mari l'a sommée de ne rien divulguer sur ce qui s'est passé cette nuit-là. Il lui a demandé de le laisser parler. De se contenter de confirmer ce qu'il dirait. Désormais, il va falloir qu'elle se débrouille. Elle qui n'a qu'une envie, tout avouer, pour que le cauchemar qu'elle vit depuis samedi soir s'arrête enfin. Elle n'en dort plus. À présent, c'est à peine si elle ose respirer.

L'officier lui fait un bref topo de la situation, abattant une partie de ses cartes pour qu'Hélène ait conscience qu'il en sait déjà beaucoup. Il lui parle de la chasse, donne quelques détails que seuls les coupables peuvent connaître. Il évoque la séance de torture dans la cabane, le fouet qui ravive un douloureux souvenir chez Hélène. Elle revoit leur victime, inerte sur le sol, son dos ensanglanté. Elle visualise aussi ce qu'ils lui ont fait après, dehors, avant de repartir. L'officier Chantôme conclut :

— Vous êtes libre de ne pas me répondre et d'attendre votre avocat. Mais sachez qu'à l'instant où il vous assistera, il vous conseillera de ne rien dire. Et si vous ne dites rien, vous serez comdamnée aussi lourdement que les autres. Que celui qui a kidnappé Mehdi Allouache.

Que celui qui a organisé cette traque. Et que celui qui l'a tué, si le jeune homme est décédé. C'est votre décision.

— Je peux voir mon mari ? demande Hélène, qui voudrait que Baptiste lui dise quoi faire.

— Non, ce n'est pas possible. Je vous le répète : c'est votre décision. Je pense que vous étiez réticente vis-à-vis de cette chasse.

Le gendarme a remarqué qu'elle est souvent en retrait sur les vidéos. Qu'elle n'a pas l'air excitée comme ses complices. Que c'est visiblement à contrecœur qu'elle a fouetté la victime dans la cabane.

— Vous n'étiez probablement même pas au courant de l'issue de la traque. Reconnaissez-le, et aidez-moi à faire la lumière sur les parts d'ombre qui demeurent. Si ce n'est pas vous qui le faites, ce sera assurément quelqu'un d'autre. Parce que la personne qui le fera bénéficiera d'un allègement de peine. Je pense que si quelqu'un le mérite, c'est vous. Voulez-vous bien m'aider ?

Hélène est totalement déboussolée. Les mots du gendarme s'entremêlent dans sa tête. « C'est votre décision » résonne. Elle ne veut pas aller en prison. Pour elle, son implication est minime. *Après tout, c'était l'idée de François. C'est lui qui nous a mis dans la merde !* En mère de famille de deux ados, elle décide qu'à partir de cet instant c'est chacun pour soi :

— Je vais répondre à vos questions, librement.

L'officier Chantôme jubile. Jusqu'à maintenant, tout se passe comme il l'avait prévu. Malheureusement, Hélène ne détient pas toutes les informations qu'il lui manque pour reconstituer parfaitement le déroulé de cette opération criminelle. Celle-ci atteste que c'est François Depambour qui les a contactés, elle et son mari, pour participer à cette chasse. Que c'est lui qui donnait les directives. Qu'il avait tout prévu. En revanche, elle nie avoir été avisée de quelle en serait l'issue. Enfin, elle ne sait pas quand ni comment Mehdi a été kidnappé, et surtout dit ignorer ce qu'il est advenu de la victime après qu'ils l'eurent sortie de la cabane. Le compte à rebours défile, et Mehdi reste introuvable. L'OPJ a beau insister, elle maintient sa version. Ayant achevé l'interrogatoire, il fait placer Hélène dans une cellule à part de celle où se trouve déjà son mari. Un gendarme veille à ce que les détenus ne se parlent pas. L'officier Chantôme le lui a ordonné, c'est un point crucial au bon déroulement de l'enquête. En attendant les prochains suspects, il en profite pour lire la déposition de Baptiste, qui s'en est tenu au plan de François. Le boulanger a déclaré avoir passé la soirée chez ses amis, les Depambour, où sa femme et lui étaient invités à manger, puis être rentré chez lui, tard dans la nuit. Claire, ses parents l'ayant mentionné, avait anticipé que ce pseudo-dîner serait leur alibi. L'officier s'en souvient. Toujours aucune info sur ce qu'il est advenu de Mehdi. Mais Chantôme ne désespère pas de le retrouver vivant. Étant donné le degré de sadisme de ses tortionnaires, il n'est pas inimaginable qu'ils l'aient maintenu en vie pour le torturer encore.

35

Dimanche 19 juin 2016 – 4 h 05

Tous sortent de la cabane. Sylvie a éteint sa caméra. Son mari n'a pas eu besoin de le lui rappeler, elle l'a fait d'elle-même. La pluie a cessé. François va à sa voiture pour en allumer les phares. À la lumière de ceux-ci apparaît une potence qui ne manque pas de susciter des réactions. De l'excitation pour quelques-uns, de l'étonnement pour d'autres, et de l'effroi pour certaines. *C'est donc ainsi que cela va se terminer. Par cette corde suspendue à un arbre.* Les quatre hommes qui le portaient à bout de bras lâchent Mehdi sur le sol détrempé, sans ménagement. Juste sous la branche qui servira de gibet. Les autres s'attroupent autour en prenant soin de ne pas se placer dans la lumière des phares. Tandis qu'Alfred donne du mou à la corde, pour en faire descendre le nœud qu'ils passeront au cou de leur victime, David lui demande :

— Quand est-ce que tu es venu mettre ça en place ?

— En début d'après-midi, juste après manger. Avant ma sieste, lui répond Alfred.

— Tu aurais dû m'appeler, je serais venu avec toi, regrette David.

— Bah ! C'est que je suis parti sur un coup de tête. Je me suis dit, j'y vais vite fait maintenant, comme ça après je serai peinard, je pourrai faire ma sieste.

— Ah ? OK.

— D'ailleurs, j'étais tellement pressé que j'ai bien failli renverser une gonzesse à vélo. Je ne l'avais pas vue, la gamine. Ç'aurait été le bordel !

— Ouais, tu m'étonnes.

S'ils savaient que « la gamine », c'était Claire… Cela ne changerait pas grand-chose, pour l'heure, mais qui sait ? Frédéric Pacé passe la tête de Mehdi dans le nœud coulant puis s'écarte. Alfred, le doyen de la bande mais le plus costaud de tous, commence à le hisser. Petit à petit, tel un pantin désarticulé, leur victime semble se dresser sur ses jambes flageolantes. Ses pieds décollent du sol, son corps s'élève. Alfred attache son bout de corde à l'arbre pour jouir du spectacle comme les autres. À cet instant, les pensées de Mehdi vont à sa chérie. *Claire arbore son large et magnifique sourire. Il se blottit dans ses bras.* Mehdi sent la chaleur envahir son visage que ses bourreaux voient devenir rouge, bouffi. Ses oreilles se mettent à siffler, ses jambes s'alourdissent. *Il n'y a nul endroit sur Terre où il se sente mieux que serré tout contre Claire, son souffle chaud dans son cou.* Mehdi suffoque. Il ne se débat pas, il se laisse partir. *La douceur de ces instants, blottis l'un contre l'autre juste avant de s'endormir.* Il perd connaissance. Son corps convulse tel celui d'un épileptique. Son cerveau ne répond plus. Il ne respire plus, seul son cœur persiste. Quelques minutes, puis plus rien. C'est fini.

36

Lundi 20 juin 2016 – 16 heures

Une épaisse fumée noire envahit la clairière. Les grandes flammes oscillent sous le vent. Ça brûle bien, la carrosserie fond en un rien de temps. Il ne restera bientôt plus qu'un tas de ferraille couvert de cendres. La bruine ne tempère en rien l'incendie. François s'est contenté de verser un peu de carburant sur les sièges de la Clio, et à peine a-t-il jeté une allumette que le feu a embrasé la voiture. Cela ne passe pas inaperçu, mais ici, au milieu des bois, dans cette clairière attenante au hangar où était caché le véhicule, personne ne devrait rôder. D'autant plus par cette météo exécrable. Qui plus est, la dense fumée noire ne semble pas monter au-delà de la cime des conifères qui l'entourent. François est confiant quant à la discrétion de son acte. Alors que les flammes diminuent, ce qu'il reste du châssis disparaît dans une fumée grise avec laquelle le vent semble jouer. Il la laisse s'étendre à travers la clairière pour rejoindre le sous-bois, puis dans un souffle il la repousse vivement, la faisant monter le long des arbres, pour ensuite la laisser redescendre doucement.

À présent, François va pouvoir rentrer. Sa journée a été bien chargée. Toutes les tâches qu'il avait planifiées ont été exécutées. Il n'a rien voulu déléguer. Surtout après la visite imprévue des gendarmes ce matin – qui d'ailleurs l'a mis en retard dans le programme qu'il s'était fixé. Le rendant, par la même occasion, plus précautionneux. Depuis leur venue, François multiplie les coups d'œil dans ses rétroviseurs lors de ses déplacements en voiture, pour s'assurer qu'il n'est pas suivi. Il le fait encore sur le trajet pour rentrer chez lui. Pendant ces quelques kilomètres, il se repasse le film de sa journée, de tout ce qu'il a entrepris pour que disparaisse la moindre trace de leur *opération*. Une façon de s'assurer qu'il n'a rien oublié. Que tout a été fait et bien fait. Peu de temps après le passage de Julien et de sa collègue, François s'est rendu à la cabane. Emportant le nécessaire pour faire le grand nettoyage, notamment plusieurs bidons de Javel afin d'effacer les empreintes ADN de leur proie. Samedi, il avait été les acheter dans un supermarché de Saumur, où il avait réglé en espèces, en portant une casquette pour ne pas être identifiable sur d'éventuels enregistrements vidéo. Une bonne partie de la matinée, François a frotté le sol en béton de la cabane, mais aussi les meubles pour éliminer tout le sang qui avait séché et les empreintes digitales potentielles laissées un peu partout par Mehdi. Une fois cela fait, il a rassemblé tout ce qui avait été en contact avec leur victime, y compris la corde qui avait servi à le pendre. Il a fourré le tout dans un sac-poubelle qu'il a brûlé avec la voiture. Le cadavre avait été décroché quelques dizaines de minutes après l'exécution, et placé, en attendant, sous une bâche en plastique qu'ils avaient recouverte de branches d'arbre fraîchement coupées pour la dissimuler. François a récupéré le corps une fois son ménage fini, le chargeant tout seul, enroulé dans la bâche, à l'arrière de sa Kangoo. Il en a bavé. François avait initialement demandé son aide à Alfred, mais il s'est ravisé. Même s'il a pleine confiance en son ami, en sa dévotion, et en sa capacité à résister à une éventuelle pression policière, mieux valait qu'il soit le seul à connaître le lieu d'inhumation. Une fois le cadavre dans sa voiture, François s'est rendu dans un autre bois, à une dizaine de kilomètres de la cabane : une réserve naturelle. En choisissant cet endroit où la chasse est interdite, donc moins fréquenté, le risque que le corps – ou ce qu'il en resterait – soit découvert était plus mince. Parce qu'un chien au bon flair aurait vite fait de déterrer son secret. *Ici, ce serait parfait.* Au milieu de quelques ronciers qui tiendraient à l'écart d'éventuels promeneurs, même aguerris, François a lâché d'un coup, exténué, la bâche qui contenait le cadavre de Mehdi. Il lui avait fallu le traîner jusque-là sur une centaine de mètres, pendant de longues minutes. C'est sûr qu'à deux l'affaire aurait été moins pénible.

Maintenant qu'il avait trouvé l'emplacement adéquat, François devait creuser la tombe. Déjà tout en sueur, il n'était pourtant pas au bout de sa peine. Par chance, le sol était meuble. Après avoir passé près de deux heures, armé de sa pelle, à modeler une cavité suffisamment grande et profonde, François en a bavé pour s'en extraire. Il a bien cru un instant qu'il allait devoir appeler quelqu'un pour l'aider à se tirer de là. En prenant quelques minutes pour souffler, l'idée lui est venue de pratiquer de fines fentes dans une des parois de la tombe pour y insérer ses pieds et s'en servir comme de petites marches. C'est ainsi qu'il a réussi à s'en sortir. Ensuite, il a déroulé la bâche qui contenait le cadavre, jusqu'au bord du trou, pour le laisser tomber à l'intérieur, puis l'a recouvert de terre, avant de retourner à sa voiture garée plus loin, sur le chemin. Une fois au volant, François a incliné un peu son siège et fermé ses yeux pour se reposer un instant. *Surtout ne pas m'endormir.* Une dizaine de minutes plus tard, pourtant, des aboiements l'ont tiré de son sommeil dans un sursaut. Quand il a regardé par le pare-brise, il a vu, droit devant, un homme en survêtement qui s'éloignait en le fixant, tout en tirant sur la laisse de son berger allemand. François a compris qu'il avait commis une erreur. Même si, sur l'instant, elle ne lui semblait pas préjudiciable, l'éviter aurait été plus prudent. Il était temps pour lui, à présent, de rentrer se doucher et de reprendre le cours normal de sa vie. C'est ce qu'il pensait…

37

Mardi 21 juin 2016 – 11 h 07

L'officier Chantôme vient de raccrocher : c'était Claire Depambour qui l'appelait pour lui confier qu'elle s'était souvenue d'avoir vu passer la voiture de Cédric Pacé le soir de la disparition de Mehdi, alors qu'elle attendait au cimetière. Ils étaient deux à bord de la 206. Chantôme l'a remerciée. Même si cela n'apporte rien à l'enquête pour le moment, ce détail pourrait avoir son importance s'il s'avérait que les deux frères étaient impliqués dans le kidnapping de Mehdi ce soir-là. Évidemment, ni l'un ni l'autre ne l'a confessé. Grâce à leur voisine, qui a indiqué aux gendarmes où travaillaient les deux frangins, ils ont été arrêtés et placés en garde à vue. Mais, étant coutumiers du fait, Cédric et Frédéric Pacé ont demandé un avocat commis d'office. Quand celui-ci est arrivé, il a rapidement pris connaissance de l'affaire et leur a conseillé de ne rien dire. Face aux charges qui pèsent sur ses clients, ce dernier voulait prendre le temps de réfléchir à la stratégie à adopter pour les défendre. De toute façon, l'officier Chantôme n'espérait pas grand-chose de ces deux-là. Vu leur casier judiciaire, il s'attendait à ce qu'ils ne soient pas coopératifs. Encore moins du genre à se laisser intimider, ni à avoir peur de la prison.

Pour l'heure, c'est Charles Lesage, le meilleur ami de David Depambour, qui est face à l'OPJ. Dit de « bonne famille », car fils du médecin de Beaupin, c'est accompagné de son avocat qu'il s'est rendu lui-même à la gendarmerie de Saumur, son employeur l'ayant prévenu que les gendarmes s'étaient présentés au siège de l'entreprise à sa recherche. Le jeune homme s'est constitué prisonnier. Il a donc été placé en garde à vue, et a introduit son représentant. Ensuite, Charles s'est muré dans le silence. *Ce n'est que partie remise.* Les prochains sur sa liste sont Sylvie Depambour et son fils, David. François est quant à lui en cours d'arrestation à son cabinet vétérinaire. Sa Kangoo, qui va être saisie, est examinée par les TIC. Lors de la perquisition à leur domicile les gendarmes n'ont pu mettre la main sur l'ordinateur de François, qui contient notamment les vidéos originales. En revanche, ils ont saisi des chaînes ayant pu servir à entraver leur prisonnier, mais ils n'ont pas trouvé le fer qui était à sa cheville. Impossible aussi de mettre la main sur les cagoules que le couple Depambour portait, ni sur la matraque télescopique. En revanche, des lampes frontales ont été saisies, ainsi que les vêtements concordant avec ceux de la vidéo, et deux paires de bottes. Le mari apparaît plusieurs fois de plain-pied à l'écran, visiblement chaussé de bottes. Quant à la femme, au démarrage d'une des vidéos, la caméra pointe vers le sol, offrant un bref plan sur ses pieds et sur ses bottes. Si, après analyses, la terre relevée sur leurs semelles pouvait correspondre à celle des abords de la cabane, cela les placerait potentiellement sur le lieu de séquestration et de torture. L'officier Chantôme s'étonne que ces bottes n'aient pas été nettoyées, elles aussi. *Mais tant mieux !* Il profite des quelques minutes à sa disposition pour potasser encore le dossier. Pour affronter François Depambour, il se doit d'être bien préparé. L'officier ne voit pas le cerveau de la bande recourir à son droit de se faire assister d'un avocat. *Il doit être du genre à se croire plus malin que tout le monde.* Le gendarme sait qu'il devra la jouer finement, mais il ne se fait pas trop d'illusions. *Ce n'est pas lui qui dévoilera comment il a kidnappé Mehdi Allouache. Pas plus qu'il ne confessera où est la victime.* Sans l'intervention de sa fille Claire, dont l'officier reconnaît le courage, et la présentation des vidéos, cette affaire aurait été bien plus compliquée. Probablement même qu'aucune investigation n'aurait été menée. À la fin de la journée, les empreintes digitales et l'ADN de chacun des onze détenus auront été recueillis. Ce qui permettra de mettre en avant de possibles correspondances avec les prélèvements réalisés dans la cabane. Plus il y a de preuves cumulées, mieux c'est. Un appel à témoins va être lancé dans l'après-midi pour tenter de récolter des informations sur l'enlèvement de la victime, et éventuellement sur ce qu'il en est advenu. Un autre point à éclaircir est le sort qui a été réservé à la voiture de Mehdi. Aussitôt les accusés déférés devant le juge chargé de l'instruction, l'officier demandera une commission rogatoire pour perquisitionner le domicile de chacun d'entre eux afin d'y chercher notamment les vêtements qu'il portait le soir du crime, les cagoules et les lampes frontales. Sans oublier l'arc de Charles. Tout est planifié. *Reste à espérer que la battue en cours, dans les bois de Beaupin, va permettre de retrouver Mehdi. Mais la probabilité qu'il soit encore en vie, après plus de quarante-huit heures en pleine nature et avec ses blessures, est mince. Très mince.*

38

Mardi 21 juin 2016 – 13 h 40

Pour ne pas éveiller les soupçons, François avait décidé de vivre cette journée comme si de rien n'était. Pourtant, la nuit n'avait pas été bonne. Il était tellement persuadé d'avoir tout envisagé en mettant son plan au point que ce qui se passe depuis hier le tourmente. Et le texto que lui a envoyé son fils tout à l'heure – avant d'être arrêté et de se faire saisir son téléphone – pour l'informer que la gendarmerie de Saumur allait venir le chercher au cabinet vétérinaire a ajouté au stress. Comment les flics en sont-ils venus à s'intéresser à lui ? Il a beau réfléchir encore et encore, seules deux hypothèses semblent plausibles. Soit c'est la poisse car, comme par hasard, *le bougnoule* était le petit copain de sa fille. Elle l'aurait alors soupçonné et lui aurait collé les flics au cul. Soit c'est une des personnes présentes lors de la chasse qui a craqué et s'est livrée aux flics. *Certainement Hélène, ça ne peut être qu'une gonzesse !* Aucun moyen de savoir. Ce qui semble sûr, c'est qu'une véritable enquête est en cours. *Pour que ce soit la gendarmerie de Saumur qui se déplace, c'est qu'une procédure judiciaire est enclenchée.* Mais pour qu'un simple signalement de disparition devienne une enquête, il a fallu que de nouveaux éléments soient apportés, François en est sûr. En tout cas, depuis qu'ils ont saisi son ordinateur, qui se trouvait à son cabinet, il n'en mène pas large. *Mais peut-être qu'ils ne découvriront pas les vidéos.* C'est ce qu'il se répète pour s'en convaincre, alors qu'il entre dans la caserne de Saumur. *Ça ne sent pas bon.*

Le jeune homme en uniforme qui l'accompagne le conduit au bureau de son collègue. Les deux gendarmes s'isolent un moment pour s'entretenir. L'officier Chantôme espère de bonnes nouvelles, parce que pour l'instant Mehdi reste introuvable malgré l'afflux constant de bénévoles pour épauler ses collègues des environs, ainsi que la brigade cynophile, tous à ratisser les bois de Beaupin. C'est un soulagement, déjà, d'apprendre que l'ordinateur portable du suspect a été saisi. Il sera expédié dès cet après-midi à Angers, pour passer entre les mains d'un gendarme N'tech, un enquêteur spécialisé dans les nouvelles technologies, qui explorera son disque dur dans les moindres détails. Pour ce qui est de la Kangoo, les TIC n'ont relevé aucune empreinte à l'arrière du véhicule. Il avait clairement été nettoyé avec soin. Malgré ça, un peu de sang a été prélevé dans un recoin d'une des portières arrière du véhicule. Si selon les informations en leur possession le groupe sanguin correspond bien à celui de la victime, il faudra attendre le résultat des analyses pour en connaître l'ADN. *À présent, il est temps d'affronter le cerveau de la bande.*

— Bonjour, monsieur Depambour. Officier de police judiciaire Chantôme. Vous pouvez vous asseoir.

— Bonjour.

François prend place face au gendarme, qui lui signifie sa mise en garde à vue, les motifs de son inculpation, et l'informe de ses droits.

— Acceptez-vous de répondre à quelques questions à propos de la disparition de Mehdi Allouache, le petit ami de votre fille ?

Il fait cette précision pour piquer au vif son interlocuteur.

— D'accord. En quoi puis-je vous aider ?

— Pour commencer, avez-vous déjà rencontré le jeune homme ?

— Je ne sais pas.

— Comment ça, vous ne savez pas ?

— Je ne sais pas à quoi il ressemble. Vous n'auriez pas une photo ?

— Si, bien sûr.

Cette entrée en matière était prévue pour mettre François en confiance, et le conforter dans son probable sentiment de supériorité. Chantôme lui tend la photo fournie par la sœur de la victime.

— Non, jamais vu, lâche François, plein d'assurance.

— Pourtant, cela fait six mois que votre fille et lui entretiennent une relation. C'est étonnant, non ?

— Pas vraiment. Vous savez, les relations père-fille, ce n'est pas simple.

— Certainement. Mais, sans l'avoir vu, vous saviez que ce petit ami existait ?

— Non, je ne savais pas.

— Alors, quand l'avez-vous appris ?

— Samedi dernier. C'est ma fille qui me l'a confié. En même temps que sa disparition, d'ailleurs.

— D'accord. (Le gendarme se contente d'enregistrer les réponses, pour le moment.) Ça ne vous dérange pas que votre fille sorte avec ce garçon ? Vous n'y voyez aucune objection ?

— Non. Et puis ce n'est pas comme si j'avais mon mot à dire.

— Non, bien sûr. Mais le fait qu'il soit d'origine maghrébine... qu'il soit musulman... ça ne vous pose pas de problème ?

— Aucun. Pourquoi ?

— Je demande au cas où. Il y a bien des pères qui y seraient réticents. Particulièrement dans nos campagnes.

— C'est le choix de ma fille. Je dois faire avec.

François reste calme. Il parle sur un ton neutre, tout en retenue. Il est temps pour l'officier Chantôme de le bousculer un peu :

— Où étiez-vous le soir de sa disparition, vendredi dernier ?

— Chez moi.

— Vous êtes resté chez vous toute la soirée ?

— Je crois bien que oui.

François fait mine de réfléchir, alors qu'il ment délibérément.

— Pourtant, un témoin vous a vu en voiture.

Cette révélation le fait réfléchir pour de vrai cette fois. François se demande qui pourrait l'avoir vu. En se repassant la scène dans sa tête, la réponse apparaît évidente : *Jésus ! Cet imbécile a dû baver ! À moins que ce ne soit du bluff !*

— Ah ? Il se peut que je sois sorti... (Faisant à nouveau semblant de sonder sa mémoire :) Oui ! J'avais oublié mon ordinateur à mon cabinet, je suis retourné le chercher.

François ment avec un aplomb tel que, s'il n'était pas convaincu du contraire, l'officier Chantôme le croirait.

— Vous sauriez me dire à quelle heure vous êtes parti ?

— Sur les coups de 20 heures, je dirais.

— Et vous êtes revenu vers…

— Le temps de faire l'aller-retour. Vers 21 heures à peu près.

— Vous n'êtes pas passé par le cimetière de votre village, Beaupin ?

— Non. Ce n'était pas ma route.

— En effet. À présent, pouvez-vous me dire ce que vous avez fait le lendemain soir ? Le samedi.

— Ma femme et moi recevions des amis à dîner.

— Pouvez-vous me donner le nom de ces amis ?

— Hélène et Baptiste Vales.

— Ils confirmeront ?

— Bien sûr.

— Après dîner…

— Après dîner, ils sont partis et nous sommes allés nous coucher.

— Tout simplement.

— Oui.

— Très bien ! C'est noté.

L'officier Chantôme laisse volontairement s'installer un moment de flottement, quelques secondes d'un silence pesant, avant de reprendre :

— Ah ! Juste une dernière question.

— Oui ?

François était prêt à se lever, croyant qu'ils en avaient fini.

— Qu'est-ce que vous en avez fait ?

— Je ne comprends pas…

Il est vraiment dans le vague à cet instant.

— Mehdi, qu'est-ce que vous en avez fait ?

— Qui ? Comment ça, qu'est-ce que j'en ai fait ?

L'officier Chantôme tente le tout pour le tout :

— Mehdi Allouache. Après que vous l'avez sorti de la cabane, après que tout le monde est parti cette nuit-là, vous en avez fait quoi ?

— Je…

François est groggy. Tel un boxeur qui aurait baissé sa garde et viendrait de se prendre une méchante droite.

— On a les vidéos. Vos complices ont déjà pour la plupart avoué leur implication. Pour eux, vous êtes le seul à savoir où est Mehdi. Dites-le, cela jouera en votre faveur. Surtout si on le trouve vivant !

Mais François n'est pas né de la dernière pluie. Tout d'abord, rien ne l'assure que les autres aient parlé. Ensuite, même si c'était vrai, il est sûr que les enquêteurs doivent s'en tenir aux preuves. Enfin, leur livrer Mehdi ne jouera certainement pas en sa faveur. Bien au contraire. Surtout que François est convaincu d'une chose : c'est toujours plus compliqué de prouver un meurtre sans cadavre. Il sait désormais ce qu'il lui reste à faire : se taire.

39

Lundi 27 juin 2016 – 17 h 30

Assise sur une chaise de la salle à manger, Claire, fatiguée, fixe la pluie qui vient heurter la vitre de la porte-fenêtre. Depuis une semaine, le soir où elle est partie avec une copie des vidéos trouvées sur l'ordinateur de son père, elle a élu domicile chez les parents de Mehdi. Elle n'est retournée qu'une fois chez elle, pour récupérer toutes ses affaires, après que sa mère l'a appelée pour l'informer qu'elle, son père et son frère étaient en garde à vue. Sylvie ne lui avait pas donné le motif. Elle n'en avait pas besoin. C'est Ahmed qui, sans hésiter, a proposé à Claire de rester chez eux le temps qu'il faudrait, après avoir appris le fond de l'affaire. Samia, elle, avait eu un instant envie d'en vouloir à Claire pour ce qui était arrivé à son fils. Parce qu'elle aurait tellement eu besoin de s'en prendre à quelqu'un. Mais, la seconde d'après, la mère de Mehdi a fondu en larmes en prenant dans ses bras sa belle-fille. *La pauvre petite n'y est pour rien.* De toute façon, pour Samia, rien ne soulagera sa peine. Évidemment, elle souhaite, comme tous ses proches, que ceux qui s'en sont pris à Mehdi soient punis, et le plus sévèrement possible. Même si son fils n'a pas encore été retrouvé, elle ne nourrit plus l'espoir qu'il soit vivant. *La peine de mort, c'est ce qu'ils mériteraient tous !* D'ailleurs, Ahmed a juré que, si l'occasion se présentait, il les tuerait de ses propres mains. *Œil pour œil, dent pour dent.* Un mal pour un mal. Mais ce qu'attendent désespérément Claire, les parents de Mehdi, ses sœurs, toute sa famille et ses amis, c'est que son corps soit retrouvé pour qu'ils puissent enfin l'enterrer et commencer à faire leur deuil.

Cette journée paraît interminable à l'officier Chantôme. *Pas de repos pour les braves.* Toujours concentré sur son affaire, il a procédé ce matin à la demande de réquisition des relevés téléphoniques de tous les protagonistes. Le but est de tenter de savoir qui a recruté qui, de prouver qu'il y a bien eu organisation et donc préméditation, voire de mettre en avant le rôle prépondérant de François Depambour. Si une bataille a déjà été gagnée, puisque tous les présumés coupables déférés devant le juge d'instruction ont été placés en détention, le combat n'est pas terminé. Néanmoins, l'officier Chantôme se réjouit de les avoir tous coincés. Sauf qu'il ignore, pour le moment, qu'un autre homme est mêlé à ce crime. Le seul qui n'apparaît pas sur les vidéos puisqu'il n'était pas du convoi de départ. Lui quadrillait le secteur en voiture pendant que les autres crapahutaient dans les bois. L'unique fois où il aurait pu être filmé, c'est quand Mehdi, après l'avoir tabassé à coups de gourdin, a tenté de lui dérober ses clés pour prendre sa voiture. Mais Sylvie n'était pas encore arrivée sur les lieux avec sa caméra. Lorsqu'elle a surgi du bois, quelques minutes plus tard, leur proie était déjà repartie. Le bon ami d'Alfred, Daniel, n'échappera probablement pas pour autant à la justice. Quand le moment viendra où tous prendront conscience de la peine qu'ils encourent, les langues se délieront. Il y a peu de chances qu'ils laissent l'un des leurs s'en tirer à bon compte. Pour l'heure, l'officier Chantôme lit le rapport sur les empreintes relevées à la cabane et les correspondances établies. *Un autre bon point.* Dans le même temps, le Groupe d'investigation cynophile de Feneu et leurs quatre chiens continuent leurs recherches, dans un autre bois que celui où se trouve la cabane, à la recherche d'un corps. Grâce à l'appel à témoins lancé sur les réseaux sociaux et dans la presse locale, puis relayé par la presse nationale, quelqu'un a identifié François Depambour comme étant l'homme qu'il avait vu se reposer dans sa Renault Kangoo blanche, le lundi 20 juin, alors qu'il promenait son chien en forêt. Le témoin a précisé que l'individu avait de la terre sur ses vêtements, sur ses mains, et même sur son visage. Grâce à cet homme, dans quelques heures, voire quelques minutes, le cadavre de Mehdi sera retrouvé. L'officier Chantôme en est convaincu. S'il persistait un léger espoir qu'il soit encore en vie lors des interrogatoires, celui-ci a disparu depuis. Mais l'enquête est en très bonne voie. Plus aucune porte de sortie n'est envisageable pour les coupables de cette atrocité. *Ils feraient bien de s'acclimater rapidement à la vie en prison, car ils vont y rester un moment, c'est une certitude.* L'officier Chantôme, ayant lui-même un fils d'une vingtaine d'années, n'a qu'une hâte : pouvoir enfin annoncer à la famille de Mehdi que celui-ci a été retrouvé, et qu'ils vont pouvoir lui offrir la cérémonie qu'il mérite. Bien sûr, il s'y rendra. Soudain, le tirant de ses pensées, son téléphone sonne. Il décroche :

— On a déniché un corps enterré. Il faut nous envoyer du monde.

Par « du monde », l'homme du GIC entend les techniciens en identification criminelle et un médecin légiste. Aussitôt après avoir raccroché, l'officier Chantôme appelle les renforts nécessaires. Cela étant fait, il s'apprête à partir pour se rendre sur les lieux. Il se trouve déjà à une dizaine de mètres de son bureau lorsqu'il perçoit la sonnerie de son téléphone. Après une brève hésitation, il fait demi-tour et accélère le pas pour ne pas manquer l'appel.

— Allô ?

— OPJ Chantôme ?

— Oui ?

— Bonjour, N'tech d'Angers.

L'officier n'attendait plus cet appel du bureau des enquêteurs spécialisés en technologie numérique. Cela fait presque une semaine qu'il leur a refilé l'ordinateur de François Depambour.

— Oui, bonjour. Vous avez trouvé quelque chose d'intéressant ?

— Oui. Je vous ai isolé tous les éléments qui peuvent vous être utiles dans votre affaire : agenda, historique Internet, notes… Vous les aurez sur votre bureau dès demain.

— Super ! Merci.

— Ce n'est pas tout.

— Comment ça ?

— J'ai relevé autre chose. Il se pourrait que ce soit lié à votre affaire. Mais ce sera à vous de le déterminer.

— Je ne comprends pas. De quoi s'agit-il ?

— D'autres vidéos. Plus précisément d'autres dossiers comprenant d'autres vidéos.

— Excusez-moi, mais je ne vous suis pas. Qu'est-ce que vous voulez dire exactement ?

L'officier Chantôme est dans le vague.

— Vous voyez, pour cette affaire, un dossier contenant toutes les vidéos de cette chasse à l'homme avait été créé.

— Oui…

— Un dossier dont le nom, Chasse 160618, comportait la date écrite à l'envers.

— En effet.

— En fouillant dans les vidéos banales de chasse, j'ai trouvé d'autres dossiers du même type que celui qui vous concerne. Intitulés avec la date inversée. Quatre dossiers en plus de celui lié à votre affaire. Soit un par an sur ces cinq dernières années. Chacun de ces dossiers contient les vidéos d'une chasse à l'homme avec une victime différente. Vous n'avez vraisemblablement plus une affaire sur les bras, mais cinq !

UN LABYRINTHE SECRET.
UN BOURREAU QUI Y ENFERME SES PROIES

L'ÉGARÉE

DONATO CARRISI

N° 35535

Sept ans après s'être mesurée au Chuchoteur, Mila Vasquez travaille aux Limbes, le département des personnes disparues. Incapable d'éprouver la moindre émotion et portant dans sa chair la marque des ténèbres, Mila excelle dans la recherche de ceux qui, un jour, se sont évanouis dans la nature. Elle seule ne peut oublier ces « victimes potentielles d'homicides ». Soudain, l'un d'eux réapparaît... et tue. Un à un, ceux dont les portraits ornent les murs des Limbes reviennent, transformés en assassins. Épaulée par l'agent spécial Simon Berish, expert en interrogatoires et féru d'anthropologie, Mila devra échafauder une hypothèse convaincante, solide, rationnelle. Une « hypothèse du mal ».

UN TUEUR EN SÉRIE SOUS LES TROPIQUES ?

LA LIGNE NOIRE

JEAN-CHRISTOPHE GRANGÉ

N° 37149

Il existe, quelque part en Asie du Sud-Est, entre le tropique du Cancer et la ligne de l'Équateur, une autre ligne. Une ligne noire jalonnée de corps et d'effroi...

Le Livre de Poche s'engage pour l'environnement en réduisant l'empreinte carbone de ses livres. Celle de cet exemplaire est de :
1,1kg éq. CO_2
Rendez-vous sur www.livredepoche-durable.fr

PAPIER À BASE DE FIBRES CERTIFIÉES

Composition réalisée par PCA

Achevé d'imprimer en janvier 2020 en Italie par
Grafica Veneta
Dépôt légal 1re publication : février 2020
LIBRAIRIE GÉNÉRALE FRANÇAISE
21, rue du Montparnasse – 75298 Paris Cedex 06

12/2122/2